# 巧手回春 5

文創風 433

芳菲 著

# 目錄

# 第一百二十四章

朱墨琴放下茶盞，斂了衣裙跪下來道：「實不相瞞，我是去了討飯街上的那戶人家才知道少奶奶的事情。假藥從我們安濟堂出去，安濟堂自是有罪，可是我父親死得實在冤枉，我們前一天去瞧他的時候，他還好好的，跟我和母親商量著如何才能將功補過，怎麼可能第二天就死了呢？」

朱墨琴說著，從懷中拿出六、七張契書，雙手呈給劉七巧道：「大少奶奶，這是安濟堂在京城所有店鋪的店契，是我父親留給我的嫁妝，若是大少奶奶能幫我父親伸冤，這些全部都給大少奶奶。」

劉七巧見她如此，急忙彎腰去扶，她卻不肯起來，非要將那些店契塞入劉七巧的手中才肯作罷。劉七巧無奈只得收了店契，放在一旁的圓桌上，又將她扶起來安置在自己對面的位置。

劉七巧擰了擰眉，輕輕揉了揉太陽穴道：「妳既然已經找到了討飯街上的原告，又找上了我，自然不難知道這次你們安濟堂賣假藥被揭發，也是出自我的手筆。」這時候，她還不能完全確定朱墨琴的意思，所以把這次的事情全然攬在自己身上，不想讓寶善堂也摻和進來。

朱墨琴擦了擦臉上的淚珠，開口道：「實不相瞞，我二叔人已經偷偷來了京城，可是他怕我父親咬出他來，所以不敢自己出面，託下人來說，要是我願意嫁給英國公家的世子爺當小妾，他就有辦法替我爹打點。早幾年京城的生意都是我二叔在管，京城裡他人脈多，誰知道才沒過幾天，我父親就去了。」

劉七巧想了想，英國公就是那家大少奶奶生了崩漏之症而去的人家，聽說如今英國公主管的是戶部，那可是肥差中的肥差。朱家雖然富甲一方，卻還不是皇帝親封的皇商，雖然這兩年有部分藥材也進了太醫院，但對於朱家來說也不過就是九牛一毛，朱家的真正目的，只怕還是想打開皇宮這扇大門，畢竟他們家的生意除了藥鋪，還有茶葉、絲綢、米糧。

「妳二叔要讓妳去給人做小的事情，妳爹知道嗎？」劉七巧細細思考了一下這中間的關節，問道。

朱墨琴低下頭，吸了吸鼻子道：「我爹自然是不知道的，若非他不願意我做小，也不會千里迢迢一家人遷到京城來。」朱大姑娘說著，又繼續道：「我從小原是許了人家的，可誰知道未婚夫活到十八歲的時候就病了，我父親原不願意我嫁過去，可他是個做生意的，若是失了誠信，誰又願意跟他做生意呢？無奈之下只好同意了我的婚事，誰知那人竟在新婚的那一天死了。我還沒過門，就守了望門寡，自然是嫁不出去了。」

劉七巧聽她說到這裡就全然明白了，心裡只能感嘆萬惡的舊社會啊！這人生病死了還能禍害人家黃花閨女，怪不得這位朱大姑娘十八歲了，還在待字閨中。

「可如今妳無憑無據的，如何讓我給妳父親伸冤呢？」劉七巧拋開那些細節，開口問朱墨琴。人是在順天府的大牢裡頭死的，仵作也驗過了，確實是一頭撞死的，牆上的血痕和朱大爺頭上的傷痕也吻合，他殺的可能實在很小。

朱墨琴臉上神色冰冷，擦乾了眼淚，抬起頭道：「就算我爹是自殺的，那也是我二叔設計賣了假藥才連累了我爹，便是不能告我二叔謀財害命，也要告他賄賂朝廷命官。」她說著，又從另外一只袖子裡拿出了一本帳冊，遞給了劉七巧。「這裡頭記錄的，便是我二叔這些年花銀子買通官吏的帳務，這些我爹都是知道的。我爹是個謹慎的人，怕我二叔有異心，偷偷謄抄了一本放在我娘身邊。果真這次我爹一出事，我二叔就喊了一群人來，把我爹所有的帳本都給搬走了。」

朱墨琴說到這裡，劉七巧更明白了，朱家兩兄弟雖然在很多方面有不同意見，但是對打入皇宮爭做皇商這一點上，還是有共識的，所以這帳簿便是他們行賄的證據。朱大爺以為只要握有這個證據，便可以讓朱二爺言聽計從，可誰知道朱二爺這次並沒有與他合作，反而翻臉不認人地把帳本也一併給搬走了。

這麼說來……朱大爺的死倒真的和朱二爺有著莫大的關係。為了怕他咬出自己或者幕後的那些受賄者，來個殺人滅口也不是不可能，只是這樣……就跟仵作的驗屍報告有了出入，上面明明寫的是自殺，順天府的仵作若是連自殺他殺都分不清，那也算是白拿銀子了。

劉七巧覺得腦袋突突地疼，還是沒想出個所以然來，搖了搖頭道：「帳冊妳先放我這邊，如今放在妳身邊怕也不安全。只是這事情我不能馬上答應妳，還要細細想一想。」她心裡也清楚，接過了帳冊，怕是也接過了燙手的山芋，且她方才也看見了帳冊扉頁上的筆跡，明顯是朱墨琴新謄抄的，只怕她們手裡還留著一份原稿的。她才加入杜家不過大半個月，實在不想給杜家惹麻煩，這樣的事情，看來只能讓杜大老爺定奪。

劉七巧又看了一眼朱墨琴放在圓桌上的店契，雖說對於寶善堂來說不算什麼，但要是落入了別人的手中，便又是一個生意上的競爭對手。

「時候不早了，朱姑娘若是沒有別的事情，那我就先回去了。」劉七巧起身，朝著朱墨琴行過了禮數，便要告退。

朱墨琴起身相送，側身還了禮，道：「大少奶奶以後若是要找我，便到這雅香齋來跟掌櫃的說一聲，這是我外祖家的店，也唯有這裡才算安全一些。」

「我知道了。」劉七巧點了點頭，道：「朱大姑娘節哀順變，雖然這話如今說已是晚了，但還望妳保重身體，千萬不要讓親者痛，仇者快。」

朱墨琴咬了咬唇瓣，臉上又滑下兩滴淚，她偏過頭擦乾了，這才朝著劉七巧鄭重點了點頭。那份弱柳扶風的韻致，當真是讓人過目難忘。

劉七巧從吉香閣出來，茯苓和綠柳兩人正在外面四、五丈遠的一處亭子裡聊天，見了她出來，便急忙迎了過來。

綠柳鬆了一口氣道：「方才茯苓姊姊還說，要是少奶奶還不出來，我們就要過去瞧瞧了，沒準兒這朱姑娘因為自家的事情遷怒於少奶奶，若想使壞，倒是讓我們猝不及防了。」

劉七巧搖頭笑道：「若是朱大姑娘真要使什麼壞，等妳們這會兒想起來，我的屍骨都涼了幾回了？人家一個姑娘家剛剛死了父親，還正傷心著呢，妳們還這樣編派人。」

劉七巧回到府上，見天色已經不早了，便索性在大門口等了一會兒杜若，又讓兩個丫鬟先回百草院預備他回來洗漱要用的熱水。

今兒杜二老爺奉旨去水月庵慰問病患，又往水月庵賞了不少東西，三人一起回到家中，臉上都洋溢著輕鬆的笑容。

劉七巧上前向三人行過了禮，開口閒談道：「今兒二叔看著春風得意，莫不是皇上有了什麼賞賜不成？」

杜二老爺笑道：「賞賜倒是沒有，不過是免了半年俸祿的罰。」

杜若也跟著道：「還有一個好消息，第一批往水月庵養病的病人，如今已經全好了，大家夥兒都自發留下來照顧病患，今天一整天再沒有新的病患送進來，這一次痲疹的疫情，應該是控制住了。」杜若臉上洋溢著俊美的笑容，接著道：「今兒大長公主還跟我說，水月庵難得熱鬧了這麼長時間，如今又要冷清了，她心裡怪捨不得那些孩子的。」

劉七巧點點頭，又跟著他們三人往前走了幾步，這才開口道：「爹，一會兒用過了晚膳，能否到外書房一聚？我這裡有一件事情，還要請教爹和二叔的主意。」

杜大老爺見劉七巧臉上神色凝重，便知道定然不是小事，點了點頭，吩咐兩人道：「你們都回自己院裡洗漱一下，早些去老太太那邊用晚膳。」

用過了晚膳，劉七巧陪著杜大太太聊天解悶。杜大太太的肚子已經有了五個月大，如今顯懷了不少，每日裡也按照劉七巧的關照少吃多餐，飯菜則以清淡為主。劉七巧正和杜大太太商量重陽節去富安侯府上應該備什麼禮，那邊杜大老爺已經派了朱砂來請她過去。

劉七巧起身告辭，並沒有直接去外書房，而是回到了自己房中，將今日朱小姐給她的店契和那一本謄抄的帳本帶上。

過了中秋，晚上就更冷了，劉七巧還沒到門口，茯苓就拿了披風出來給她披上，又把手上杜若的披風一併帶著，兩人這才一前一後往杜大老爺的書房去。

劉七巧進去的時候，便聽見裡頭杜二老爺道：「皇上今兒傳了我覲見，說這次多虧有寶善堂的幫助，才能這樣得力地控制時疫，今兒才賞了大長公主，改日只怕寶善堂的賞賜也要來了。我預備著這幾日家裡也要稍微準備準備，好預備著接旨。」

劉七巧在門口頓了頓，朱砂上前挽了簾子放她進去，她想了想，開口道：「事情還沒完，這會兒就賞賜只怕還早了一些。」說著，她走到杜大老爺的面前福了福身子，將手中的店契和帳本呈了上去。「爹，這是今天安濟堂的大小姐給我的東西，安濟堂的事情怕是還沒有完。」

杜大老爺這會兒也是丈二和尚摸不著頭腦，伸手接過了店契和帳本，一張張地翻閱了一遍，問道：「這些是安濟堂在京城七家店的店契，她怎麼會給妳？」杜大老爺說著，又把下面的帳本也翻了開來，才看了幾眼，便覺得心臟突突跳了起來，抬起頭合上帳本，把帳本遞給了坐在一旁的杜二老爺。

杜二老爺接過去，才看了幾頁，覺得胸口氣血翻湧了起來，連握著帳本的手都忍不住顫抖，抬起頭問劉七巧道：「七巧，這帳本……妳看過嗎？」

劉七巧搖了搖頭。「我沒有看，不過我知道裡面是什麼，朱小姐跟我說過。如今朱老闆已經去世了，這東西對於她來說已經沒有什麼用了，她說朱老闆死得冤枉，也許殺他的人就在這本帳冊中。」

杜二老爺握緊了帳本，點了點頭道：「朱家的人果然謹慎，若單單送銀子，倒是抓不住這麼多把柄，這裡面既有翡翠玉石，又有奇珍異寶，如此登記造冊，就算最後這些人家抵死不認，也可以追查出這些東西的去向，當真是一個有商業頭腦的人。」杜二老爺言畢，又嘆了一口氣道：「只是以我的分量，卻參不倒這上面的這些人。」

劉七巧靈機一動，忽然就想起一個人來，開口道：「不然，我還是把這份帳本帶到恭王府去，讓王爺來打這一仗。」

說到這裡，她終於恍然大悟朱墨琴會來找自己的原因，並不是因為自己布了這個局，而是自己還有另外一個身分——恭王的義女。

杜大老爺捋了捋山羊鬍子，抬眸看了一眼杜二老爺，沈了聲音道：「七巧，這事情還是交給妳二叔辦吧。」

劉七巧本就覺得這是燙手山芋，連連點頭道：「一切聽爹的吩咐就好。」

杜大老爺點了點頭，站起來在房中來回踱了幾步，轉身對劉七巧道：「七巧，店契還給朱小姐吧。這次賣假藥事件，按照順天府最後的批文，朱家也不過就是罰幾千兩銀子，朱老闆吃幾年牢飯而已，遠遠沒有到出人命的地步。如今他們孤兒寡母的，在京城想必也不好生存，這店契留著他們傍身，實在不行也好換了銀子回老家去。」

劉七巧本就不想收這店契，但一想到朱小姐如今的處境，身上帶著這些東西，萬一她二叔來逼，豈不是又落到別人的手裡？再則，安濟堂這幾家店的位置也確實不錯，若是將來被別家收了去，照樣做藥鋪生意，難免也是寶善堂的勁敵。她想了想，開口道：「如今這朱小姐的二叔躲在暗處，想著法子要吞朱家的財產，我尋思著，倒不如我們替她保管幾天來得安全。再則，若是這官司最後當真水落石出了，朱小姐若想賣了這些店鋪，寶善堂也能有個優先選擇，畢竟有幾家店的位置不錯，若是賣給了別家，倒是不好了。」

劉七巧說得這麼直白，杜大老爺見她這樣為寶善堂考慮，也忍不住點了點頭道：「那就按妳的說法，先替朱小姐保管著，等事情風平浪靜了再還給人家吧。」

劉七巧點頭，抬眸卻瞧見杜二老爺臉上的神色依然凝重。對於平常嘻嘻哈哈的杜二老爺來說，這樣的表情著實罕見。她雖然心中狐疑，卻沒有再發問。

一時間事情也說完了，劉七巧和杜若便先起身告辭了。

兩人走出書房，劉七巧才開口道：「我總覺得二叔今日的表現有些失常，他平素總是嘻嘻哈哈的，就算談正事也還有三分揶揄，怎麼今天從頭到尾都板著臉，一副愁苦大深的表情。」

杜若想了想道：「不對，二叔他不是從頭到尾都板著臉，而是自從看了那帳本上的內容才開始板著臉的。」他上前一步，問劉七巧道：「七巧，妳果真沒看過那帳本上的內容？」

「沒有。」劉七巧老實回道：「我是很想看，可我怕在上面看見我不想看見的人，心裡會難受，所以就忍住了。」

杜若一拍掌心，道：「難道二叔在上面看見了不該看見的人？」

劉七巧擰眉一想，抬起頭睨著杜若道：「我記得你好像說過，太醫院的藥材是禮部專門有人管的，二嬸娘的爹是當禮部侍郎的嗎？」

杜若的腳步陡然一滯，劉七巧也被他拉著停下了，她回過頭看著杜若，杜若蹙著眉宇，道：「三年前是當的禮部侍郎，後來又去了戶部，當了戶部侍郎，雖然是平調，可誰都知道，戶部是個油水衙門。」

劉七巧想到這裡，大抵明白了杜二老爺板著臉的原因，更明白為何杜大老爺要讓劉七巧把這件事交給杜二老爺來做。畢竟帳本上的人，其他人不知道，若是劃去一個，只怕也行得通。杜大老爺畢竟和杜二老爺手足情深，才能做到這分上。兩人想通了其中的關節，俱都寂寂無聲，一路上只有長吁短嘆的分。

杜二老爺回了西跨院，臉上的神色依舊不大好看，杜二太太見他從外面進來，笑盈盈地迎了上去道：「我聽說皇上今兒赦免了你罰俸祿的罪責了，你怎麼瞧著一點也不開心呢？」說著，杜二太太讓丫鬟給杜二老爺斟了茶，親自端了上來道：「先喝杯茶歇一會兒。你今兒怎麼想到到我這邊來了？我還當你要去蘼蕪居呢。」杜二太太臉上露出少有的一絲欣喜，見杜二老爺不說話，便湊上前道：「你給我開的順氣湯，我喝著還真不錯，就連老太太都說我最近氣色好了不少。」

「這些年，我待妳也算不薄了，除了在那方面我不如我大哥一心一意之外，對妳和孩子們也算得上關心了。我摸著良心，我也並沒有做太多對不起妳的事情。」杜二老爺愣怔地看著杜二太太，幽幽開口。

# 第一百二十五章

杜二太太心下無端一驚，嚇得端茶盞的手都顫抖了起來，顫聲道：「你確實對我還算厚待……」她使勁想了想，又繼續道：「我原也知道，你年輕時候素有美名，當時若不是我們兩家交好，你也未必就願意娶我。」

在這一點上，杜二太太總算是有了一回自知之明，又抬眸問道：「你今兒忽然想起跟我說這些，倒是什麼意思？我嫁進你們杜家也有二十來年，如今也是兒孫滿堂的人了，你該不會……這個時候想休了我吧？」杜二太太實在是被嚇得不輕，竟開始胡思亂想了起來。

「亂想什麼？早些睡吧，時辰不早了。」杜二老爺站起來，理了理身上的袍子道：「我今兒還是去蘼蕪居睡，這幾日妳睡不踏實，一個人睡還能睡沈些。」

杜二太太就這樣被杜二老爺嚇唬了一回，然後惴惴不安地坐了下來，招手讓秀兒過來道：「妳瞧著老爺是個什麼意思？既不在我這邊睡，又巴巴地過來跟我說這些，搞得我心裡毛毛的，倒是睡不著了。」

秀兒堆著笑道：「太太快別操這份心，我瞧著老爺今兒挺好的，特意過來和太太說這些知心話，定然是心裡想太太了，太太方才就不該放了老爺走，要留著才好呢！」

杜二太太覺得秀兒說的有幾分道理，這才抬頭瞪了她一眼道：「不早說，這會兒說有什麼用呢？。」

第二天一早，杜二老爺沒有吃早膳就去太醫院應卯了。

杜若和劉七巧一起去福壽堂請安，瞧見杜二太太正在那邊眉飛色舞道：「昨兒就聽小廝說皇上免了老爺罰俸祿的罪，我原還當下人逗我開心，沒承想竟是真的。」

杜老太太心情也不錯，笑著道：「聽說還有賞賜要來，不管怎麼說，這是杜家的榮耀。七巧才進門沒幾天，先是幫梁貴妃接生了一對龍鳳胎，如今又出了這樣的好主意，讓京城的病患們都有地方住、有飯吃，七巧果然是旺大郎的命。」

杜二太太不露痕跡地哼了一聲，坐在一旁不開口說話了。杜大太太聽杜老太太這麼稱讚劉七巧，自然是逢迎道：「大長公主親自給七巧批的命，那還有錯？老太太只管好好瞧著，杜家興旺的日子還在後頭呢！」

杜老太太點了點頭道：「但願如此，但願妳肚子裡也是一個帶把的，這樣也好跟大郎幫襯著點，若是大郎一個人支撐門楣，倒是辛苦了。」

杜二太太又在心中暗罵了一句杜老太太偏心，陪笑道：「大郎不是有蘅哥兒幫襯著嗎？說實話蘅哥兒才是真可憐，連著兩年的中秋團圓飯都沒吃到。」

杜二太太正在這邊表演得捶胸頓足，那邊趙氏正好就從門外進來了。「昨天我收到了相公的來信，說是大伯和父親交代的事情都辦好了，正巧能趕在重陽節之前就回來！」

杜老太太聽了，眉開眼笑道：「才說起蘅哥兒呢，就要回來了，正好正好，姜姨奶奶那邊也是要在九月十二那天再搬走的。」

杜二太太聽了，又氣了三分。原先兒子跟自己還算親，如今好了，寫家信只寫給自己媳婦，真真有了媳婦忘了娘啊！

「那敢情好，有蘅哥兒在，人就更齊全了，就是又要辛苦了弟妹，張羅一頓團圓飯了。七巧，上回中秋家宴是妳二嬸娘安排的，不如這回的重陽宴就由妳來安排吧。」杜大太太指派道。

那邊劉七巧正要接應，杜老太太開口道：「七巧還要跟著我去富安侯府赴宴，哪裡有空安排這個？重陽宴還是讓老二媳婦來吧，她張羅得多了，自然就駕輕就熟。」

杜二太太這會兒真是想死的心都有了，氣鼓鼓地挑眉看了一眼杜老太太，老人家卻沒有半點自覺，伸手逗著趙氏抱進來的小曾孫，笑得跟一朵花似的。

卻說杜二老爺一大早就出門了，去太醫院應卯之後，便尋了一個由頭往恭王府去了。恭王爺這幾日稍染風寒，皇帝准了他在家養病，原先杜二老爺忙於時疫的事情，王爺的病症一直是陳太醫裡外照應的，今兒他便自己走了一趟。習武之人染個風寒本就算不得什麼，只是最近世子爺正要班師回朝，因了這由頭，多少人排著隊要請王爺吃飯，王爺索性就染了風寒，也好避一避這一時的風頭。

杜二老爺進了王府，在外書房等了片刻，便有小丫鬟請了王爺出來。王爺身上穿著一件家常的石青色寶相花刻絲錦袍，身上別無冗飾，看樣子倒是逍遙自在得很。

王爺見了杜二老爺，上前寒暄道：「本王不過就是小小的風寒，哪裡用得著勞動杜院判的大駕？」

杜二老爺向王爺作了一揖，抬起頭來，卻不似以前那般隨和溫笑，臉上多了幾分肅然之色，開口道：「下官若是為了替王爺看診治病，直接進內院就行了，也不需在外面恭候大駕了。」

王爺甩袍落坐，接了丫鬟送進來的茶，神色也多了一些疑惑，開口道：「杜太醫有什麼話，不妨直說。」

杜二老爺嘆了一口氣，從袖中拿了帳本出來，雙手呈給了王爺道：「最近京城安濟堂賣假藥的事情，鬧得沸沸揚揚，原本已是要上達天聽，求皇上聖裁的，可不想主事之人竟然在牢中自盡了，而他死了之後，寶善堂卻又收到這樣東西。」

恭王爺統管的是兵部，每年兵部都在軍費一事和英國公有分歧，文臣目光短淺，以為不打仗那些將士就不吃飯了一樣，在軍費餉銀上面總是各種剋扣，恭王爺和英國公兩人可以說是宿怨已久。

恭王爺略略翻過一遍，心下了然，將帳本合上了。「若是有這個東西在，怕那安濟堂的老闆死得就有些蹊蹺了。不過這事情既然已經了結，本王也不好插這一手，若是杜二老爺能讓安濟堂的人狀告這名單上的人，本王倒是可以在皇上面前說上幾句話。」

權謀之人更重視自保，恭王爺如今的地位，確實已經犯不著再得什麼大的功績了。杜二老爺頓了頓，開口問道：「那不知此事要如何上達天聽？狀告朝廷命官可不是件小事，王爺若沒有十足的把握，下官也不敢貿然行事。」

「這個你放心，順天府尹趙大人是我的同僚，案子只要一到他那邊，事關朝廷命官，他定然會上報朝廷，到時候只要皇上准了三司會審，這裡面的人，自然一個都逃不掉。」王爺說著，用手指了指桌上的帳本，復又抬眸看了一眼杜二老爺。「這裡面可是有你的老丈人，杜太醫，就憑你這份大義滅親的豪氣，本王也定然幫忙幫到底。」

晚上用過了晚膳，劉七巧跟著杜若回了百草院後才開口道：「我瞧著二叔的心情還是沒好，這眉毛都皺到了一塊兒了。」

杜若便道：「中午的時候爹去水月庵找過我，說是二叔一大早就去了恭王府，其他的便沒說。」

劉七巧怔怔道：「這麼說二叔是想通了？打算就這麼幹了？」她上前替杜若脫下了外衣，緩緩道：「其實有句老話說：無商不奸、無官不貪，官員偶爾貪污腐敗，要是沒有人檢舉，只怕也沒什麼大事吧？」

杜若瞄了她一眼。「妳這是從哪兒聽來的老話？一套一套的。」

劉七巧縮了縮脖子，開口道：「我昨兒晚上想了一宿，不如我們直接把那帳本往某位御史的府中一送，這事情就跟我們沒什麼關係了，何必要惹得自己一身腥呢？」

只聽杜若接著道：「前幾年有幾位御史還是很厲害的，只是後來出了意外死了，有人暗地裡傳言說是他們得罪了人。其實御史不好當，要是參不倒別人，別人反而很容易把他們整死，所以這幾年這幾位御史都是一些和稀泥的人。」

劉七巧這會兒就明白了，點頭道：「那就是說這受賄行賄算不得什麼重罪了？朱小姐那帳本到底有沒有用？」

杜若蹙眉想了想，抬頭道：「大雍刑律對受賄這一罪責，向來定得不明確，主要還是看判案者的心情。不過這裡頭涉及了命案，那就大不相同了，一會兒先問問二叔和王爺是個什麼看法吧！」

幾人用過了晚膳，又聚到了杜大老爺的外書房。杜大太太看著劉七巧離去的背影，笑著對王嬤嬤道：「老爺也真是的，娶了一個兒媳婦回來，竟是當兒子一樣使喚的嗎？什麼事情都喊著去，若是把七巧累壞了，如何給杜家開枝散葉呢？」

王嬤嬤笑著道：「如今開枝散葉的事太太不是正做著嗎？少奶奶年紀輕，以後總有機會的，太太這是心疼少奶奶呢！」

杜大太太擺了擺手道：「我也懶得管，瞧著她這忙裡又忙外地跑，下巴又比剛進門的時候尖了。」

劉七巧來到杜大老爺書房，見裡頭靜悄悄的，朱砂上前替她打了簾子，她低頭進去，便看見杜二老爺的目光在自己身上落下，繼而開口道：「姪媳婦來了啊。」

劉七巧進門先給杜大老爺和杜二老爺見了禮數，才坐到了杜若的下邊。

杜二老爺想了想，才開口道：「王爺的意思是，這件事情還是從下頭報上去較妥當，至於報上去之後，他自然會想辦法讓三司會審，把那些人清一清。」

恭王爺如今戰功赫赫，已經是一人之下萬人之上的地位，再加上最近世子爺在雲南又立了功，在朝中一時風頭無兩，若是由他參與的事情，定然是十拿九穩的，可就怕皇上心裡要忌憚起來。

杜大老爺聽了杜二老爺的話，低頭撚著山羊鬍，想了半天道：「王爺終究是過來人，比起我們是謹慎得多。」這貪污受賄的罪說大不大、說小不小，全賴皇帝的心情，如果一招不能將英國公給拉下馬，讓其死灰復燃的話，怕到時候就要引火焚身了。

杜大老爺擰了眉頭想了半天，開口道：「若是說動了朱家的人上告，把安濟堂的案子翻出來再審，且能證明朱老闆的死是有人滅口，那就另當別論了。」

劉七巧也跟著想了半天，又瞧了一眼杜若道：「上回狀告安濟堂的狀書是包探花寫的，這次若是再請他寫狀告朝廷命官收受賄賂的狀子，你覺得可行嗎？」

杜若想了想，搖頭道：「包兄眼下等著開年掛職，在翰林院當一個庶起士想來是沒問題的，若是在這個節骨眼上得罪了權貴，反倒不好了。」

劉七巧卻笑道：「我瞧著他倒不像是一個怕得罪權貴的人，況且他以前就是做狀師的，官司能打到總督府，應該也是小有名氣的。若是這次他告倒了那些人，對於他來說，是福不是禍。況且，既然王爺已經答應了下面的事情由他安排，我們應該相信王爺。」

杜大老爺和杜二老爺一時也都陷入深思，劉七巧想了想道：「安濟堂賣假藥，理應獲罪，朱老闆賄賂官員也是罪責難逃，就算他的罪名夠死上幾次，也應該由朝廷來判決，而不是有人私下裡動用私刑。如今朱姑娘找上了我，帳本罪證就在手中，我自然是想幫她的，但若是爹和二叔有什麼為難之處，七巧也一定不會堅持己見的。畢竟此事牽連甚廣，我也不想寶善堂有什麼事情。」

杜大老爺看了一眼劉七巧，嘆了一口氣道：「七巧，妳是一個奇女子，當初安濟堂賣假藥，妳要將它繩之於法，如今假藥的事情也已經告一段落，妳卻要為安濟堂的老闆洗刷冤屈，要我怎麼說妳好呢？妳說得對，犯罪自然要用大雍律例來判，絕對不能讓人藐視律法、動用私刑。大郎，你明日去拜訪一下那位包探花，問問他是否願意接這個案子！」

「用不著相公去，我去就可以了。」劉七巧想起包探花，心裡還是忍不住要笑起來，不過她倒是認為，外表嘻嘻哈哈的人，內心應該也是有一顆正義之心的。要是包中也是一個懼怕權貴之人，又怎麼會因為替人伸冤而放棄自己考功名呢？

杜若想了想道：「罷了，我下帖子讓他跟七巧一晤吧。」

眾人談妥了事情的後續便起身離去。杜若跟在劉七巧身後，見她低著頭慢慢往前走，開口問道：「七巧，妳平常並不愛管閒事，為什麼這次這麼堅持要幫那位朱姑娘？」

劉七巧扭頭看了一眼杜若，玩笑道：「因為朱姑娘是個難得的美人，我幫了她，好把她納回來給你當小妾呀！」

杜若正經問話，誰知道被她這麼一說，反倒惹得一臉通紅，甩了袖子道：「人家正經問妳，妳倒是跟我玩笑了起來，我要小妾做什麼！」

劉七巧見杜若急了，這才開口道：「有些事情我沒同爹和二叔說，怕他們知道了心裡會不好受。」

「怎麼了？」杜若上前，拉住劉七巧的手腕問道。

劉七巧嘆了一口氣道：「昨日我見了朱姑娘，她說安濟堂的那些假藥都是她二叔採買的，朱老闆根本就不知道，那些藥鋪的掌櫃也是被朱老闆的弟弟買通了，對賣假藥的事情只當不知道。安濟堂賣假藥是真，卻是被自己親兄弟害的，聽了這事情著實讓人心寒。朱老闆算不得大奸大惡，最後卻死了，這裡頭多多少少也有寶善堂的責任。既然朱姑娘能信得過我，我自然是想幫她一把的，哪怕是讓她父親能死得其所，也是好的。」

杜若聞言，也是一愣。兄弟間的異心才是真的防不勝防啊！若不是朱二爺無情無義，大概朱姑娘也不會將這帳本交出來。他點了點頭道：「明日一早我就派人給包公子下帖子，你們約在什麼地方？」

「就約在雅香齋吧，那邊是朱姑娘的外祖家，如今也只有那個地方稍微安全一點，明日一早我也派人去雅香齋送個信，下午未時二刻見吧。」

# 第一百二十六章

兩人回了百草院，劉七巧去淨房洗漱之後，便有些疲累地先寬衣躺在了床上，杜若跟著從淨房出來，見劉七巧躺在床上伸懶腰，便湊過去在她耳邊道：「七巧……」聲音軟軟的，已是將人給抱緊了。

「快睡覺！」劉七巧翻了一個身，聲音已經帶著一點睡意，隨後便傳出了均勻的呼吸聲。

杜若無奈，只好吹熄了蠟燭，蓋著被子睡下了。

第二日一大早，劉七巧就命連生去了雅香齋遞消息。

她在如意居用過了早膳，又想起這幾日忙於痲疹時疫，已經有些日子沒有回王府看看了，便跟杜大太太告了一日的假，回王府去了。

在青荷院和壽康居小坐了一會兒，劉七巧便回了薔薇閣來。

李氏抱著劉九妹從裡間出來，見了劉七巧來了，高興道：「我還以為妳不回來吃中飯了，幸好瞧見綠柳過來了，才叫廚房添了幾個菜，不然只怕還沒妳吃的呢。」李氏手中抱著的，就是她為劉七巧新添的小妹妹，因為劉七巧和劉八順的緣故，可愛的小妹妹也有一個通俗簡單的名字，叫劉九妹。

劉七巧從李氏懷中接過劉九妹，在懷裡掂了掂道：「九妹怎麼沒長重呢？怎麼跟之前差不多呢？」

李氏掩唇笑道：「一個月還沒滿呢，她要那麼能長，可不就怪了嗎？」

劉七巧嘟嘴在劉九妹臉上親了一口，拿出一只金色長命鎖來替她戴上。李氏急忙上前取了下來道：「快別戴著，當心扯著脖子了，她能懂什麼？」

劉七巧便笑著道：「就給她戴一天，瞧戴著多好看。小九妹，妳要快點長大喲，姊姊帶妳出去玩、出去放風箏。」

李氏搖著頭，見青兒送了茶水進來，接過孩子，讓劉七巧坐了下來，說道：「吃過了飯就回去吧，新媳婦老往娘家跑也不像話，再說這裡也算不得妳的娘家，倒是讓人覺得妳不尊重了。」

劉七巧道：「我這不是有事嗎？一會兒吃完了午飯還得出去一趟，最近因為鬧時疫的事情，討飯街都封了大半個月了，也就這幾天沒病人送出來，才算開禁了。」

「我聽太太說了，說是原先的水月庵放了很多病人進去養病，她們八月十五的時候都不能去那邊上香了，只好去法華寺。」李氏說著，又把劉七巧上上下下打量了一遍，見她臉上透著薄薄的粉色，言行流露少婦的風韻，心裡就更高興了。

「大長公主是大善人，說起來這事還是我起的頭，我和大郎在討飯街遇上一個生病的孩子，娘也知道大郎是個熱心腸的人，恨不得把孩子往家裡帶，我實在沒法子，就去求了大長公主。沒想到大長公主喜歡孩子，便同意了下來。」劉七巧說到這裡，就想起了大妹和大寶，一轉眼在水月庵也住了大半個月了，如今病好了，孩子自然是要送回去的，可是大長公主又那麼喜歡大妹，劉七巧想著，還覺得有些不忍心。

「這世道這樣的大善人不多了，虧得去年大郎治好了她的病。」李氏說著，便招呼外面老媽子開飯。劉七巧左右看了看，開口道：「熊大嬸怎麼不在呢？往常要是家裡來人，她第一個就招呼上來了，怎麼今兒沒瞧見她？」

李氏嘆了一口氣，淡淡笑了笑道：「妳熊大嬸跟著妳三叔回莊上去了。昨兒妳三叔當著妳爹的面，求了熊大嬸當他的續弦，妳說這是……兩親家如今倒成了一家人了。」李氏說出來還覺得有些不好意思，倒是劉七巧高興道：「好事呀，三叔是個沒主見的，就要熊大嬸這樣的人才鎮得住腳。這不是我說，只要熊大嬸在，三叔家才能更興旺起來，娘說是不是這個道理？」

李氏也點頭道：「就是這個道理，不然妳爹也沒準會同意。劉老太爺去了，如今老劉家的事情就妳爺爺說了算，妳爺爺也同意了，畢竟都是城裡人，見的事情多了。」李氏說著，又擰了擰眉道：「還有件事，我也不知道要不要和妳說。」

劉七巧疑惑道：「什麼事，娘倒是說呢，怎麼搞得神神叨叨的？」

「前一陣子妳周嬸子來，說巧兒她懷上了，只是……那趙老爺死了，如今趙老爺的兒子不認巧兒，說他老爹一早就不能那個啥……還說巧兒還不知道懷的是誰家的孩子，這會兒都

六、七個月大了，妳周嫂子就想託我問問，有沒有什麼辦法把那孩子給拿了？這樣巧兒換個地方以後也好做人，不然她一個年輕姑娘家帶著一個孩子，一輩子不都全毀了嗎？」李氏一邊說，一邊也覺得這事是挺為難的。當初周嫂子找到她，她原本也是推辭的，可畢竟方巧兒也是她看著長大的，終究狠不下這份心。

「都六、七個月了，怎麼打啊？打出來都是活的，難道眼睜睜看著孩子嚥氣？」劉七巧擰著眉頭道：「還不如偷偷把孩子生下來，然後送人，若是找個好人家，沒準孩子以後還能過上好日子呢。」

「我當時也是這麼跟周嬸子說的，可是這人言可畏啊，孩子要是從方家出來的，傻子猜不出這孩子是誰的？」

「周嬸子這種娘，活該被雷給劈死，她那麼有能耐，怎麼不去和趙家鬧呢？」

「鬧也鬧不起來啊，人家都把話說到這分上了，再說那趙地主，確實是十幾年沒讓人懷上過孩子了，誰知巧兒就懷上了……」李氏搖著頭，嘆息道：「當初她要是不執拗著要回牛家莊，如何能有這種事情？說起來也是她自己糊塗。」

劉七巧搖了搖頭，又想起周嬸子的品性，若孩子生了下來給別人家，萬一要是讓她打聽到了那戶人家，那戶人家還有清靜日子過？

劉七巧想了想，開口道：「娘，這事情我們還是別管了，周嬸子那樣的人，村裡人誰見了不繞著走？娘要是還管這事情，我可要生氣的。」

李氏見劉七巧說得一板一眼的，也只好噤聲了。

劉七巧用過了午飯，掐準了時間，便領著茯苓和綠柳兩個人一起往雅香齋去了。

大約過了兩刻鐘，馬車才漸漸慢了下來，劉七巧下車時就瞧見門口拴著一頭小毛驢。她點了點頭表示讚賞，辦事不遲到的人，至少是一個誠信的人。

談話的地點還是在吉香閣裡，小丫鬟領著劉七巧進去的時候，已經在門口聽見了裡頭說話的聲音。

「……這一味香是用甘松和天竺國傳來的天竺檀香揉合在一起，再加入龍腦、丁香、乳香各一製作出來的新品種，味道聞著還算可以，而且有提神醒腦的功效，裡面添了一味薄荷，聽說舶來人還喜歡吃，大雍倒是沒什麼人吃，不過用來製香也是不錯的。」朱姑娘說著，優雅地湊上前，用纖細的手指在三鼎狻猊香爐上輕輕拂了拂，繼續道：「如今還沒正式命名，久聞包探花的才情，不如給這味香取個名字也好。」

包中斂袍坐在一旁，神色淡淡。作為新晉的探花郎，長樂巷上那樣的風花雪月之地自然也是沒少去的，對待眼前的美人倒還能做得到雲淡風輕。

「甘松清幽、檀香柔和，又有薄荷的清涼，這一味香倒是很適合像我這種常年苦讀之人，用了自然可以提神醒腦，不如就叫做——」包中才要開口說下去，劉七巧就從外頭走了進來，笑道：「不如就叫做探花香了，用了這香，包中探花。」

包中站起來，恭恭敬敬向劉七巧行禮，笑著道：「我還想說就叫狀元香來著，嫂夫人倒是一進來就給這香打了一個折扣了。」

劉七巧噗哧一笑道：「狀元香？你當是進大廟燒大香呢，燒幾炷狀元香就能中狀元了。」

朱姑娘還是一身縞素地站在一旁，被劉七巧這麼一說，也沒能忍住淺笑了起來，只是轉瞬就消失了笑意。

「香可以慢慢品，既然大少奶奶來了，那我們就先說正事吧。」朱姑娘遣了小丫鬟下去沏茶，請了劉七巧落坐。

劉七巧看了一眼包中，又看了一眼朱姑娘，道：「大戶人家的規矩，姑娘家私下裡是不准見外男的，不過如今情況特殊，還望朱姑娘見諒了。」

朱墨琴落落大方地點頭道：「我是商賈人家的姑娘，原就不能跟京城的閨秀們比，在家裡，我也是見外客的。」

劉七巧聽她這麼說，便放下了心來，開門見山對包中道：「這是安濟堂的朱姑娘，我來得遲，也不知道你們兩個互相認識了沒有。」

包中自然是點了點頭，她又轉身對朱姑娘道：「這是包探花，告安濟堂賣假藥的狀書還是他寫的，文筆斐然，所以案子審理得也很快。」

朱墨琴原先只知道包中是劉七巧請來的客人，自然是以禮相待的，可聽她這麼說，整個身子就怔了怔。眼前的這兩個人，一個人設計告發了安濟堂買假藥的事情，而另一個則是親自把安濟堂告上順天府的狀師。

朱墨琴咬了咬唇，起身向包中福了福身子，垂眸落坐。

劉七巧看穿了朱姑娘的心思，也嘆了嘆，開口道：「妳父親要翻案，還要請包探花幫忙。」

朱墨琴抬起頭，一雙水汪汪的眸子看著劉七巧道：「怎麼，連少奶奶妳都幫不上忙嗎？那帳本裡的人當真那麼厲害，連……連寶善堂都怕他們嗎？」

劉七巧搖了搖頭，開口道：「不是怕他，是一切都要有個規矩，才能上達天聽。這事情不能指望著上頭的人，我的意思是，若朱姑娘願意去順天府衙門把那些人告上去，這後面的事情，自然就有人會插手其中。」

「那我們何不直接去刑部告御狀，何必還要經過順天府尹？」朱墨琴想了想，擰著帕子問道。

包中一拍桌子，笑道：「那可不行，順天府尹按照證據判案，在安濟堂賣假藥這件事上並沒有什麼錯處，若是姑娘去告御狀，豈不是陷趙大人於不義？不如還是讓在下寫一份狀子，把妳想要告的人說一說，若是妳所言屬實，趙大人也可以將功補過，不然的話，趙大人開年的考評可得不上優了。趙大人雖然不是什麼大清官，不過他是武將出身，對待京城的百姓還是很仁厚的。」

朱墨琴低下頭，將手中的手帕又擰了一圈，才抬起頭看著包中道：「包公子，你相信我爹是冤死的嗎？」

包中端起茶抿了一口，臉上卻是少有的正色。「我相信嫂夫人不會隨便幫人，妳既找了嫂夫人，那嫂夫人的忙我是一定要幫的。」

劉七巧搖頭看了一眼包中，這麼不靠譜的話卻用這麼正經的口氣說出來，倒還像那麼回事。她搖頭笑了笑，便把昨日商議好的事情跟包中原原本本說了一通。那包中原本就有幾分鋤強扶弱、匡扶正義之心，聽過之後，雄心勃勃道：「不掃除這些朝廷的蛀蟲，我便不姓包！」

# 第一百二十七章

包中一面聽朱姑娘陳述事實，一面走到小書桌上提筆寫了起來，開口道：「就告他們貪污受賄、謀財害命！」

「等等！」劉七巧聽他這麼說，急忙站了起來道：「順天府的仵作說了，朱老闆是自殺的，驗屍驗了幾回總不能錯的，謀財害命還要改一改。」

包中咬著筆頭想了想，直接寫道：「貪污受賄、逼死人證。」

劉七巧湊上前去看了一眼，這才點了點頭，心道：人家當探花的，自然是腦子好使的。

朱墨琴安靜地坐在那邊，緩緩撥動爐裡頭的香，沁人心脾的氣息從香爐中緩緩縹緲而出。

劉七巧凝神聞了聞，開口道：「確實挺好聞的，煙味也不大，讀書人聞著挺好的，妳這邊還有多的嗎？」

朱墨琴聞言，笑著起身道：「才製出來，我這兒還有一盒，只是沒有合意的名字，所以還沒擺在店中。」

劉七巧笑道：「方才我說的探花香，也不過就是說笑而已，這香氣幽香襲人，不如就叫幽檀香吧。」

「幽檀香？好名字。甘松本也是喜歡生長在清幽之地的，這個字用得好，我這幾日頭疼，想了幾日也沒想出一個好名字。」朱墨琴低下頭，眼底又醞出了一絲淚意，開口道：「昨兒我二叔又派人來問了，還是英國公府，非要讓我進去做小。我娘說我熱孝還在身上，他們這才作罷了。我尋思著，等事情了結了，我就帶著我娘和弟弟一起回安徽老家去，那邊雖然沒有京城繁華，卻比京城淳樸。我們一輩子都是在縣城的人，當初若不是為了我，我父親也不會來京城，更不會被富貴迷了眼，做出那些錯事來，也不會落到最後客死他鄉的境地了……」

朱墨琴說著，視線便虛無了起來，看向簾子外頭，忽地睫毛閃了一下，一滴淚飛快地滑落。

劉七巧覺得，這世上還真有這樣的女子，一舉手一投足便讓人心慌意亂，難怪英國公府的世子爺惦記成這樣。

出了雅香齋，離朱雀大街的寶善堂不過就一條街的路，劉七巧便索性去杏花樓打包了一袋子的糕餅，讓綠柳送了給掌櫃們，分給夥計們吃。

她進了店堂大廳，就瞧見賀嬤嬤正從二樓下來，便福了福身子向她行了半禮。賀嬤嬤哪裡敢受，急忙回了全禮，道：「老爺今兒喊我過來問話呢，我一會兒還得去長樂巷那邊。」

「長樂巷那邊生意忙嗎？」

「怎麼不忙？因為富安侯家的少奶奶有了，胡大夫名聲大起，這幾日來看病的人可多了，有外地來的人，一等就等上好幾天。沒辦法呀，平常那些官家貴府的都請了胡大夫上門看去，胡大夫又不好推拖，只能讓那些上門求診的等著了，這幾日寶善堂外頭都有打地鋪的呢！」

劉七巧笑著，讓柳綠從荷包裡拿了二兩銀子出來，遞給賀嬤嬤道：「這銀子妳拿回去，給那些排隊看病的人買些吃的，大老遠地跑來也不容易，我們畢竟也是開門做生意的，他們慕名而來，等那麼長時間也是我們的不是。」

賀嬤嬤接了銀子道：「胡大夫說了，明兒不出診了，把店外頭的病人都瞧過了再出去。這幾日實在是請的人門戶高了點，所以不敢不去。」

「都去哪戶人家了？」

「去了宣武侯府上。」

「宣武侯府有人生不出孩子嗎？」劉七巧這會兒也來了興致。聽說那宣武侯的兒子沒長進，到現在也沒娶媳婦，家裡還有誰需要生孩子呢？

「是宣武侯府的二姑奶奶，舊年嫁給了雲貴總督的小兒子，嫁過去也有大半年了還沒消息，這回是專門回京治病的。」

嫁得可真夠遠的呀……平常不積陰德，果然不孕不育是會找上門的。

劉七巧見著店堂裡畢竟人來人往的，便拉著賀嬤嬤到後頭會客的偏廳裡頭細細問了起來。

「快說說，她怎麼就生不出孩子了呢？」

「哪裡是生不出孩子啊！」賀嬤嬤說著，偷偷湊到劉七巧耳邊道：「胡大夫說了，看著那二姑奶奶什麼都很好，就是面色不大好，倒像是給人下了藥了。宣武侯府的人說，是去了雲南就一直水土不服，所以一直病病歪歪的。胡大夫切了脈，說這可不是水土不服的脈象，不過他當著人的面也沒說，只是開了藥調理，這都是回了店裡，我伺候沏茶的時候，他偷偷跟我說的。」

劉七巧聽得津津有味的，點點頭，一派恍然大悟的表情。偏生那賀嬤嬤也是有些八卦心思的，繼續開口道：「我還聽說了，這位二姑奶奶原來在京城名聲不好，找不著人家。舊年雲貴總督來京敘職，因為雲貴那邊打著仗呢，他一家老小在那邊也不安生，便想找個京城的媳婦，看看有什麼機會能升調到京城裡來，才搭上了宣武侯府，娶了侯府的二姑娘當了小兒媳婦。他回去的時候，二姑娘就跟著一起去了雲南，說起來，這事在京城也算是無聲無息的了。」

劉七巧不得不佩服賀嬤嬤，笑著道：「這些事情妳是從哪裡知道的？說得還這麼詳細。」

「我怎麼不知道呢？舊年雲貴總督來京城的時候，因為南方不安定，就把懷著孩子的大兒媳婦帶了回來，那大奶奶是禮部侍郎曹大人家的閨女，四月裡生了一個兒子，還是我接生的呢。當時大奶奶就說她公公許的這門親事，只怕回去要被婆婆給數落死的！」

劉七巧捫心自問，自己也接生了好些個人了，可哪一次能套到這麼多的八卦來呢！簡直愧對穩婆這個職業啊！

「行了，賀嬤嬤，這八卦也聽了，心裡也舒坦了，妳先回長樂巷上去吧，不耽誤妳的事了。」

賀嬤嬤眉開眼笑地走了，劉七巧出了偏廳，看看角落裡擺的沙漏，跟掌櫃的打過招呼之後，笑著道：「今兒我高興，我們一起去水月庵接大少爺去。」

杜若在水月庵裡頭搭了一張臨時的辦公桌，幾位太醫輪班的時候便在這邊給病人看診。劉七巧從外面進來，見杜若還在那邊忙著，便自己先去裡頭找大長公主去了。

水月庵的銀杏樹已經金黃一片，落在地上像鋪了一層金子一樣，大長公主就坐在花壇邊，看著五、六個小孩子在那邊玩老鷹捉小雞的遊戲，心裡是滿滿的疼愛。

劉七巧上前福了福身子，開口道：「給大長公主請安。」

大長公主轉過頭，嘴角勾起一絲笑意。「平常妳都喊我師太，怎麼今兒就改口了呢？」

劉七巧蹲下身，坐在了大長公主的身邊，小聲道：「這會兒的大長公主不像是個出家人，倒像是普通家裡頭的老太太，正看著自己的孫子孫女們在玩遊戲呢，哪裡有師太的樣子？」

「貧嘴！」大長公主笑了笑，忽然伸手把劉七巧攬入了懷中，道：「我一早就想這麼幹了，可惜妳都嫁了人、成了家了，要是讓杜太醫瞧見，豈不是臉紅？」

劉七巧笑著道：「看見就看見了，他還能上前搶嗎？小時候我奶奶就這樣抱著我。」劉七巧口中的奶奶，也是這一世的奶奶張氏，可惜她穿過來沒幾年，張氏就去世了。

「七巧，妳看妳年紀輕輕就嫁人了，十幾歲的姑娘就要相夫教子，一輩子被困在宅門中，妳甘心嗎？」大長公主也不知怎麼就說起了這種話，劉七巧一時間不知道怎麼接話，便靜靜聽著。大長公主嘆了一口氣道：「其實，我也有過一個孩子，可惜那時候太小，總覺得光陰不能浪費在生孩子這種事情上。」

劉七巧恍然大悟，怪不得大長公主這些年如此自責，而不管是王妃還是太后娘娘，都以為大長公主是因為沒有給馮將軍納妾，害得馮家沒有子嗣，才這樣傷心欲絕，其實不然，真正的原因是，她有過馮將軍的孩子……卻沒有生下來。

「若我知道好日子過不了幾年就要打仗了，我自然不會那麼做的，可世上偏生沒有後悔藥，我再後悔，他們都回不來了，一輩子都回不來……」

劉七巧想了想，伸手握著大長公主已經布滿了皺紋的手道：「不，這不是大長公主的錯，每個人都應該有夢想，就算不能做到為了夢想而活，至少也不能讓自己的一輩子活得太過遺憾。我不甘心十五、六歲就結婚生子、相夫教子，可我嫁給杜若，是因為我愛他，至於生孩子，我真的還沒有想過。」

大長公主眼中有著淡淡的驚喜，想不到時隔四十年，竟然還會有跟自己一樣想法的人。

「七巧，那妳說說，妳的夢想是什麼呢？」大長公主帶著幾分期待問道。

劉七巧從大長公主的懷中掙脫了出來，站起來踱了幾步，才回過頭，黑亮的眼珠子帶著異彩地看著大長公主，裡面有著鼓舞人心的激動，開口道：「我想開一家寶育堂，能讓京城乃至整個大雍的孕婦，都可以有一個健康、安全、平安的懷孕和生子過程。我不想看見有人因為難產喪命，也不想她們因為無知而做出任何傷害自己的舉動，我想讓孕婦們不懼怕懷孕生子，不要把生孩子看成是人生的劫難。懷孕生子，孕育一個新的生命，這是一件神聖而高尚的事情，她能給全家帶來喜悅，同時也應該包括她們自己。」

大長公主呆呆地看著劉七巧，覺得她比自己想像中更加智慧、美麗、從容。

大長公主忽然哈哈笑了起來，拉著劉七巧的手道：「小小年紀，口氣倒不小，有我當年的風範。」大長公主說著，忽然從道袍裡面拿出了一個四四方方的璽印，遞給劉七巧道：「這東西送給妳，如果有一天妳真的有能力開寶育堂了，我這大雍大長公主府就送給妳當病舍。」

「啊……」劉七巧張大了嘴巴，下巴差點就掉了下去，拿著手中那塊小小的石頭道：「這……這是什麼？」

「這是我的璽印，妳帶著它去找如今看守大長公主府的管家，大長公主府以後就是妳的了。」

劉七巧木然站在原地，愣愣看著大長公主，覺得手裡這璽印似乎有千斤重。

「怎麼了？不高興了？我的公主府空著也是空著，不如留給妳做些好事。」

劉七巧撇了撇唇，擠了半天才擠出一句話道：「幸福來得太快……」

大長公主一拍她的腦門，笑道：「喊我一聲奶奶聽聽。」

劉七巧紅著臉頰，有些不好意思道：「大妹不是整天都喊嗎？」

「唉，他們病好了，總要送回去他們父母身邊的，我如今連自己的私宅都給了妳，還換不來妳一聲奶奶嗎？」

劉七巧笑嘻嘻地道：「不是我不想喊，是大長公主六根清淨，已經是世外之人了，大妹不懂這些，她可以隨便喊；可是我不行，我心裡喊您一千遍、一萬遍，也不敢在口上對您不敬。」

大長公主撚了撚自己手中的珠串，笑著道：「也是，最近跟孩子們待得太多了，差點忘了自己是一個出家人了，便是將軍府的人站在我跟前，也是能喊我一聲了塵師太的。」

劉七巧笑了笑，扶著大長公主往裡頭走，湊到她耳邊輕輕喊了一聲。「奶奶，雖然我這會兒還不想生孩子，可要是我生了出來，肯定隔三差五就帶過來給您玩玩。」

大長公主聽了，假裝板著臉，唸起了阿彌陀佛，道：「冤孽，孩子生出來是用來玩的嗎？都是當人媳婦的人了，怎麼還這麼不懂事？還成天說自己有宿慧，我瞧妳的宿慧都被妳給吃了，如今越活越回去了。」

劉七巧噘了噘嘴巴道：「您老怎麼還記著這個呢？我那時候是病急亂投醫，逮著啥說啥呢，快忘了才好！」

她把大長公主送回了禪房，邊走邊拿著大長公主的璽印反覆看了看，放入袖中收好，這才到後面的院子裡找杜若。

綠柳和茯苓也正幫著照顧病人。紫蘇如今病已經好了，穿著半舊的半臂夾衣，在藥爐蹲著身子熬藥。她原本就長得壯實，這一次久病初癒後還在這邊忙活了幾天，腰線就出來了，嫋嫋婷婷的。

紫蘇搧著爐火，春生就拿著蒲扇給紫蘇搧風，然後被紫蘇無情地瞪了一眼道：「少在這兒添亂，能幹點正經事嗎？」

春生呵呵笑道：「我這不是幹正事嗎？妳給爐子搧風是正事，我給妳搧風怎麼就不是正事了呢？」

紫蘇便紅著臉用扇子去抽春生，春生急忙用手擋了一下，一屁股就坐在柴火堆裡了。紫蘇急忙放下了手裡的蒲扇，把春生扶起來道：「你瞧你，摔著了沒？我都說了別讓你在這邊添亂了。」

春生嘿嘿傻笑兩聲，劉七巧在門口看了眼，哀嘆道：「我原本還想著等過一陣子給紫蘇多存些嫁妝了，再把這事情辦一辦，瞧你們這架勢，只怕也等不及了。」

紫蘇聞言，一張臉便紅透了，急忙擦了擦手跑出來，給劉七巧行禮道：「給少奶奶請安，少奶奶什麼時候過來的，茯苓姊姊不是說您去找師太了嗎？」

「剛過來，看你們打情罵俏呢，挺有意思，你們繼續。」劉七巧說著，便進一旁的小屋去找杜若。

她笑盈盈地走到杜若的案桌邊上，見他正在埋頭改方子，抬起頭見她笑著進來，便問道：「什麼事情那麼開心？」

劉七巧走到他身邊，半倚半靠在他背上，笑著道：「我不告訴你！」杜若一邊改藥方一邊道：「我方才聽見了，妳又尋春生和紫蘇的開心了。」說著，他把筆擱了下來，道：「我尋思著，不如過些日子就把他們的事情辦一辦算了。妳平常也用不著紫蘇貼身服侍，那些灑洗打掃的事情，一般的小丫鬟也會做，不如讓紫蘇嫁了算了。」

劉七巧開口道：「行啊，規規矩矩地請了媒婆三書六聘的，紫蘇就嫁了。她不是一般的丫鬟，沒有賣身契，我不能因為她落難了，就把她當丫鬟一樣打發了，明白嗎？」

杜若點頭道：「我知道了，改明兒我就提點了春生，讓他娘張羅起來，一定讓紫蘇風風光光的。」

劉七巧重重點了點頭，歪到杜若的身上，從袖中掏了大長公主的璽印出來，遞給杜若道：「你看看，這個值錢嗎？」

# 第一百二十八章

杜若接過劉七巧手中的小印章，翻過來看了一看，篆書小巧秀氣，一看就是出自名家之手的一枚私印，他順著上面的字體往下唸了出來。「周氏金鳳……」一唸出來，他就傻眼了。本朝只有一個人叫這個名字，當今大長公主、如今的水月庵師太，在未出閣之前的名諱就是周金鳳。

杜若橫了一眼劉七巧。她還真是什麼禮都敢收……

「這、這從哪兒來的？」

「當然是師太送的了。師太說，拿這個東西去找公主府的管家，公主府就是我的了。」劉七巧雖然努力克制自己的興奮之情，但說話的時候還是帶著一絲沾沾自喜。

「妳……要公主府做什麼？」杜若發現自己的這位小嬌妻簡直野心勃勃。

「我也不知道，或許以後會有用呢？」劉七巧覺得這會兒還是不能跟杜若實話實說，要等到自己有把握的時候，再和他分享這份成功的喜悅。

杜若把璽印放入劉七巧的掌心，拍了拍道：「七巧，好好保管，千萬別讓我爹知道。」

「為什麼？」劉七巧有些不解地問道。

「要是爹知道了，沒準會讓妳三步一叩首地還回來的。」杜若想了想平常對自己頗為嚴厲的父親，覺得很有可能。

劉七巧卻滿不在乎道：「怎麼可能？上回我說借了大長公主的水月庵來用，爹還不是舉雙手贊成了？」

「此一時彼一時，當時妳是為了幫助百姓，這回呢？」杜若看著劉七巧，讓劉七巧有些猶豫了。「好吧，不說，那我就跟你一個人說。」

包探花的辦事效率也很高，第二天就帶著朱姑娘去順天府擊鼓鳴冤，把洋洋灑灑千餘字的一篇狀書當堂唸了出來。順天府尹因為事關朝廷命官，不敢擅自開審，連夜就寫了摺子把這事情彙報給了刑部。

幾日後，朝堂上便展開了一次別開生面的辯論，刑部幾位官員以此事為由，彈劾戶部尚書、戶部侍郎、禮部侍郎等一眾十二人貪污受賄、逼死人證。皇帝一下子就動怒了，原本皇帝聽說了安濟堂賣假藥的案子，也是讓順天府從嚴處理的，誰知道事情居然牽扯出那麼多的朝廷命官，皇帝一下子就覺得自己的領導出現了腐敗，暴跳如雷，最後一向很少對文臣爭端發話的恭王也開了金口。「身正不怕影子斜，既然告狀的人聲稱有物證，那就按照那冊子上的東西去找那些物證。」

皇帝一聽，認為這個辦法好，當庭宣布把幾位涉案的大人留在朝中喝茶，刑部的幾位大人帶著刑部的捕快直奔這些大人家中，把家裡的東西好好地盤點盤點。可憐幾位大人嚇得站都站不住了，而老英國公貪污了一輩子，家裡哪裡就只有這幾樣東西？很多外邦貢品在戶部欽點的時候，他覺得好便順手抬回家了，皇帝死活也不可能知道，可如今往家裡一翻，豈不是底朝天了？老英國公禁不起嚇，一下子就癱了。

皇帝還假惺惺地請了太醫來給英國公診脈，杜太醫摸著英國公的脈搏，山羊鬍子捋來捋去道：「急火攻心之症，邪風入體，只怕就是好了也是要半身不遂的。」

幾個大人已經嚇得面無人色，齊大人一時機靈，連忙跪下來認罪道：「老臣有罪，老臣身為朝廷命官，不潔身自好、貪污腐敗，愧對先帝栽培、愧對皇上的恩德！」

皇帝其實自己心裡也清楚，貪官污吏是整治不完的，但一般只要不過火，也不會有人拚了性命都要檢舉揭發。況且英國公擔任戶部尚書一職確實已經有些年了，這幾年打仗花的銀子太多，他也沒空去計算到底每年戶部是個什麼情況。

「齊大人，你現在認罪，晚了！百姓們原本可以過些舒坦日子的，如今也讓你們給攪沒了！」皇帝越說越激動，站了起來，一人一腳踹倒在金石地磚上，恨恨道：「咱們從南方打回來才沒多少年，要是大雍再虧空下去，韃子們來了，咱們用什麼去跟人家打？難不成又要像先帝那樣，守著那半壁江山過日子嗎？朕受夠了，你們沒有受夠嗎？你們祖上有哪一家哪一戶是沒在南邊過過的？你們祖上有多少人是死在南邊回不來的？這都是因為什麼？不是因為大雍沒有人，是因為大雍窮，打不起仗，士兵吃不飽，幹不過韃子的鐵蹄！」

皇帝說著，伸手蓋住自己的眼睛，抹了一把淚道：「朕還記得，先帝臨終前我們還沒北歸，先帝說：『皇兒，就算我死了，你也要把我的屍骨帶回北邊去，不然我愧對大雍列祖列宗！』」

華麗肅穆的金鑾寶殿中，傳來了大臣們幽幽的抽泣聲。

皇帝嘆了一口氣，咬牙道：「朕相信你們中的大多數都是國家棟樑、都是大雍的頂梁支柱，可朕真心的希望，你們能把大雍當成是自己的國家，而不是我周姓人的大雍。」皇帝說著，轉身扶著龍椅上的龍頭背對著群臣，繼續道：「就連大長公主都可以開了水月庵讓平民百姓去治病，你們身為堂堂七尺男兒，就不感到汗顏嗎？」

眾大臣聞言，脊背又向下壓低了。皇帝抹抹臉上的淚，轉過身子，瞧著下面跪著的一排罪臣還有癱著的英國公，開口道：「今日之事，一經查實，全部革職查辦！涉及款項巨大者，入刑部大牢，由刑部召開三司會審，哪怕是貪一粒米，也要給我挖出來！」

那些官員都是巨貪，平素在外面裝得還算節儉，可真的開了庫房清點，便是連遮羞布都沒了。皇帝又難得這樣動作迅捷，半點風聲沒漏出去就來了這一手，家裡的那些僕人們都嚇得屁滾尿流，女眷們抱在一起哭。

其中以英國公貪污得最多，翻出來路不明的銀子約莫十萬餘兩，還有各色珍寶卷冊，皇帝看了眼珠子都要紅了，竟然比皇宮裡庫房的東西還要多，簡直氣得牙癢癢的。

其他幾位下屬也不乾淨，更有甚者，還把每次貪墨的銀兩記錄在案，結果一起被抄了出來，皇帝當場就把涉案最重的幾個人給關押了起來，其他人革職查辦，各自回家等候發落。

劉七巧忙過了那幾日，這時才得以悠閒了下來，陪著三位姨娘打麻將打到申時，然後慢悠悠地回到百草院。

茯苓拿著當日劉七巧在朱姑娘那邊得的幽檀香，開口道：「這香我聞著還挺好的，還沒點上呢，就有一種很清幽的香味傳出來，還不刺鼻，奶奶怎麼沒給大少爺點上呢？晚上點著這香看會兒書，那才叫一個雅字呢！」

「妳家少爺如今才不雅，就是一個庸俗的大俗人了！」劉七巧想起杜若每晚看會兒書之後，就磨著自己做那事情，心裡便有些不屑，笑著道：「妳把這東西給大姑娘送過去吧，她自然知道怎麼用。」

自從杜茵和姜梓丞的婚事談定了之後，姜梓丞的身體也比以前好了很多，如今已經又開始看書了，這東西給他用就將將好了。

茯苓應了聲，領了一個小丫鬟，帶著香匣子過去了。

劉七巧在院中賞了一會兒花，正想進房補個覺，那邊小丫鬟急急忙忙就跑了進來道：「大少奶奶，不好了，二太太暈了，茯苓姊姊讓我請了大少奶奶過去，問是不是要告訴老太太和太太。」

劉七巧頓時睏意就少了一半，擰眉道：「什麼叫暈了？妳話好好說。」

「就是……就是齊家派人來說齊家被抄家了，二太太一聽，就急暈過去了。」

劉七巧心想，王爺的辦事效率也太快了點吧，她還以為沒個十天半個月的，這事鐵定搞不成啊，沒承想這才三天工夫，就已經抄家了。

「老太太和太太正歇中覺呢，先別告訴她們了，我先跟妳過去瞧一瞧，二少奶奶過去了嗎？」二太太畢竟是趙氏的親婆婆，別人不在場沒關係，趙氏還是要在場的。

「茯苓姊姊派人去請了，這會兒只怕也到了吧。」

劉七巧點了點頭，也沒換衣服，便喊了綠柳跟著自己過去了。

二太太還沒清醒過來，徐嬤嬤也才從趙氏的院子裡趕過來，正給二太太掐著人中。劉七巧走進去，便見一群丫鬟圍成了幾圈，她忙開口道：「圍成這樣，氣都喘不過來，人哪裡醒得過來？妳們都散開些，留下秀兒，其餘的去外面。妳去打一盆水來，給二太太擦擦臉。」

劉七巧說完，便湊上前去問徐嬤嬤道：「嬤嬤，請人去外頭請大夫了嗎？」

秀兒便道：「派了人去太醫院請二老爺回來了。」

「從家裡去太醫院少說也要小半個時辰，妳出去交代小廝，就上離這兒最近的鴻運路上請個大夫過來，先瞧一瞧。」

秀兒雖然心裡不服，卻也只能點頭應了，出去交代了小丫鬟去請大夫。劉七巧上前翻了翻杜二太太的眼皮，見著一切都算正常，大概是一時嚇暈過去了而已，便也稍微放下了心，讓徐嬤嬤掐著二太太的人中，趙氏又上前按住了二太太的虎口，兩人折騰了半日，二太太嘴裡就哼了哼，眼皮子輕輕顫了顫，倒是要醒的模樣。

劉七巧便接過了一旁丫鬟端著的水，用手指沾了些水在二太太的臉上灑了灑，二太太果然搖了搖頭，身子也跟著一顫，眼皮就睜開了。

「二太太總算醒了，可嚇死奴婢了，這是怎麼了？」徐嬤嬤抹著一把老淚，給杜二太太理了理鬢髮。

杜二太太這會兒神情還有些呆滯，隔了幾秒才開口道：「剛才那傳話的小廝呢？妳們快帶他進來，我要好好問問，什麼叫齊家被抄家了？這好好的，怎麼就被抄家了呢？」

秀兒急忙上前道：「還在外頭跪著呢，奴婢這就請他進來。」她出去領了那小廝進來。那小廝如今是跟在杜二太太哥哥身邊的小廝，今兒官兵來得快，正巧他和齊老爺出門辦事，才出門就遇上了，兩個人還以為官兵是走錯了門戶，上前問了，才知道就是上他們家來的。

那小廝一把鼻涕一把淚地說道：「奴才也沒問清楚，只知道那些人是刑部來的，說有人揭發了我們老太爺貪污受賄，被皇上知道了，如今我們老太爺人還在宮裡頭沒給放出來，也不知道出不出得來了……」

杜二太太聽到這裡，差點又急暈過去，幸好有徐嬤嬤一直在身邊攙著，這才算稍稍回過一口氣，又繼續問道：「什麼叫也不知道出不出得來？怎麼就出不來了呢？」杜二太太嫁出門太久，她出嫁的時候，老太爺的爹還在世，當時老太爺也不過就是禮部的一個堂官，品階又低，這些年能混上戶部侍郎，也不知道已經是多大的恩典了。至於老太爺的爹是不折不扣的清官，南下搬家的時候，一家子十幾口的人，總共才十幾口的箱子，當時杜家就是看上了他們家這一點才結了這門親事。誰知道這麼多年過去，一切都變了。

「老太爺到底貪沒貪銀子啊？」杜二太太這會兒自己都糊塗了，居然問一個小廝這樣的話。那小廝一臉苦樣，尷尬道：「老太爺貪沒貪銀子，奴才哪裡能知道呢？老太爺拿了銀子回來，還能跟奴才說這是他貪回來的銀子嗎？」

杜二太太聞言，一張臉全垮了下來，哭道：「你們齊家做出這樣的事情來，還跑來告訴我做什麼？我都嫁出門多少年了，出了這種事情，你們還跑來丟我的人嗎？我……」杜二太太說著，摀著臉便哭了起來。

還是趙氏這會兒有了些大家閨秀的風範，開口道：「太太先別急著哭，這事情不是還沒完嗎？不如先等等消息，看看後頭怎麼說的。」趙氏說著，又轉身問那小廝道：「你說抄家了，那查封了沒有？家裡的人還有地方住嗎？」

「那倒沒有，東西也都好好的還在，說是要照著什麼帳本找什麼東西，就是把家裡翻了個天亂，人也沒拿。」

劉七巧默默聽著，看來這並不是最後的發落，還在蒐證階段而已，不過手法有些凶悍而已。

「二奶奶說得有道理，二嬸娘先別急，這會兒我們急也急不出什麼。若是老太爺真的有貪墨，那罪也累及不了家眷，頂多是把貪的銀子吐一吐，家裡人該怎麼過還怎麼過吧！」

「太太快別傷心，一會兒我差人給我娘家送個信，問問我父親這事情到底是怎麼回事，說不定還有轉機。」趙氏的父親是大理寺少卿，出了這麼大的事情，自然是知道一二的。

杜二太太這會兒也差不多清醒了片刻，這些年她在杜家過成這樣，也算是體面了，這其中不能說沒有自己娘家的功勞。自己的父親是從三品戶部侍郎，這樣的出身在家裡是頭一等，便是大太太，娘家父親致仕之後，幾個兄弟也不過就是小官，外放的外放，如今也沒人在京城裡頭待著，唯有自己，大靠山那就在身後，可怎麼就一瞬間樹倒猢猻散了呢？

「行了，你回去吧，告訴你家主子，說這事我知道了，等二老爺回來我會跟他商量著看的。你們要是真貪了銀子，也交出去，什麼都沒人命重要，老太爺都一把年紀了，總不能讓他在牢裡頭過最後的日子吧……」杜二太太說完這些，人已經很疲累了，揮了揮手命一眾人等都下去。

趙氏福了福身，先下去了，劉七巧也跟著一起走了。只有杜茵還哭著趴在杜二太太的身上不住抽噎著。杜二太太看著杜茵，忽然心中閃過一絲後怕，這要是女兒嫁去了齊家，這會兒豈不是……

# 第一百二十九章

約莫過一個時辰，去太醫院找杜二老爺的人也回來了，說是沒找到人，皇上上早朝時就請了杜二老爺進宮，這會兒也還沒出來呢，也不知道裡頭發生了什麼事情。

劉七巧估摸著大概跟今天的事情有關，卻也不敢確定，打發人下去了，自己才去了福壽堂，把下午的事情跟老太太說一說。

杜老太太畢竟是經過事情的人，聽著這事情也不覺得有什麼稀罕的，饒有深意地說了一句。「常在河邊站，哪有不濕鞋的？齊家這次也是太不小心了些，趕上了魚死網破的人家，這也是命數了。只是苦了老二媳婦，這也一把年紀了，還要被娘家的事情落了臉面。她是最重面子的人，只怕有些日子不肯來見我了。」杜老太說著，又喊了百合上前道：「妳把前兒富安侯夫人送的燕窩拿二兩出來了，送給二太太去，讓她好好補補身子，這幾日家裡的事情就全給大少奶奶吧。」

劉七巧急忙攔住了道：「老太太快別。」她上前拉住了百合，頓了頓道：「讓百合去送東西自然是好，可是二嬸娘今兒那麼傷心，與其說是為了齊家，其實也是為了她自己。她在杜家這麼多年，下人跟前更是有頭有臉的，老太太雖然是好意，可萬一她心裡不這麼想，覺得老太太是嫌棄她了，所以不讓她管家務了，她只怕會更傷心，倒不如先別提這個事，等二嬸娘自己看著辦吧。」

杜大太太心裡是一萬個贊同的，可當著杜老太太的面，還是假作嗔怪道：「妳這丫頭片子，妳二嬸娘哪有妳說的這樣小心眼，別人是為了她好，她難道看不出來？妳讓她繼續管家，無非就是自己想躲懶罷了，我還不知道妳嗎？」

劉七巧聞言，翹著唇瓣道：「娘既然知道，還當著老太太的面說出來，那我不是沒臉了？老太太瞧瞧，我這正學著呢，哪裡能接下這一整個家？自然是要二嬸娘幫襯著點才好的。」

杜老太太如今也是習慣了劉七巧這伶俐的模樣，笑著對百合道：「還跟方才那樣和二太太說，就說家裡的事情，我這幾日辛苦一下，替她看著點。」

「那怎麼好意思讓老太太親自出馬呢？七巧，還不快謝過老太太？妳瞧瞧妳，這麼大的面子！」杜大太太說著，便又繼續道：「都是媳婦的不是，還要勞煩老太太關照家裡的事情。」

「妳現在有了身子，日子也近了，自然不能操心這些事情；再說妳二弟媳婦，指不定哪天就想通了，她嫁進杜家也不少年了，若是這點事情也想不通，那可就白活了這一把年紀了。」

劉七巧謝過了杜老太太，又忍不住開口道：「我瞧著二弟妹人品不錯，她對孩子都那麼上心，若是用在管家上，肯定是一把好手。」趙氏雖然平常深居簡出，看著很少說話，可每次說話卻總能說到點上，這一點讓劉七巧也很佩服，深閨裡的姑娘能有這樣修養的已經算是不錯了，她估摸著自己要從家裡抽手，還是得找個接班人才行，看來看去，也就趙氏最合適。

「我一早有這個意思，是妳二嬸娘太要強了，我這隔代的也不想去管她們婆媳的事情，所以也沒提。按理蘅哥兒媳婦是應該出來學一學得好。」杜老太太說著，又忙叫住了百合道：「妳就說，讓二少奶奶明兒開始跟著大少奶奶一起去議事廳學學。」

百合福身下去了，杜老太太才又看著劉七巧道：「妳倒是奇怪了，平常別人家府上，妯娌兩個不對盤的多了，哪有妳這樣，還生怕妳弟妹不會管事的。」

「我不過就是覺得反正這些事情以後都要學，不如早學了，就可以早點給家裡出力了；再說娘和二嬸娘一起管家這麼多年，我瞧著也好得很呢！」

杜老太太心裡暗暗笑了笑，是啊，表面上好得很，暗地裡怕擂臺也沒少打呢。

趙氏聽了丫鬟的傳話，心裡倒是疑惑了起來，不過還是恭恭敬敬地應了。

杜二太太這會兒是什麼心情都沒了，就算杜老太太把杜家上上下下帳房的鑰匙都給她，只怕她也沒心思接了，按著頭唉喲唉喲地喊頭疼，又看了一眼趙氏，心想自己這幾天不能去了，若是趙氏也不過去，那這杜家的權柄就真全部落到了大房的手裡了，便忍著頭疼開口道：「老太太既然要妳去看看，妳就去看看吧！妳也是大家閨秀，這些事情定然難不倒妳，沒準妳還能比妳嫂子做得更好。」

趙氏點頭應了，方才大夫來開的藥也已經熬好了，杜二太太端著藥，憋著氣一股腦兒地喝了下去，擺了擺手道：「你們都下去吧，有大姑娘陪我就好了。」

到了晚上，杜二老爺才被皇帝給放了出來，英國公和齊大人等幾位大人都被關押在了刑部的牢房，等待三司會審之後才能最終定案。

齊家在派了小廝過來之後，齊老爺也忍不住到杜家登門拜訪。這也是意料之中的事情，原先和齊家交好的那些人家都紛紛落馬了，如今只有杜家，雖然杜二老爺算不得朝臣，卻是可以在皇上和太后娘娘跟前遞上話的。

齊老爺蹙著眉頭道：「若說貪墨銀子這一項，倒也無妨了，大不了老爺子丟了官，把貪墨的銀子抖一抖，拿了出來，一家人還在一塊兒過日子，總也安生。可如今還有一條是逼死人證，這可是萬萬沒有的事情。這朱老闆壓根兒就跟我們老爺子沒來往過，老爺子如何能逼到他頭上？若說有牽連的，那也是英國公一家，也不知道從哪兒聽說這朱老闆家有個閨女長得沈魚落雁、閉月羞花，想納了回去做英國公世子的小妾。」

杜二老爺也不知道皇帝竟會如此震怒，這次對英國公家的懲處確實比以往嚴格很多，最關鍵的是，因為查抄家產，原先一些沒有暴露出來的問題也暴露出來了，如今已經不只是簡簡單單的安濟堂貪污受賄一案，而是牽扯出不少皇商人家都在行賄名單之中了。

杜大老爺知道這件事的起因，自然也不好多開口。杜二老爺想了想道：「舅爺先別著急，老太爺身子還算硬朗，今兒一早皇上宣我去大殿的時候，我還瞧見了。老太爺態度誠懇，已經在皇上面前認了罪，要那逼死人證的罪名不成立，打點些銀子，把人弄出來，應該不是大問題。可眼下的事情就是到底老太爺貪了多少，你心裡有沒有個數啊？別等著皇上查了出來，再認罪可就晚了。」

齊老爺哆哆嗦嗦從懷裡拿了一本帳冊出來，道：「這是老頭子每次收錢讓我記下的，怕家裡不安全，在別院藏著。今兒刑部來人的時候，我正跟著小廝出門，所以就去別院取了這東西回來。這上面大多數東西都在家裡收著，有一些現銀首飾什麼的，花了的花了、送人的送人，一時半會兒也拿不出來，今兒雖然刑部來查了，可東西一樣沒少，我正尋思著，不然咱自己交了，能把老爺子換出來也是好的。」

杜二老爺翻了翻帳本，差點氣得倒仰。比起這上面的東西，安濟堂那本帳本簡直就是九牛一毛。

「銀子還差多少？」杜二老爺沈著臉，開口問道。

「銀子還差三萬三千兩，家裡手上還有幾個莊子，賣一賣應該差不多，只是這一時情急，也找不到買家。」齊老爺說著，臉上帶著戚戚然的神色，悄悄瞧了杜二老爺一眼。

「我一時間也拿不出這麼多銀子來，這樣吧，明兒一早你帶著這帳冊去刑部自首。如今事情鬧得這麼大，你有的，只怕英國公不比你少，到時候你也算戴罪立功了，看看能不能先把老太爺換回來。」杜二老爺說著，喊了小廝進來道：「你去二太太那邊，讓她把五千兩銀票並她的一些衣服首飾都收拾出來，給舅老爺拿出去當了，湊些銀子。」

杜二老爺在太醫院當差，也是一個清水衙門，且杜家財大氣粗，從來不看中他那麼些俸祿，杜二老爺花錢也多是從公中出，自己的私房錢確實沒多少，這麼多年也就存了五千兩，說起來也的確算少的了。

杜大老爺想了想，喊了杜管家進來，拿了自己的私章出來，寫了一份帖子讓杜管家帶上了，道：「你拿著這帖子，明兒一早去順源錢莊領一萬五千兩銀票出來給舅老爺家送過去。」

杜二老爺一聽，立時就愣了。「大哥，這不能拿店裡的錢啊，還要進貨周轉。」

杜大老爺擺了擺手道：「罷了，都是親戚，能幫就先幫一點。你岳父年紀大了，先從牢裡出來了再說。」

杜二老爺紅了眼睛，走到書桌前提筆寫了一張借據，簽上了自己的名字，又遞給齊老爺道：「我的銀子自是不要你們還的，可這是寶善堂的銀子，我是不能坑他一分一釐的，還望舅老爺見諒。」

齊老爺簽下了借據，拱手謝道：「等老頭子回來了，不管拆房買地，錢是一定要還的。」

兩人目送齊老爺離去，杜大老爺踱了幾步，走到杜二老爺的跟前，拍了拍他的肩膀道：「後悔了沒有？」

杜二老爺搖了搖頭，嘆息道：「大哥，你剛才沒看見那份帳本，若是看見了，即便有幾分悔意都沒了，簡直就是……」杜二老爺說到這裡，想起齊老太爺畢竟是自己的岳父，咬了咬牙道：「算了，大哥，你的錢我一定會還給你的，就算現在沒錢，以後寶善堂分家的時候，這銀子也一定要單獨算出來的。」

「老太太的身子還硬朗著呢，這時候談分家還早了些。時候不早了，你也先回去休息吧。聽說二弟妹今天急得暈了過去，你還是過去看看吧。」

杜二老爺回西跨院的時候，杜二太太正一邊哭，一邊收拾自己那些細軟銀子。她嫁過來的時候，手上也有幾家店鋪，可一時間也沒辦法變賣，自己的私房錢現銀也都存了錢莊，杜二太太想了想，又從妝奩中拿了幾樣首飾出來放在包裹裡頭。

杜茵從外面進來，手裡也捧著一包散碎銀子和首飾，遞給了杜二太太道：「娘，這錢給舅舅帶回去吧。」

杜二太太瞧了，又是一陣心疼。「妳這些銀子還不夠妳舅舅家塞牙縫的呢。」杜二太太說著，又嗚嗚哭了起來。「我原本留著這些，就是想等妳嫁人時都給了妳的，可惜我存了一輩子銀子，最後全貼了娘家。」

杜二老爺冷冷道：「茵丫頭的嫁妝自然有公中的銀子，妳有多少就拿多少出來，舅老爺還在外頭等著呢！」

杜二太太哭著道：「你別當我不知道你們杜家有多少錢，我管家也不是一天、兩天的了，不過就是大房那邊不肯拿銀子出來幫人罷了，若他大方點，何必要我們這些散碎銀子，到時候分家，你也不止就拿這麼一點銀子了。」

杜二老爺正在氣頭上，聽杜二太太這樣口不擇言的，一時沒把持住，一巴掌搧在她的臉上，道：「我們杜家的錢就應該全是你們齊家的嗎？妳爹貪了那麼多銀子，妳見他送錢來給妳花了嗎？」

杜二太太從沒見過杜二老爺這樣的脾氣，嚇得話也說不出來，跪倒在地上打顫。杜二老爺怒氣沖沖道：「大哥從寶善堂拿了一萬五千兩銀子出來給妳兄弟，妳從今兒起就什麼都別做了，幫我盯著這債務，要是你們齊家敢少我們杜家一個子兒，到時候就別怪我不客氣！」

杜茵也被杜二老爺嚇懵了，扶著杜二太太的胳膊，看著杜二老爺拂袖而去的背影，嚶嚶哭了起來。「娘，您不能少惹爹嗎？爹就算脾氣好，也不禁您這麼惹。」

杜二太太愣了半晌，才呆呆地挪了挪身子。「我……我不過是隨口說了幾句，我也是為妳表哥家著急，我……我……」

西跨院離百草院有些距離，杜二太太的哭鬧自然是聽不見的。

劉七巧給杜若磨了墨，坐在一旁看他寫大字。杜若的毛筆字很好看，大長公主請他給病人住的兩個院子題幾個匾額，說是今後就算裡頭不住病人了，也要記著今年的事情，但凡京城要是再有時疫，水月庵定然第一時間向百姓開放。

杜若提著筆問劉七巧道：「妳倒是說，我題哪幾個字比較好？」

劉七巧托著腮幫子想了半天，自認為自己肚子裡的墨水不多，笑著道：「還是你說吧，我腦子裡就剩下『阿彌陀佛』四個字。」

杜若瞥了劉七巧一眼，穩穩落筆寫下四個大字：晨鐘暮鼓。劉七巧瞧了瞧，覺得挺貼切的，點了點頭道：「那還有一處呢，你再想想。」

杜若擰眉想了想，拿筆蘸飽了墨水，低頭寫了起來。劉七巧湊過去一看，寫的是「禪心佛性」四個大字。

杜若放下了筆，喊了茯苓過來道：「妳去我的那個紫檀木箱子底下，拿一千兩的銀票出來送到二太太那邊。」

劉七巧站了起來，撇撇嘴道：「才說佛性，你就打算當真佛了啊？齊老爺不是來找二叔了嗎？這事我們還是別管好了。」

杜若起身，戳了戳她的腦門道：「我這是替妳買心安呢，那帳本誰帶回來的？今兒的一場大風波誰惹出來的？還不乖乖聽話，到床上等著侍寢？」

劉七巧被杜若逗得哭笑不得。「我哪知道他們能犯那麼大的罪呢？我以為皇帝最多也就革職查辦，還覺得自己做了一件大好事，給大雍掃清了蛀蟲呢！誰知道事情會鬧這麼大，你說說那些官手伸那麼長，也不怕嗎？」

「這東西就是這樣，一旦貪了一次，後面就源源不斷了。人總是有慾望的，慾望越大，手就能伸得越長。」杜若說著，平淡地笑了笑，當初他學問優秀，最後卻繼承杜家衣缽，專心學醫，也是因為杜大老爺不想他沈入官場的泥潭。

劉七巧坐在杜若的腿上。「那相公，今晚你的慾望大不大呢？需不需要為妻自薦枕席？」

杜若勾唇一笑，忽然抱起了劉七巧，把她扔到了床上，自己翻身壓上去，兩人滾作一團。

「不行……今天不行……我差點忘了！」劉七巧從床被中透出頭來，一臉頹然的看著杜若，杜若疑惑道：「不會這麼邪門吧……」

# 第一百三十章

劉七巧手裡端著藥碗，鼻腔裡瀰漫著一股酸味。

昨晚她死求活求，從杜若那邊求來了這一方避子湯，今兒一早趁著天沒亮，就讓綠柳偷偷往廚房裡頭給熬了來，這會兒杜若還在床上睡著，她端著這碗湯呆坐了片刻，忽然就想起了大長公主。

不管當時大長公主的孩子是怎麼沒有的，那件事已成為她這輩子最後悔的事情了，很多事情都是沒有後悔藥的，再說自己沒準也沒那麼好的運氣，一擊即中。

劉七巧想了想，把手裡的碗往綠柳跟前一推，道：「拿出去澆花吧，我就不信我運氣會那麼好。」她說著，對著梳妝檯坐了下來，喊了茯苓等人進來服侍，杜若忽然就醒了，靠在床上看著她。「就知道妳不忍心，再說那藥也不是什麼避子湯，不過就是一味益氣補腎湯而已。」

劉七巧霍地站起來，拿起床上的大迎枕朝他砸過去，恨恨道：「壞蛋！庸醫！」

杜若哈哈大笑，起身道：「今兒妳就在家待著吧，二嬸娘如今怕也沒心情管事，家裡的事情多靠妳了。」

劉七巧嘆了一聲道：「我也懶得管，我尋思著讓二弟妹管，我也好清閒清閒。」

杜若捏了捏她的鼻子。「有妳這樣躲懶的新媳婦嗎？」

劉七巧撇嘴笑道：「沒有，就讓我做第一個吧。」

杜若拿她沒辦法，接了茯苓遞過來的汗巾擦了一把臉，道：「等過幾日水月庵的病人都好了，我向二叔告個假，帶妳去外頭走走，正巧也看看京郊的莊子，這也是娘的意思。」

劉七巧聽了，高興地湊過去道：「你說真的？可不準說話不算話，我還真憋悶得慌了。」

兩人梳洗完畢，一起去福壽堂請安，杜二太太果然就沒有過去，推說身子不適。趙氏倒是已經到了，正在那邊跟杜老太太說話。杜老太太交代了幾句道：「管家也沒什麼難的，不過就是聽下人嘮嗑嘮嗑，看看家裡頭有什麼瑣事沒安排；看著點人情往來，把家裡的帳務都整理清楚，這些你們年輕人都會，頭腦還比我們清楚，從今兒起妳們兩妯娌就先學著，有什麼不懂的，再來福壽堂這邊請我的主意，我就不過去了。」

趙氏恭恭敬敬道：「那我就跟著大嫂子先學著，大嫂子可別嫌棄我笨拙。」

劉七巧忙道：「妳要是笨拙，那我豈不是笨拙到泥裡頭了？闔府上下誰不知道妳是官家小姐、我是鄉下丫鬟，妳這麼說我可不喜歡，我還指望著妳一學就會，我就好想法子躲懶了。」

杜老太太笑著道：「妳們聽聽她說的什麼渾話？果真是存了躲懶的心思！行了，明兒重陽節，我就帶著妳出去躲懶一天，也算是放放風了。」杜老太太說著，吩咐趙氏道：「明兒妳一個人在家張羅，就簡單些，有什麼不懂就問妳大伯母，妳要是能把這重陽的家宴給辦好了，那就差不到哪兒去了。」

請過安、回各自地方用過了早膳，劉七巧和趙氏兩人就來到了前頭的議事廳。其實每天管事媳婦們彙報的事情都差不多，不過就是為了方便監管，所以每天都來彙報一次。

前兩天李嬤嬤去了一趟莊子上，府上有幾個丫鬟就要到年紀了，她去莊上預備著領幾個小丫鬟進來，昨兒晚上就回來了，等著今兒一早來見人。

李嬤嬤方才在門口聽說了杜二太太家的事情，見了劉七巧和趙氏過來，心裡也明白了。這次總共在莊上挑了四個丫頭、四個小廝上來，還有四個丫頭、三個小廝是在相熟的牙婆那邊買的，也是清清白白的家世，家裡人都不在京城，算是孤身一人。

李嬤嬤領著孩子們在劉七巧和趙氏面前一字排開，看著身高也就七、八歲光景，都還沒有劉八順大。

趙氏許是以前見過自己母親挑丫鬟的，問的幾個問題都很專業。對於莊上選來的丫鬟，各自家裡的情況必須要瞭若指掌，且從此就不能再跟她們提家裡的事情，到了府上就完完全全是府上人了。

劉七巧想起茯苓和連翹的年紀也不小了，且又有了人家，綠柳如今還算小些，可以再留一留，就是紫蘇，這是個女大不中留的，還是早些嫁人來得好。

問過了身家瑣事，兩位就開始挑人了。目前缺丫鬟的也就蘼蕪居那邊，有兩個大丫鬟要出去。趙氏那邊孩子多，翰哥兒得新配個自家的小廝，外帶兩個小丫鬟，一起照顧三個孩子。

劉七巧隨便挑了兩個說話還算俐落、長相看著白淨的留下了，最出挑的兩個都沒要。趙氏也要了兩個外頭買的，莊子上來的也沒要，大抵還是對沐姨娘的事情有戒心，剩下四個丫鬟，劉七巧便讓王嬤嬤領了去給大太太先選，選下來的再送去薔蕪居。

至於跑腿小廝，劉七巧還是喜歡大一點的，所以沒挑，要李嬤嬤看著安排了。

趙氏和劉七巧理完了瑣事，自己就先回西跨院了，她第一次出門這麼長時間，怕孩子惦記。劉七巧又看了看帳本，跟其他幾位管事媳婦聊了一會兒，也領著兩個小丫鬟回去了。

兩個小丫鬟都是自家莊上選上來的，恭恭敬敬跟在劉七巧的身後，大氣也不敢喘。來之前就聽自己爹媽說過，杜家的大少奶奶跟自己一樣是個鄉下丫頭，如今怎麼看怎麼都不一樣呢？哪裡有鄉下丫頭長成大少奶奶這樣的呢？

劉七巧領著丫頭回了百草院，又問了一遍。「妳們倆叫什麼的？方才我聽過也忘了。」那些孩子們說話都跟蚊子哼似的，她也沒聽真切。

其中一個年紀大一點的開口道：「我叫虎妞。」另一個跟著道：「我爹娘叫我三娘。」

這就是鄉下人的習慣，閨女家的名字從來都不好好取，說起來，劉七巧剛開始還覺得自己名字不好聽，後來聽多了鄉下人家姑娘的名字，簡直對劉老二要感恩戴德了。

劉七巧想了半天，指著那個高一些的孩子道：「妳以後就叫赤芍，」對另一個道：「妳就叫半夏吧。」

兩人聽了話便跪了下來，恭恭敬敬給她磕了頭，劉七巧便讓綠柳領著兩個小丫鬟到院裡頭去了。

茯苓笑著道：「大少奶奶怎麼跟大少爺一樣，都用中藥名字給小丫鬟取名了呢？」

「我是怕他記不住，況且平常人家的丫鬟名字，大多都是翠啊、柳啊的，如今我瞧著中藥名也挺好的，還不帶重名，妳說是不？」

茯苓笑著道：「大少奶奶說得也是，大少爺估計也喜歡中藥名，一起進來的幾個，沒沾上中藥名的，就沒我們這樣的福氣，能在主人跟前服侍。」

到了傍晚，杜若跟著杜二老爺和杜大老爺一起回來，劉七巧想打聽一下齊家的事情，但一直沒機會開口，好不容易熬到了陪著杜大太太用過了晚膳，才急急回了百草院，杜若卻還沒從福壽堂回來，原來杜老太太也問起了齊家的事情，杜二老爺便把今兒的事情說了一遍。

齊老爺奔走了一個早上，總算是湊齊了帳本上的銀子、古董、字畫、珠寶，帶著幾個家奴去刑部衙門自首，雖然齊老太爺的人還沒撈出來，不過有趙氏的父親大理寺卿趙大人的關照，日子應該不會太難過。英國公如今還半身不遂地在牢裡躺著，不過他們家的子孫沒有齊家孝順，到這會兒還沒半點要贖人的意思，就不知道皇帝後面會怎麼發落了。

杜大老爺也交代了昨兒拿錢幫齊家的事情，杜老太太嘆了口氣，對杜二老爺道：「原本老太爺死了，我是動過分家的念頭的，可一想老二媳婦是個不沈穩的性子，老二平常又對她不上心，生怕你們二房出個什麼事情，我照管不到，所以就一直這樣過了。如今這銀子是寶善堂出的，我在這裡也做個見證，以後分家的時候，要是齊家這銀子沒還回來，這銀子就從老二你的那份裡扣出來。雖然老大家人丁簡單，但如今你大嫂有了身孕，大郎也娶了媳婦，以後興旺的時間長著了，我這樣說，老二你可別覺得我偏心了。」

「老太太說得對，兒子心服口服。」杜二老爺難得有一絲動容，拿袖子擦了擦眼淚。

杜大老爺也開口道：「老太太只要在一天，寶善堂就絕不分家，就算老太太不在了，二弟要不想分家，寶善堂也依舊有二弟的一份。」

杜老太太聽得很是安慰，站起來伸手抓住了兩個兒子的手道：「兄弟同心，其利斷金啊！寶善堂能有今天，是你們一起努力的結果。」杜老太太說著，也上前拉著杜若的手道：「大郎，以後你跟你二弟也要像你爹跟你二叔一樣，知道嗎？你從小身子不好，說句實話，我是偏疼你多一點，可如今你也成家立業了，往後寶善堂還是要靠你們啊！」

杜若聽了，正色斂袍跪了下來道：「老太太放心，我和二弟絕對會跟父親和二叔一樣，兄弟齊心，把寶善堂越做越好，讓這塊金字招牌能代代相傳。」

杜若回了房中，心裡還帶著一些激蕩，把方才在福壽堂的話和劉七巧原原本本說了一遍，嘆著氣道：「齊家老爺倒是個孝順的，總算是拿著銀子去換齊老太爺了；英國公家就不知道了，聽說大房和二房正鬧著要分家呢，不過在這節骨眼上他們也分不起來。皇上要是弄到了帳本，英國公家褫奪爵位是免不了的，怕還是要沒收了祖產來填這個窟窿的。」

劉七巧坐在雕花圓凳上，拿鑷子撥了撥燈芯，道：「爹真是一個大仁大義的人，我再沒想到寶善堂最後會拿了銀子出來去救齊大人，早知這樣，還不如不檢舉揭發，也省得家裡損失了銀子，你說是不是？」

杜若斜睨了她一眼，開口道：「誰不知道妳心裡是怎麼想的呢？妳也是這樣一碼歸一碼的人，揭發英國公和齊大人，那是國家大義；如今寶善堂拿銀子出來幫齊家度過難關，那是親友道義。父親分得清楚得很，妳呀，少在這邊說這投石問路的話。」

劉七巧噗哧一笑。「什麼都瞞不過你。不過我是真佩服爹，能有這樣的心胸。」

「那也全因為齊老爺的孝心，若是他們自家人都跟英國公一家一樣，我爹也犯不著借錢給他們，齊老爺總算也是一個重孝道的人。」

古代對於重孝道的人都很是尊敬，這一點劉七巧是知道的，撇嘴道：「也是，那我們那一千兩銀子也沒算白給了。」

杜若伸手戳了戳她的腦門。「掉錢眼裡頭了，竟想著銀子了，妳如今管著一整個杜家呢，帳上有多少銀子妳能不知道？」

劉七巧笑咪咪地摟著杜若道：「我還真沒算過。原先就沒打算接手，你也知道我不愛管家，我尋思著什麼時候把家裡的穩婆們集合一下，我給她們好好培訓一下，將來若是遇上個什麼事，她們也好應對，你說是不是？」

杜若睨著劉七巧，這回總算是明白了，原來自己的小媳婦竟打著這樣的心思呢！

「這事還是等一陣子吧，至少等到明年開春，娘生下了孩子，身子大好了，妳才能動這心思，知道不？」

劉七巧唉聲嘆氣地站起來，點點頭道：「我知道了，今兒早點睡吧，明兒還要去富安侯家赴重陽宴呢。」

杜若笑著點頭，跟著一起寬衣睡覺。

第二日一早，劉七巧便早早地打扮好了往福壽堂去。

杜茵雖然今天不去赴宴，但還是領著兩個妹妹一起來了。劉七巧瞧著兩位姑娘打扮得都挺得體的，也不由點了點頭。杜芊容貌上比杜苡嬌俏些，但是杜苡勝在詩書氣質，讓人看著就覺得心裡舒服。

杜老太太留下她們一起用了早膳，便讓下人備了馬車。杜老太太帶著婆子丫鬟坐在前頭的馬車裡，劉七巧則帶著兩個姑娘坐在後面的馬車，丫鬟們另外又坐了一輛馬車，還有一輛是幾個婆子帶著禮物，一行四輛車就這樣浩浩蕩蕩往富安侯家去了。

杜芊先是面上有些游移，忍了片刻才忍不住開口道：「大姊姊真夠可憐的，聽說她前天晚上把好些自己體己的首飾都送了人，今兒我見她去給老太太請安，就沒戴她平常最喜歡的那根赤金鑲碧璽簪子。」

「我姨娘說，母親是個重臉面的，讓我們先別急著送東西過去，等過一陣大家看著都淡了，我們再送一些東西給大姊姊，好歹也表表心意。」

劉七巧開口道：「妳們和妳們姨娘能有多少東西？還是自己留著吧。這樣吧，要是妳們兩個都同意，我就悄悄求了妳們老太太和太太，給大姑娘再打幾套頭面，到時候沒有妳們的分，可不准鬧彆扭喲？」

杜苡點了點頭道：「大嫂儘管去辦，出了這樣的事情，大姊姊心裡肯定也不好受，我們自然是想她高興的，哪裡還會因為這個和大嫂置氣？」

劉七巧拍了拍杜苡的手背道：「說得好，這麼個大方明理又貌美如花的姑娘，也不知道今兒會被哪家的夫人給看上呢！」

杜苡聽劉七巧提起這個，羞澀地低頭，不敢接話了。算算日子，到年底就是自己及笄的時候了，也是時候要定下人家了。

杜芊比杜苡小了半個月，也是緊著要找人家的時候了，不過因為杜二太太連杜茵的婚事也沒定，所以自然還沒考慮到她們身上。如今杜茵的婚事算是定了下來，可齊家出了這樣的事情，怕杜二太太也沒心思去管兩個庶女的婚事了。

劉七巧嘆了一口氣，伸手握著兩人的手道：「妳們放心，還有老太太在呢，絕對會給妳們找個好人家的，再說妳們還小呢，咱不著急！」

杜苡和杜芊兩人就忍不住笑了起來，杜芊更是沒大沒小地道：「大嫂，怎麼妳說話跟我娘似的，老氣橫秋的，妳也才多大的人呢，難不成姑娘家嫁了人就會像妳這樣，一夜之間就變得跟老媽子似的？」

杜苡瞪了杜芊一眼道：「怎麼說話呢？妳沒聽過一句話叫長嫂如母嗎？大嫂這麼說也沒錯……」

杜芊不以為然。「那說的是長嫂，這不大嫂也沒比我們大多少，頂多大個一年半載的嘛！」

劉七巧被兩個丫頭給逗樂了，笑了起來道：「對對對，三姑娘說得對，嫁人了可不就這樣了，所以妳們兩個現在還想不想嫁了？」

姑娘家畢竟臉皮薄，再不敢理劉七巧了。

# 第一百三十一章

今天老太太們談的基本上都是英國公家的那點事。原本富安侯夫人也是請了英國公家老太太來的，如今出了這樣的事情，人自然是不來了。

這京城說小不小，說大也不大，一點事情便傳得滿街都是，何況這些老太太那都是當今京城權貴家的老太君，說話那個毒辣勁兒，算是讓劉七巧見識了。

只聽精忠侯老夫人道：「聽說英國公的大兒子娶了十一房的小妾，但凡是在長樂巷上排得上號的紅牌姑娘，他就沒有沒沾過的。據說當年大少奶奶得的也不是血漏，而是被這大少爺染的什麼髒病，所以早早就死了。」

精忠侯老夫人就是田氏的娘，如今她女兒懷上了孩子，她便膽子大得什麼話都敢說了，也不用在富安侯夫人面前賠小心了。

富安侯夫人笑著道：「我去年去參加他們家老夫人的壽宴，看著就鋪張浪費得不像話，那富貴擺的……當時安靖侯老夫人還勸她道：『你們家老頭子是戶部尚書，可不能光把錢往家裡放。』這會兒好了吧，現世報來了，還真當皇上年紀輕呢！那都是幾十年前的事情了，皇上如今也三十多了，還能由著這一幫老頭子胡鬧嗎？」

正說話間，老王妃和安靖侯老夫人也由丫鬟們迎了進來，見廳中除了老太太就是妙齡的姑娘，笑著道：「我就喜歡這樣的聚會，姑娘們玩姑娘們的、我們樂我們的。」

老王妃說完，瞧著劉七巧在角落的位置坐了，招手讓她過來。「妳怎麼不跟著姑娘們一起玩去？她們玩的花樣可多了。」

劉七巧方才從田氏那邊回來，經過一處水榭，瞧見那兒放著幾張長几，姑娘們都在那邊寫詩作詞。

「我最不喜歡那些詩詞歌賦的，我一樣都不會，就願意留在這邊陪著老太太們聊天，老太太妳們若是嫌棄我了，我就自個兒找一個地方待著，絕對不耽誤妳們聊天。」

「聊天能少得了妳這張快嘴嗎？」大家正被劉七巧的話逗笑了，梁夫人帶著梁家三位姑娘從外面進來，道：「我今兒來晚了，最近事情多，差點脫不開身。」

梁夫人說著，又朝眾位老太太們見了禮，笑著道：「那我就藉著今兒人都在，便乘機通知一聲了。下個月初八，我家老頭子六十大壽，貴妃娘娘向皇上請了恩旨，說要回家瞧瞧，我就預備著請大家夥兒都來我家玩一玩，順便也陪著貴妃娘娘說說話。」

皇上准了梁貴妃回家，那可真是天大的恩旨了。入了宮的女子，一輩子就只能待在宮裡，除非跟著皇帝又是避暑又是南巡的，不過大雍的皇帝那是從南邊打回來的，只怕要南巡也沒這個興致。

眾人都向梁夫人道起了喜。「天大的喜事啊！梁貴妃娘娘一舉為皇上生下一對龍鳳胎，那可是大雍開國以來都沒遇上過的祥瑞啊！」

梁夫人到處謝過了，又遣了梁家三姊妹出去玩，然後才跟幾個要好的老太太圍坐在了一起，一邊喝茶一邊吃著瓜果嘮嗑了起來。

「來來來，七巧，坐我這邊。」老王妃拉著劉七巧坐到自己身旁，杜老太太也跟著拉著劉七巧坐到自己那頭，正好一人拽著一截袖子。

「我們家的人，憑什麼坐到妳邊上去？」杜老太太年輕時候就跟她們玩得好，從來就不分個尊卑。老王妃也不同她置氣，笑著道：「這人還不是從我們家嫁過去的？怎麼就不能坐我邊上？」

杜老太太不依不饒道：「沒過門的時候坐妳身邊，現在過門了，合該坐我身邊。」

劉七巧就被她們兩個人拉來拉去，最後還是富安侯夫人笑著過來解圍道：「今兒是我請客，妳們倒是爭上了，還是讓我這主人家來說吧，今兒七巧就坐我身邊。」富安侯夫人笑著把劉七巧領到她的身邊坐了下來。

劉七巧哪裡敢坐，站了起來道：「老太太們只管坐著，今兒就讓七巧再做回丫鬟，好好服侍妳們一回。」她說著便接過了丫鬟們送上來的茶盞，給老太太們一一換了盞茶。

這時候，梁夫人開始跟富安侯夫人聊了起來。「聽說妳家二老爺從安徽回來了？原本是還要放出去的，不過瞧著這兩天的事情，戶部和禮部怕要換水，我家老爺說，沒準今年還能在京城謀個官，就不用走了。」

富安侯夫人道：「我家二叔也是這個意思。他家四姑娘大了，想在京城找個婆家，原先大姑娘就是因為外放，嫁給了安徽巡撫李大人的小兒子，如今一家人都回來，她一個就在那邊受苦了。」

梁夫人想了想道：「其實像他們做巡撫的，比我們京官舒服，天高皇帝遠的，根本管不到那麼遠。妳看看當年幾個出去的，有幾個願意回來？外頭做官舒暢，怎麼也比在皇帝眼皮底下舒服，不然的話，英國公也不會就弄得這樣慘了。」梁夫人說著，挑眉問道：「聽說這回把英國公告了的人就是從安徽來的，在安徽還是很大的一個土財主，姓朱的，也不知道妳二叔認不認識。」

富安侯夫人擺擺手道：「這些我就不知道了，不過他們一家人上個月才回來，我瞧著也沒什麼特別的。我那個弟妹妳也知道，平常三拳打不出個悶屁來，我原本想著今兒讓她也來玩玩，跟妳們會會，可她愣是說沒見過那麼多的老太太，怕失禮了。」

梁夫人笑道：「在京城多待一些時日就好了，她初來乍到的，不喜歡應酬也是常理。」

富安侯夫人嘆了一聲。「說起來，當年還是我對不住我這二叔，那時候我懷著大閨女，沒什麼心思管家，別人家來提親我也就應了，也沒在意她家家世。當時她家有一個在廣東當府台的哥哥，我想著我家二叔才中進士，將來勢必也是需要這門親家幫襯著點的，誰知沒兩年，她那哥哥在廣東犯了事，直接就被罷官了。」

「事情都過去了，這回他們要是能長長久久地留在京城最好，要是還要放出去，至少也是官升一級，可以當上巡撫了。」梁夫人安慰了富安侯夫人幾句，便又和老王妃聊了起來。

如今恭王府可是錦上添花的繁榮，世子爺回了京，皇上親自召進宮中嘉獎了一番，所有去雲南的將士全部官升一級，周珅的身分也一下子水漲船高了。

「世子爺這次回來，應該不走了，有沒有看上哪家姑娘？」梁夫人這話問得直白，聲音也不小，頓時其他幾桌的老太太們也都壓低了聲音，豎著耳朵聽一聽。

不過老王妃只是笑著道：「目前還沒有開始物色，倒也不急在一時，不過也快了，橫豎還是要找一個的。」

大家聽了老王妃這話，便覺得家裡的閨女都還有希望，鬆了一口氣笑了笑，又繼續聊了起來。

劉七巧覺得光聽她們聊天挺沒意思的，就走上去，偷偷湊到富安侯夫人的耳邊小聲說了幾句話，富安侯夫人聽了，頓時連連點頭笑了起來。

「今兒高興，我們老婆子也來湊個熱鬧，學學姑娘們附庸風雅，怎麼樣？」

「說說看，怎麼個附庸風雅？」

「七巧說，水月庵這一個月接收了大約上百個病人，這些開銷除了藥材糧食方面，其他的都是水月庵裡頭出的，七巧說了，不計多少，我們每人寫句祝福的話，明兒她送去給大長公主，但是呢……有個規矩。」

「什麼規矩？妳倒是說說！」王妃聽著也覺得來勁，便開口問道。

「誰出的錢多，就排在前頭，那院落後面有一堵牆正要修，七巧說把我們的名字都刻上，做一面功德牆，也好預示著我們給京城的老百姓們做了好事。」富安侯夫人說著，笑著道：「今日既然是在我家，那我自然第一個說，我出三百兩。」

劉七巧聞言，急忙遣了小丫鬟把最會寫字的杜苡請來，眾人鋪好了長几，杜苡蘸飽了墨水聽老太太們送出祝福。

「我出三百兩，祝水月庵香火旺盛，佛祖靈驗。」富安侯夫人笑著道。

梁夫人想了想，富安侯夫人是東家，她自然不好超過了，不過論品階，她也是正一品的首輔誥命夫人，少了也不像話，於是開口道：「那我也出三百兩，祝了塵師太早日修成正果，化身活佛。」

杜苡低著頭，一筆一畫地記下了。

輪到老王妃的時候，老王妃笑著看了一眼劉七巧，搖了搖頭道：「妳這丫頭，這是頂著了塵師太的名義化緣來了！」

劉七巧噗哧笑道：「老祖宗，您就讓我化這一次緣吧，難得有這麼多有錢的老太太，平常湊都湊不齊的！」

老王妃戳了一下她的腦門，道：「我出五百兩，希望水月庵香火永繼，保佑大雍福祚綿長。」

劉七巧瞧著那一排排登記上去的銀子，心裡樂呵呵地想：這回好歹也能還一些大長公主送璽印的恩情了，跟著這群有錢老太太混，果然是件爽快事！

用過了午膳，老太太們都有歇午覺的習慣，所以各自先打道回府了。那邊姑娘們卻還沒玩盡興，詩詞歌賦什麼的還在評論比試中，杜老太太便讓賈嬤嬤陪著兩位姑娘留下來再玩一會兒，自己則由劉七巧陪著先回了杜家。

馬車在路上走，杜老太太坐在馬車裡，靠著軟軟的靠墊，看著劉七巧抱在手中、各位老太太簽字畫押的「欠條」，裝作心疼道：「下次我可不帶著妳出來玩了，這出來一趟倒是坑了我幾百兩銀子，真是肉疼啊！」

「老太太出個兩百兩意思意思就得了，幹麼非要出五百兩呢？這一大屋子的老太太們，就數您最能耍賴了，別人要不是什麼侯夫人，就是一品、兩品的誥命夫人，老太太就不該出錢，我就是訛她們來的，又不是來訛自家人的。」劉七巧笑著說了起來。

杜老太太卻搖搖頭道：「那不行，誰要妳現在是我們家的人呢？就算妳出來訛人，我也要做個樣子啊。」兩人說著，笑成了一團，歡歡喜喜地進了杜家的大院。

劉七巧又陪著杜老太太說了一會兒話，把方才杜苡和杜芊兩人說的話又跟杜老太太說了一遍。杜老太太嘆息道：「我這個大孫女，算起來確實也是三個姑娘中最懂事的一個了，原本覺得她是投生在了正房的肚子裡，應當最是幸運，可誰知道如今反倒落了下乘，希望過幾年丞哥兒能考上個進士，這樣她也算苦盡甘來了。」

「那老太太的意思呢？」

「就按兩個姑娘的意思辦吧，不過這錢就不用在公中出了，不然一大家子人，光給大姑娘一個也不好。我這裡交代了賈嬤嬤，去珍寶坊訂幾副頭面，讓妳們幾個都分一分，妳也有，蘅哥兒媳婦也有。」杜老太太才說著，外頭就有小丫鬟進來稟報道：「回老太太，二少爺回來了，剛去西跨院換衣服，只怕一會兒就要過來請安了。」

杜老太太拉著劉七巧的手道：「每次都這麼趕，今兒總算趕回來吃團圓飯了。」劉七巧接了丫鬟的茶水遞給杜老太太，杜老太太喝了一口，對珍珠道：「去換一杯濃一點的，今兒就不歇午覺了，難得蘅哥兒回來，說會兒話先。」

過了片刻，杜蘅和趙氏兩人果然來了福壽堂請安。杜老太太見了便問道：「去瞧過你母親了沒有？」

「我尋思著母親自然是有話要同我說的，所以先來老太太這邊回話，一會兒再過去瞧母親。」杜蘅說著，命外頭婆子們先把禮物帶了進來，這才開口道：「這些是二叔婆交代送給老太太的東西。」

杜老太太瞧了一眼，見都是一些上等的蘇繡面料，還有杭綢以及一些名貴藥材等，便問道：「你這回去你二叔公家了？」

「去了，二叔公最近身子不大好，舊年中秋我去的時候還硬朗得很，誰知才一年沒見，竟老了有四、五歲光景。」

「到底是個什麼事情，你仔細說一說，我聽著。」杜大太太聽杜蘅這麼說，知道必然是家裡出了事情。

「還不是鬧分家的事情嗎？老太太也知道，二叔婆一輩子沒生出兒子來，後來是抱著姨娘的兒子養活，記到了名下當嫡子的，可那秦姨娘的兒子是庶長子，這幾年，二叔公又是秦姨娘跟前跟後地伺候著，所以難免在這事情上有了分歧。秦姨娘的意思是，同樣都是姨娘肚子裡生出來的骨肉，就應該對半分，寶和堂的產業怎麼能全落在二爺的手裡？二叔婆的意思是，記在她名下的孩子就是嫡子，寶和堂也應該讓嫡子繼承；當年二叔公跟爺爺感情再好，還都是嫡子呢，最後寶善堂還是留給了我爺爺，二叔公獨立門戶，才又開了寶和堂的。」

杜家是有這個規矩，寶善堂的招牌永遠傳給嫡長子，這規矩已經走了幾百年，人人都是知道的，所以以前分家從沒鬧出過什麼事情，嫡長子擁有寶善堂；作為次子可以拿銀子、拿宅子，但就是不能拿寶善堂的招牌。

「寶和堂是你二叔公創立的，將來打算給誰，還是要你二叔公說了算。再說他們雖然也是杜家的子孫，畢竟招牌不叫寶善堂了，也不能用寶善堂的規矩拘著他們，這事情到底還是難辦的。」

「二叔婆的意思是，想請老太太去一趟金陵，就當是去散散心，順便把這事情也給定一定。二叔婆說二叔公小時候就多仰仗老太太您管教，有您的話，他才肯聽幾句的。」

杜老太太想了想，感嘆道：「可不是，當年老太爺分了家，他寶和堂的名字還是我取的。怎麼說親兄弟之間都是用來幫襯，不是用來互相使絆子攪局的。不過眼下你大伯母還有四個月就要生了，這個節骨眼上我也不便走開，又出了你母親娘家的事情，你母親最近怕是都提不起精神，我更要看管著整個家裡，只怕走不開。」

杜蘅聽老太太說起了齊家的事情，也默默低下了頭。「想不到我外祖父從小就教導我做人要兩袖清風、光明磊落，自己卻晚節不保了。」

趙氏急忙扯了扯杜蘅的袖子。「這話你可不能當著娘的面說，她這幾日已經覺得自己夠沒臉了，自從齊家出了事情就沒出過院門，總覺得大家夥兒看她的眼神都不對。」

杜蘅笑著道：「婦人之見。娘怎麼說也是杜家的二太太，那些下人還不敢在她面前做出什麼來，不過就是她自己臉皮薄，走不出來罷了。」

杜蘅倒是分析得很有道理。杜老太太點了點頭道：「你快回去瞧瞧你母親吧，不然她心裡又該胡思亂想，覺得齊家出了這些事情，連自己的親兒子回家都不去看她嘍。」

杜蘅笑了笑，向杜老太太見了禮，又朝著劉七巧打了個招呼。「大嫂子，有幾樣禮物是帶給妳和大哥的，一會兒我派丫鬟送到百草院去。」

「那就多謝你了，難為你這千里迢迢的還想著我們。你快過去瞧瞧二嬸娘吧，今兒晚上是重陽團圓宴，總不好她一個人缺席的。」

杜老太太一聽，跟著道：「對對對，今兒是重陽宴，她不來可不成，你快回去勸一勸。」

# 第一百三十二章

杜老太太正說著，趙氏福了福身子，有些遲疑地開口道：「回老太太，我瞧了中秋節的舊例，蘼蕪居那邊沒有多餘的分例，一年裡也就只有過除夕那一夜是在廚房開了單子，在蘼蕪居擺正席，我瞧著有點不像樣……」趙氏以前不管家，這些細節她自然不知道，可如今管上了家務，看了眼之後才覺得自己的婆婆當真是苛刻，雖然看著對幾個庶子庶女面上都是一視同仁，可對幾位姨娘算是小氣得很了，逢年過節都沒有賞分例。

趙氏在家時，她父親也有幾個姨娘的，可她母親對她們也都以禮相待，逢年過節只要主子有的，都會一併交代廚房安排下去，再沒有聽說姨娘們要私下給廚房銀子才能吃一頓好的。

偏生杜家這幾個姨娘好相與，從不跟杜二太太爭這些虛的，杜大太太原先是想提出來的，但是後來瞧著她們這樣也相安無事，就也懶得說了，到時候說她一個隔房的嫂子管起了二房的家務事，她也沒臉。

杜老太太聽趙氏這麼說，臉上也是僵了僵。當年就是她自己也沒這麼苛待過做姨娘的，杜二太太簡直不像話。

「妳去吩咐廚房，讓今兒按照我們主子的分例，做一份一模一樣的飯菜送去蘼蕪居，不准她們再私下收賞錢。」

趙氏得了杜老太太的主意，讓嬤嬤去廚房吩咐了，又特意讓廚房裡頭給沐姨娘也加了兩個菜送過去。

劉七巧一直在旁邊聽著，笑著道：「老太太，瞧見了沒有，我說了弟妹管家是一把好手呢，妳瞧我學了這麼長時間，也沒在意到這些瑣事上去，真是該罰呢！」

杜老太太哈哈笑了起來。「那我就罰妳明兒去珍寶坊走一趟，把給茵丫頭的頭面訂一訂。」

因為是重陽佳節，所以兩位老爺和杜若都提早回了杜家。劉七巧還讓廚房的廚子留了一個灶台下來，做了一塊素重陽糕，連同那些老太太們畫押過的「欠條」一起送到水月庵，把大長公主給樂得合不攏嘴了，笑著吩咐下去道：「從明兒開始，挨家挨戶去向這些個老太太們化緣去。」

到了晚上，杜二太太總算是給了杜蘅面子，幾天沒露面的她也出來吃團圓飯了，不過眼睛還紅紅的，臉也哭得有點腫。

眾人原先都挺高興地聊天，結果見了她出來，也不敢大聲說笑。倒是杜老太太見了她，開口勸了一句道：「妳都奔四十的人了，嫁到杜家也快二十來年了，怎麼還跟當年的小媳婦一個樣呢？老二欺負妳了嗎？他要敢欺負妳，妳跟我說，我來教訓他！」

「媳婦不敢。」杜二太太啞著嗓回道：「二老爺對我一直都很好。」

「好就好，那就開開心心坐下來，吃一頓團圓飯，整天在家裡哭哭啼啼的像個什麼樣呢！」杜老太太說著，便讓丫鬟們上菜了。那邊姜姨奶奶也勸慰道：「娘家的事情自有妳哥哥張羅，妳都是嫁出門的閨女，能幫襯著做到這一步不錯了。」

姜姨奶奶一邊說，一邊也是嘆息。沈氏也低下了頭，想起姜梓歆來，可惜他們姜家如今是自身難保，剩下的銀子又要用在姜梓丞的仕途上，這次竟是一兩銀子也沒拿出來。如此一來，姜梓歆在齊家的日子就越發難過了。可當初自己截了人家的胡，如今便是不如意，也能打落牙齒和血吞了。

杜二太太原本覺得自己倒楣，如今瞧了姜家人的模樣，便覺得這世上還有比自己更倒楣的，心情沒來由就好了不少，勉強擠出一絲笑意道：「姜姨奶奶說得對，大家別客氣，都、都吃飯吧。」

這會兒大家才動起了筷子，劉七巧也跟著吃了起來。杜苡和杜芊正跟杜茵說起在富安侯府的見聞，笑著道：「下回我介紹那富安侯家的四姑娘跟姊姊認識，長得可好看了，還精通製香，聽她說香製得多了，連自己身上都會有淡淡的香味呢！她今天給去的姊妹們都送了香，一會兒我把我那份給姊姊送過去。」

「我那兒還有呢，上回大嫂還送了我一盒香，我還沒用。」

杜芊聞言，假裝撅嘴問道：「大嫂怎麼給大姊姊送香，不給我和二姊姊送呢？」

杜茵原是用來擋一擋她們兩人的好意，誰知劉七巧又是一個沒臉沒皮的，笑著道：「我那香哪是給妳的，那是雅香齋新出的狀元香，聽說看書的時候點著，將來就可以中狀元的，我這才巴巴地給妳弄了一盒來。」

眾人恍然大悟道：「喔……原來是狀元香。」

杜茵一下子臉紅到了耳根，側著身子道：「我不理妳們了。」

宴會照樣是設在了聽香水榭，中間用沈香木雕的四季如意屏風隔著，杜茵和姜梓丞背對背地隔著，讓杜茵有一種幸福的感覺。這幾日，杜茵為了齊家的事情傷心，姜梓丞還幾次託人送了幾本書、幾頁詩詞歌賦過來逗她開心。

「大嫂子既然不是送給我的，幹麼偏送到我這裡，還不同我說，萬一我用了，豈不是浪費了大嫂子的一片苦心。」杜茵頓了頓，不好意思地開口道。

「我尋思著，反正都是一家人了，送給誰不一樣是送嗎？再說送到漪蘭院也比送到梨香院近一些，妳們說是嗎？」

「是是是，大嫂子說得最對了。」杜苡和杜芊附和道。

劉七巧看得沒錯，趙氏果然是管家的一把好手，再加上她的出身在那邊鎮著，下人們都不敢造次，劉七巧覺得比以前跟著杜二太太的時候反而輕鬆了不少。說實話杜二太太太過要強，很多事情非要弄出個子丑寅卯的，讓下面管事們也都有怨言。趙氏則是抱著試用的心思，所以什麼事情做得差不多就夠了，反倒達到了一種默契，讓管事們覺得輕鬆自在。

劉七巧和趙氏兩妯娌有說有笑地辦完了差事，趙氏回自己院子帶孩子，劉七巧則奉了杜老太太的意思，去珍寶坊訂幾樣首飾，臨走之前還去了一趟杜大太太的房裡，問她有沒有什麼東西要的，她一併買回來。

杜大太太想了想道：「上回在雅香齋買的茉莉香粉瞧著還不錯，妳再給我帶一些回來，我讓丫鬟們做著放香包裡，戴在身上聞著挺好的。」那種茉莉香粉都是用在臉上的，杜大太太卻用它做香袋……想想也是夠浪費的，不過花婆婆的錢，還是按照婆婆的意思比較好。

從珍寶坊出來，劉七巧就去了雅香齋，除了給杜大太太買東西以外，還打算把安濟堂的店契還給朱姑娘。

過了頭七，朱墨琴也換下了一身縞素衣裳，穿了一套月白色的半臂夾襖，下頭是同色系的八幅裙，繡著白梅的圖案，頭上別無冗飾，只戴著銀色折枝梅花鑲珍珠的簪子，瞧著又素淨又出挑，真真是一等一的好模樣。

朱墨琴請了劉七巧進去，命丫鬟們送上了茶盞，才開口道：「這幾日的事情，京城裡傳得沸沸揚揚的，我在家也聽見了，英國公府上倒沒敢再來鬧，我二叔也嚇壞了，生怕官府來抓他，先逃回安徽去了，我尋思著過幾日，我們也要走了。」

「怎麼走得這麼急？事情才安頓下來，京城的生意難道你們不管了嗎？」劉七巧瞧著朱姑娘臉上神情帶著幾分堅定，問道。

「京城的生意我們不打算做了。父親的靈柩還在城外的廟裡頭放著，我打算等著看那一群罪有應得的人被判了刑後，就扶靈回鄉。安徽那邊，我已經讓家奴先回去跟族裡交代了，沒有我父親的印鑒，我二叔一個子兒也別想拿。」朱墨琴說到這裡，眸中又溢出幾滴淚來，拿著帕子壓了壓眼角。「這三年在京城，該見的世面也見過了，還是回到家鄉，守著父親還剩下的家業好好度日，把弟弟撫養成人，我也算是安心了。」

古代的等級制度畢竟嚴苛，像朱家這樣富甲一方的人家，到了京城也是兩眼一抹黑，要做生意還是得上上下下的打點。而寶善堂之所以能在京城站穩腳跟，那也是因為寶善堂有杜家御醫的招牌，若沒有幾分背景，想在京城裡頭立足談何容易？

劉七巧接過綠柳手中的店契，遞給朱姑娘道：「這店契，我想了許久，依舊不能收。雖說安濟堂賣假藥那是證據確鑿的事情，可畢竟也是妳二叔坑害了妳父親，妳父親若不是為了這個，如何能沒了性命？這樣想一想，我自己晚上還覺得睡不著覺呢！」

朱墨琴聽劉七巧這麼說，又忍不住哭了起來，拉著她的手似是有話要說。劉七巧便讓綠柳去外面候著，只聽朱墨琴哭得上氣不接下氣道：「我……我……我爹是自殺的。」

劉七巧一聽，也是嚇了一跳，一邊安撫朱姑娘，一邊問道：「這妳又是怎麼知道的？緣何一開始沒有說呢？」

朱墨琴擦了擦眼淚，道：「那天我拿著帳本來找妳之後，回去就被我母親知道，非要問我出去做了什麼，我就說了出去。誰知我母親說我爹是自殺的，因為我二叔要帶著人搶我去英國公家當小妾，我爹在牢裡不答應，又怕我二叔真的來搶，就一頭撞死了，想著我在熱孝裡頭，那些人好歹也會消停點……」

誰也沒想到，事情的真相會是這樣……老子為了閨女撞牆死了；閨女以為老子蒙冤，拿著帳本把一群人告發了，皇帝動了真格，把幾位涉案的大臣家抄了一個底朝天，結果搜出來的罪證比那本帳本上的還要更多……

「這事情，妳不要再對任何人說起了，只當不知道就好。如今罪證處處都指向英國公，聽說昨兒他已經供出妳二叔來了，只怕過不了多久，妳二叔也要吃官司了。到時不管發生什麼事情，妳只管說是妳二叔逼死了妳父親，反正他帶著人去妳家鬧，家裡人也都知道的，怎麼樣也不能饒過了他。」

「可我二叔已經逃回去，如何抓得到？」

「這有什麼？刑部會頒發通緝令到各個地方，妳二叔怕是逃不了多遠就會被抓回來。」

劉七巧說著，把店契放入她的手中，道：「這店契妳拿著，我受之有愧。」

朱墨琴卻不肯，死死推給劉七巧。「若不是因為這幾家店，我們朱家也不至於弄得如今家破人亡，妳給我，我是萬萬不想再要的，妳若是嫌棄，隨便找個地方扔了吧。」

劉七巧聽朱墨琴這麼說，也知道她是真心實意想要把這店契給自己。畢竟這東西若是落在別人手中，要麼就是賣了換銀子，要麼開了藥鋪跟寶善堂打擂臺，確實也麻煩。

「妳既然這麼說，那我就留下了。妳來找我，不可能沒打聽過我的出身，我可跟妳不一樣，從小就是苦過來的，雖說還沒到沒吃沒喝的地步，可終究也知道賺錢不容易，所以我比妳更看重錢。」劉七巧坦然對朱墨琴說道。

朱墨琴點了點頭道：「少奶奶的大恩大德，無以為報，如今那些奸人也算是惡有惡報了，我父親若是泉下有知，也該瞑目了。」

「說起這事情，妳倒是要謝謝包探花，這幾日為了妳的事情，他在衙門裡可沒少奔波，我聽說你們還是同鄉人，他也是安徽的，老家在鳳陽那邊。」劉七巧也不知道為什麼，自從杜茵的事情成了之後，自己就上了當媒人的癮了；可人家朱姑娘才死了父親，在這節骨眼上提這種事情又不大尊重，她尷尬地笑了笑，決定適可而止了。

朱姑娘低下頭，似乎是在回想包探花的為人，淡淡道：「包公子是一個古道熱腸的好心人，這幾日的事情多虧他費心了，昨天是重陽，我還託下人去他家送了幾樣東西，也不知他用得合意不合意。」

劉七巧一聽，內心暗喜道：有戲了！這老鄉見老鄉，兩眼淚汪汪，何況一個是才子、一個是美人，怎麼湊都不錯的樣子！

晚上，劉七巧洗漱完之後，心裡還在想這個事情，坐在床上笑了起來，被杜若看見了，一把將她抱入了懷裡。「妳最近越發懶了，家務事也留給二弟妹去做了。妳今兒又去哪裡閒逛了？」

劉七巧勾著杜若的脖頸，道：「哪有，我是奉了老太太的意思，去珍寶坊給大姑娘選幾副頭面。這次齊家出了這樣的事情，二嬸娘和大姑娘沒少拿自己的體己銀子和首飾出來，二姑娘和三姑娘看著都覺得不忍心，正商量著要給大姑娘送東西，又怕她面子上過不去不肯要，所以我就回了老太太。老太太覺得她們三姊妹難得這樣心連心，就自己出銀子，讓我跑上這一趟，給她們打幾副頭面，順帶我和二弟妹也一人蹭一副罷了。」

杜若笑了笑，看著劉七巧問道：「妳有銀子花嗎？以後我的月俸都給妳吧。」

「你以前是給誰的？」

「以前都是給我娘的，我這幾個銀子也不夠家裡開銷，不過就是應景存著罷了。」

「那還是給娘吧，省得讓娘覺得你是有了媳婦沒了娘。反正公中每個月也發例銀，我從娘家帶了一些銀子過來，也沒動，上回皇上還賞了一百兩銀子，再說我不怎麼出門，這銀子也花不出去。」

# 第一百三十三章

劉七巧畢竟還沒適應古代有錢人的生活，對她來說，現在最大的花銷就是平常賞下人用的銀子。下人們的收入放在那邊，如果平常沒有一些賞銀跑腿費的，單單靠自己的月銀，雖然說不至於餓死，但是要做什麼事情難免就束手束腳了。

「對了，明兒我把紫蘇帶回來，最近好些病人都病癒回家了，水月庵那邊也夠人伺候了，也是時候讓她回來了。」

「可別。」劉七巧說著，打了個哈欠，有了一些睏意，開口道：「讓她在你跟前服侍著吧，等你也不去水月庵了再回來，不然你一個人在那邊，我還不放心呢。」

「妳不放心什麼？」杜若不明所以地問道。

「我不放心你啊……還有你的病人，還有水月庵裡頭的那些小尼姑。」劉七巧說著，伸手捧著杜若的臉頰道：「誰讓你長得這麼招蜂引蝶？還不許我不放心嗎？」

杜若沒好氣地笑了笑，伸手攬了她睡覺。

杜二太太的狀態還沒恢復，家中的瑣事還是需要趙氏和劉七巧打理。這天，劉七巧和趙氏兩人正在議事廳裡聽管事媳婦們回話，老太太打發了賈嬤嬤來知會道：「姜家姨太太明天就正式要搬家了，今兒打算在府上還席，親自帶了三十兩銀子過來，給廚房安排席面用。老太太的意思是，錢我們收下，不過交代廚房一聲，按五十兩的例備筵席，缺的銀子她這邊補。」

賈嬤嬤說著，便讓身後的小丫鬟端了盤裡的銀子上來，裡面端正放著五十兩銀子。劉七巧和趙氏對望了一眼，開口道：「哪裡有讓姜姨奶奶破費的道理？原本前兒是重陽，算不上是我們給姨奶奶餞行，今兒這一頓就讓我們來吧。」

趙氏也笑著道：「嫂子說得很是道理，究竟還是我們當家日子淺，竟沒想到這些，反而要讓老姨奶奶破費，是我們的不是。這銀子還是還給姨奶奶和老太太吧，也算我和嫂子兩人剛接了家務，算是孝敬兩位老人家的。」

劉七巧聽趙氏這麼說，便開口道：「既這麼說，那銀子就不從公中出了，我和二弟妹一人二十五兩，如何？」

趙氏原本就是這個意思，可是她知道劉七巧家裡畢竟清苦些，又怕自己充大方說了出來，惹得她不開心，如今聽劉七巧這麼說，當然是點頭稱好，又道：「這個辦法好，也不怕有人說我們拿公中的銀子充好人了。」

劉七巧越發喜歡起趙氏來了，就在氣量這一方面，趙氏便甩杜二太太多少條街了。

賈嬤嬤得了主意，高高興興回去向杜老太太回話，沒多久，外頭管事媳婦們也都一一散了，劉七巧命綠柳去廚房通報了聲，正打算要離開，那邊趙氏便和劉七巧聊了起來。

「大嫂子好闊氣，一出手就是一千兩銀子，反倒讓我覺得自慚形穢了。」那日銀票是讓丫鬟們送過去的，本來也沒想瞞著，所以趙氏知道劉七巧送了多少銀子也不足為奇。

趙氏又小聲道：「二郎雖然這兩年裡裡外外地跑，可在外頭花銷也大，倒是沒存上幾個銀子，我自是不敢動他的銀子。等他回來了，我們兩人商定了之後，也才拿了一千兩出來，倒是覺得不好意思得很。」

劉七巧笑著道：「這有什麼不好意思的？給了那是一片孝心；就算沒給，也沒人能說妳什麼。再說了，瘦死的駱駝比馬大，齊家也不至於窮到那個分上，我聽杜若說，齊家也是祖上做了很多年官的，便是那時候沒貪污受賄的，至少祖產還是有些，我們不過就是盡個心意罷了，若真到了那一步，怕二嬸娘都要抹脖子了吧？」

趙氏見劉七巧這樣開自己婆婆的玩笑，是想笑又不敢大聲笑出來，忍了半天才道：「嫂子說話好逗趣，不過婆婆她有那麼點想不開也是真的。」

兩人又聊了幾句，便打算各自打道回府了，這時候，外頭有老媽子跑了進來道：「大少奶奶，有人來送禮了，推了好幾車的東西，就在門口等著呢！」

「誰啊？有沒有說是送給誰的？有人出去接應了嗎？」

「說是送給大少奶奶的，領頭的是個當兵的，瞧著一身蠻肉，怪嚇人的，眉骨上還有一道疤痕，看著才傷了不久的樣子。」

劉七巧擰著眉頭想了半天，總算想出個人來，起身道：「難道會是他？」

杜家門外，王老四騎著高頭大馬，在門口晃蕩。

他才回京城沒幾天，先前在雲南的戰場上救了周珅，立下了大功，這次回來皇帝就封了他一個伍德將軍，跟著周珅一起上戰場的那些個家將們，就數他頭一個當上將軍。

王老四瞧著杜家的門楣，心裡頭還納悶呢，原來劉七巧喜歡杜若那種長得跟豆芽菜一樣文弱的男子啊？自己這種跟土豆似的壯漢，在她眼中自然是看不上眼的。不過也沒關係，只要劉七巧嫁得好，他也沒啥遺憾，至少情場失意、事業得意，自己好歹真成了將軍了！

「老四！」劉七巧叫下人開了角門，提著裙子往門外一看，那黑乎乎一張包公臉的，可不就是王老四？

「老四，前幾天去王府就聽說你回來了，我正琢磨著什麼時候帶著紫蘇去瞧你呢，沒想到你倒是先來了！」劉七巧和王老四從小玩到大，自然沒什麼好避嫌的，可如今她已經嫁作了人婦，身後還跟著一群丫鬟婆子，自然不能太造次，只能規矩站著。

老王四翻身下馬，指著後面幾輛車道：「這些東西，有皇帝賞的，還有王爺賞的、世子爺賞的，我瞧著都不是我們村裡人能用的，這要是拿這些東西做成了衣服，我爹娘還怎麼下地？所以我想著，就捎些銀子給他們，這些都送給妳得了。」

劉七巧往王老四身後瞧了一眼，滿滿的四輛板車裝著各式的綾羅綢緞，還有一些古玩字畫、名貴茶葉和藥材等。

劉七巧連連搖頭道：「你如今住哪兒？這些東西是給你布置新家的，你送我這兒做什麼？」

王老四伸手抓了抓腦袋道：「王爺賞了宅子，就在離這兒不遠的富康路上，三進的院子呢，我昨天去瞧過了，三十來間的房子，壓根兒就沒法住，就我一個人，我尋思著還是回王府，跟以前一樣，和大夥睡通鋪好了。」

劉七巧瞪了他一眼。「好歹是個將軍，能有一點將軍的譜嗎？再說了，王爺賞宅子也不是讓你一個人住的，如今你出息了，難道不讓叔嬸一起出來住嗎？」

王老四擰了擰眉頭。「我這不是不敢嗎？當初我是偷跑著出來的，我爹說了，回去就得把我腿打折了，我這腿上的箭傷才好呢，可不想又在床上躺好幾天。」

劉七巧聽他這麼說，關切道：「除了臉上和腿上的，還有哪兒傷著了沒有？」

「沒沒沒，其他地方都原封的，結實著呢。」老王四說著，皺了眉頭道：「我正找妳有事呢，妳說我這眉毛上一道疤，能稍微淡一些嗎？世子爺說我這樣可娶不上媳婦了，我正為這犯愁呢！」

劉七巧笑著道：「他開你玩笑呢。我瞧著這樣挺有男人味的。快裡頭坐吧，瞧我，怎麼跟你在外頭就聊了起來？」她說著，領著王老四進了杜府，去了平常會客用的外院正廳。

王老四也不敢坐，四處看了看道：「杜家真夠氣派的，看著比王府也不差啊！」

劉七巧請老王四坐了，又讓綠柳親自去沏了茶送上來，玩笑道：「京城的大戶人家多半都是這樣的，如今你跟著世子爺打了勝仗，他還能不賞你幾個美人？」

王老四嘿嘿笑了幾聲道：「世子爺老說要賞我幾個美人，我尋思著他賞的我也不敢動啊，白放在家裡看著也浪費，就隨口編了一個理由搪塞過去，也省得他當真賞了。」

「他要真賞你，你就收了，當是丫鬟在跟前服侍就好了，跟他客氣什麼？」

王老四直擺手道：「那可不行，清清白白的姑娘家，跟著我一個漢子，以後出門就說不清了。再說我也用不著人伺候，有個會洗衣做飯的老媽子就成了。」

兩人正聊著，下人們已經把王老四車上的東西卸了下來，一件件往裡頭搬。劉七巧瞧了一眼，搖頭道：「那些面料布疋我收下了，這些古董字畫你拿回去。哪有你這樣送禮的，自己也不看一眼就往人家家裡搬。」

「別這樣，我要這些真沒用，再說我還有事求妳呢！」老王四說著，撓了撓頭道：「世子爺讓我沒事多看看書，可我小時候就只上過兩年的私塾，也就認得幾個字而已，我去哪兒弄書去？妳男人是當太醫的，肯定有學問，妳好歹讓他給我弄些什麼兵書、兵法什麼的，擺上書架，下回有人去我家裡頭作客，我也好充充面子啊！」

劉七巧噗哧笑了出來，道：「老四，你也有今天啊！我小時候就說要讀書吧，你非不聽我的，這下後悔了吧？」

劉七巧小時候也唸過兩年私塾，當時就是和王老四坐同一輛牛車一起去的。教他們的先生和後來教劉八順的是同一個人，考了一輩子都沒考上舉人的窮秀才，所以當時劉七巧不上學之後，王老四也不去了，還笑話人家老先生要是有本事，就不會是個窮教書的了。不過現在想想，雖然那兩年貪玩，終究還算是認了幾個字的。

王老四憨笑道：「妳可別說，我就算那時候接著唸，沒準到今天也不一定能考上秀才，我就沒那天賦。」

劉七巧點頭。「行吧，亡羊補牢，為時不晚，你既然是用這些禮品來換書的，那我只好收下了，誰讓這世上最寶貴的東西就是書呢！」

王老四聽劉七巧這麼說，笑道：「那敢情好，哪天妳弄好了，喊人去王府或是去我家跟我說一聲，我叫了人用車來拉。」

劉七巧又忍不住搖頭，開口道：「既然在京城有了自己的宅子，就住自己的宅子裡，找幾個像樣的下人好好布置布置，若是有客人去，也不會顯得失禮了，你說是不？」

王老四嘆息道：「我又不懂這些，沒人給我打理，等我娶著了媳婦再說吧。」

「行吧，你自己平常也在意著點，我這裡也幫你物色物色。聽說老祖宗正打算給世子爺選續弦，不然哪天我過去一趟，讓老祖宗也幫著你選一選？」

「這可不行，哪裡能勞動老祖宗做這事情？我就隨便挑一個，看著不礙眼，平常做事伶俐些就好了，孝順父母，別小心眼就夠了！」

劉七巧細數了一下他所謂「隨便挑一個」的要求，還真不是一般的隨便，就這四條，能夠得上條件的姑娘也不多啊！

兩人又聊了片刻，劉七巧見快到了午膳的時候，便吩咐了廚房去安排午膳，老王四卻攔住了道：「我不在這兒吃了，改明兒等妳男人在家，你們兩口子再請我，不然我這一個人吃著也沒意思。七巧妳可記住了，我的書可別忘了，世子爺交代下來的。」

劉七巧心裡忍不住唸了一句：世子爺自己也是多少書在外書房排著，連書封都沒開過呢，一群只知道裝風雅的武將！不過她心裡雖然這麼想，嘴上還是爽快答應了下來。「你放心，不出五天，我定然讓他準備好了給你送去。你家如今住哪兒呀？」

「富康路上的沈宅就是了，那邊原來是個老將軍的宅子，後來老將軍回老家養老了，王府就收回了宅子。」

劉七巧聽著，笑道：「你好歹回去，先請了木匠把門頭改一改。」

「是這個話，如今該叫王宅了。」王老四說道。

劉七巧送了王老四離去，便囑咐人把這些東西搬進了百草院的小庫房。

又過了兩日，姜姨奶奶家也搬走了。看著馬車從梨香院走遠了，劉七巧和趙氏才把杜老太太送到了福壽堂，兩人跟杜老太太說了說這幾日家裡的情形，一眾奴僕們都很安生。過幾日就是秋收，這幾日陸續有莊子上的人來回話，劉七巧不在的時候都是趙氏做的主意，她若不懂就請人過來問老太太，倒也算是安排得妥妥當當的。

兩人回了話，正要離去，賈嬤嬤急急忙忙跑了進來，回道：「回老太太，南邊二老太太派人過來了，說是二老太爺看著不大好了，您要是有空最好能往南邊去一趟。」

重陽節杜蘅回來的時候就說了二老太爺身子有些差，沒去年硬朗，這才過去沒幾天，怎麼叫不大好了？杜老太太急忙道：「傳送信的人進來，我好好問問他。」

來送信的是原先二老太爺家的二管家和他兒子，兩個瞧著也是快馬加鞭來的，見了杜老太太先是哭了一場，才開口道：「蘅二爺才走，我們家老太爺就病倒了，我們老太太就喊了我們回京城找大老太太要主意。如今秦姨娘霸占著老爺，不讓我們老太太插手呢，還說老太爺生前是發過話的，這寶和堂的產業就應該兄弟兩個對半分。我們太太實在沒法子了，請了幾個大夫去瞧老太爺，也沒見好。我們家老太爺在金陵本就是個名醫，如今病了，反倒沒人能給他治病了。」

杜老太太聽了，只覺氣得渾身哆嗦。「我回京城的時候就交代過他不能太抬舉秦氏，當姨娘的，要是心大了起來，就會搞得家宅不安，他還一味偏袒她，說她如何謹小慎微、如何大方得體。這種女人，在男人面前向來就會使這種手段，背地裡出陰招，防不勝防。我那弟妹也是，當初養了一個姨娘的孩子，就應該把秦氏的兒子也抱了過來，這樣同在嫡母名下，人家也就沒辦法說她偏袒了。如今好了，鬧出了事情才知道後悔了，現在秦氏跟她自己的兒子定然是一條心的。」

# 第一百三十四章

劉七巧聽了杜老太太的分析，覺得見解精闢、想法獨到。她以前一直不明白，為什麼做正室的要去給姨娘們養孩子，如今一想，可不是這個道理？自古就有生恩不如養恩大的說法，若是養在嫡母跟前，那孩子將來長大了，必定跟自己的親娘生疏，這是其一；其二，他有了一個體面的嫡母，自然對作為姨娘的生母看得沒那麼重要了。所以很多正室要給姨娘們養孩子，為的就是這個。有的嫡母就算自己不養，也不讓姨娘們自己養，情願請了嬤嬤下人奶媽，一群人服侍著庶出的小姐公子們，也不讓他們親生的姨娘們沾手，大抵就是這個道理。

「大太太，如今說這些都遲了，老太爺這幾年確實寵秦姨娘寵得不像話，秦姨娘又懂拿捏老太爺的性子，去年還把自己的一個娘家姪女送給了老太爺當五姨娘。您也知道，我們老太爺在這方面向來是有幾分風流性子的，五姨娘當時懷了一個孩子，老太爺老來得子，自然是高興得不得了。可誰知沒過幾個月，孩子就不明不白地沒了。老太爺自己是大夫，看過了之後便知道是有人暗地裡給五姨娘下藥了。後來也不知誰告的密，說是老太太差人使的藥，老太爺和太太就這樣生分了，從此老爺就只在秦姨娘和五姨娘那邊過夜了。」

那管家說著，擦著眼淚道：「我們家老太太也是個倔強性子，偏不肯跟老爺討個饒，非說老太爺不至於那麼沒情面。這回好了，老太爺病倒了，太太兩眼一抹黑，也不知道怎麼辦了。二爺是跟著老太爺學醫的，大爺才是學生意的，那幾個寶和堂的掌櫃一早就讓秦姨娘給買通了，如今二爺眼看著什麼都撈不著了。」

杜老太太聽了，冷笑了一聲道：「倒還不知道杜家居然出了這樣不檢點的姨娘，罷了，你們兩個千里迢迢的也累了，先下去休息，吃些東西歇歇腳，等今晚我那兩個兒子回來，我再跟他們商量著看看。」

杜老太太見兩個孫媳婦都站著呢，笑著道：「又讓妳們笑話了，這個二叔公妳們是沒見過，年輕時候也是一個不聽話的種。」

到了晚上，杜若把紫蘇給帶了回來，劉七巧讓小丫鬟們給她備了水先洗個澡，自己則去了如意居陪杜大太太吃飯。

杜大太太聽說了南邊二老太爺的事情，蹙眉道：「眼下這節骨眼，偏生還出這種事情，也不知道老太太這次怎麼安排了。妳二叔定然是走不開的，妳爹管著寶善堂也是脫不開身的，我今兒睡醒想了半天，估摸著老太太會帶上大郎過去。一來，大郎懂醫術，能給妳二叔公看病。二來，他是長房的長子嫡孫，這身分也壓得住。只是妳和大郎新婚燕爾的，他一走也不知道要幾個月，我想著始終也不合適。」

杜大太太想得沒錯，果然他們母子祖孫幾個人在福壽堂商量之後，杜老太太決定帶著杜若往金陵去一趟。

杜若和劉七巧剛剛才結婚一個多月，正是蜜裡調油的階段，如此就要分開，杜若實在是於心不忍。但是二叔公那邊的事情畢竟也不能耽誤，他想了想，硬著頭皮道：「老太太不如帶著七巧一起去金陵走一趟，七巧說，她這輩子除了京城什麼地方都沒去過。」

杜老太太聞言，先是愣了愣，杜二老爺便笑著道：「帶著七巧去吧，那邊也算是半個京城，風景秀麗、名勝頗多，與其說是去處理二叔的家務事，不如就當是過去散散心，讓七巧陪著你爬爬紫金山、遊遊玄武湖，正巧也去南方的兩個莊子察看察看，有好些年沒去過了。」

杜大老爺想了想，開口道：「七巧腦子靈活，有她在身邊服侍老人家，我還放心些，關鍵時候，她說不定還能幫上忙。不過既然老太太要去南邊，走陸路就太辛苦了些，明兒二郎去包一條船，你們走水路過去，也好舒服些，省得沿途各處打尖，路上只怕還比不得海上安全。」

從京城到金陵約莫有一千多公里，快馬加鞭地趕路，大約要十來天的時間，走水路則要二十五、六天才能到。可是陸路顛簸，老人家年紀大了，自然沒有走水路舒服。再說寶善堂每年運藥材北上，用的都是商船，雖然自家沒買下船隻，可跟大沽口的船行那是相當熟悉，坐船出行也安逸很多。

杜若見兩個長輩都為七巧說話，心裡別提多高興，一臉祈求地看著杜老太太。杜老太太想了想道：「罷了，就帶上七巧一起去吧。她是年輕媳婦，出去多看看，長些見識也是好的。坐船就坐船吧，坐車的話，我這一把老骨頭，只怕也要被顛簸散了。」

眾人商議妥當，便定下了後天一早啟程。杜老太太這邊帶上賈嬤嬤、兩個貼身大丫鬟並幾個小丫鬟，杜若說是還要回去跟劉七巧商量一下。杜大老爺又親自命二管家跟著去，一行十幾個人，包下一條中型的海船應該差不多。

劉七巧這邊因得了消息，便也派了人去王府遞了消息，又急著籌備行李，倒是連人都沒抽空過去一趟。

誰知這一路上雖說走海路少些顛簸，卻沒想到出了幾件讓人意料之外的事情。先是船開到一半的時候，以前從不暈船的劉七巧暈得死去活來的，後來杜若替她把了脈搏，卻發現劉七巧已經有了一個多月的身孕！

眼看著船漂在海上，前不著村後不著店，真是急壞了杜老太太，也只能硬著頭皮，命丫鬟婆子好生照顧著了。

第二件事就是遇上了江南首富洪家的船，洪家少奶奶因為動了胎氣，在船上就要生了，幸好遇上了劉七巧，又救下了兩條人命。

就這樣，等劉七巧他們到金陵的時候，已經是十一月份。等安頓好了二老太爺家的事情再返鄉的時候，都已經十二月底了，光路上就走了兩個月。

馬車到門口的時候，杜家大門口已經站了一群人迎接了。難得杜大太太也站在人群中，她還有一個多月就要臨產，這會兒肚子已經比劉七巧走的時候又大了很多。

劉七巧撩開了簾子一看，杜大太太身邊的李氏正抱著九妹也站在人群中。劉七巧臉上的笑意就越發濃厚了幾分，杜若扶著她從腳踏上下來，劉七巧自然先是拜見了杜大太太，然後又依次拜見了李氏、二太太等人。李氏瞧見劉七巧安然無恙地回來，笑著道：「回來就好、回來就好。」

杜大太太瞧了一眼劉七巧，又看了一眼杜若，眼底多少有幾分嗔怪，搖頭道：「你也真是胡鬧，竟弄出這樣的事情來，要是七巧有什麼三長兩短的，看我不罰你！」

杜若連忙認錯道：「娘說得有道理，就是如今她好好的，我也有任罰的分了，這次真的是兒子的失誤。」

杜大太太見杜若認錯還算誠懇，便也不去說他，迎到了杜老太太跟前道：「老太太一路都順遂吧？」

杜老太太回了自己家，才覺得比起二老太爺家那些烏煙瘴氣的事情，自己家不知好了多少，連帶著看二太太也越發覺得順眼了些，開口道：「這些日子，妳和蘅哥兒媳婦都辛苦了。」

二太太簡直是受寵若驚，嘴角微微翹了起來。

一群人說說笑笑中，便進了杜老太太的福壽堂裡頭。

杜老太太坐下來，喝完了熱茶，看著一眾兒媳孫子孫媳婦，嘆了一口氣道：「這次去南邊，看了你們二叔公家的那些事，我才真正感悟到一句話：家和萬事興啊。說句掏心窩的話，外面再好，也不如家裡頭來得好。」

眾人都點頭稱是，二老太爺家的事情，從杜若的信中，他們也多多少少地知道一些，所以這時候也沒有多問，只要能把事情解決便好。

眾人又聊了幾句，杜大太太才開口道：「老太太這一路回來，怕也乏了，再過一個時辰就要用晚膳了，不如先歇一會兒。」

「也好，確實也乏了，散了吧。」杜老太太發了話，大家就都散去了。

劉七巧和杜若先送了杜大太太回如意居，見李氏在裡面坐著，便又留下來聊了幾句。

「母親今天怎麼來了？」

「親家母打發人來接的，說是妳今天能回來，我都幾個月沒見妳了，就帶著九妹一起來了。」李氏說著，上下打量了劉七巧一眼道：「日子還短，沒顯懷呢，看著氣色倒是不算差的。」

杜若聽李氏說起這個，又不好意思了起來。還好丫鬟送了茶進來，他便端起來抿了一口，低著頭不說話。

「剛開始坐船有些難受，後來就好了，在船上的時候難受些，這兩天上了岸，就又好些了。」

李氏聽劉七巧這麼說，心裡有些擔憂，都說磨娘的孩子是男孩，劉七巧這一胎看著就不大磨人，要是女娃子，那就可惜了。

杜大太太便道：「這樣好，我生大郎的時候，也是沒怎麼受罪的，就是最後早產了，差點養不活了。」說到這裡，她忍不住又瞧了一眼杜若，見他如今已是一表人才，又是要當父親的人，心裡就說不出的高興，覺得自己一輩子的心血都沒白費了。

「這一路上胃病沒犯過吧？」李氏看著杜若依舊還是清瘦了些，便關心問道。

「哪能呢，我都不讓他沾酒，唯一一次應酬他也挺聽話的，喝了三杯就裝醉了。」劉七巧說著，挑眉看著杜若，心頭卻是甜蜜的。

杜大太太聽了，連忙道：「這酒還是少喝為妙，喝多了也容易誤事。」

幾人又閒談了幾句，李氏便起身告辭了，杜大太太執意留了李氏一起用晚膳，那邊，李氏開口道：「家裡還有一個孩子呢，我不在他也吃不好，就多謝親家母了。」

劉七巧送了李氏往外頭，讓杜若留下來再陪杜大太太說一會兒話。

兩人一路走一路聊，李氏便道：「有件事情，我倒是要告訴妳的。那巧兒如今住在了老四家，上個月孩子已經出世了，這不明不白的，不會是賴上老四了吧？」

王老四如今有了軍功，雖然是將軍級別的最低級，但好歹也是個朝廷命官了。方巧兒這麼做，不等於是敗壞了王老四的名聲嗎？以王老四的老實程度，沒準還是一個童男子呢！

「怎麼會有這種事情？老四也太糊塗了？怎麼就留了人下來呢？」

「我也不清楚，上回老四來看我的時候說起的，說是周嬸子要賣了方巧兒的孩子，方巧兒沒辦法，所以才跑了出來。可這走投無路的，只能去找王老四了。妳也知道，老四這孩子實誠，又是那樣的性格，見了從小一起長大的人落難，哪有不幫的道理？」李氏說著，蹙眉道：「前一段日子我倒是給他物色了幾個人選，妳知道老王妃身邊的冬雪嗎？她就覺得老四不錯，誰知出了這樣的事情，人家就不要了。」

還沒結婚的男人，身邊多了一個帶著孩子的婦人，哪家的姑娘敢嫁給他？這不明擺著給自己的後半輩子找事嗎？劉七巧搖頭道：「這事情得幫老四一把，不能讓老四當這個冤大頭。」

第二日一早，劉七巧便想著去王老四家走一回，馬車途經廣濟路的時候，卻正好瞧見了朱家的門頭，想著她從沒來得及登門打聲招呼，便有些過意不去，讓紫蘇去喊了門，若是有人便進去坐坐。

朱家看門的小廝操著一口安徽口音，見門口停著馬車，也知道定然是有不得了的人來了，急急忙忙就往裡頭通報去了。

不多時，劉七巧才下馬車，裡面的人就出來了，只見一個四十出頭的女子由朱墨琴攙扶著一起迎了出來，她身邊還有一個看上去才二十來歲的姑娘，懷中抱著一個兩、三歲的小男孩，看著虎頭虎腦的，很是可愛。

朱墨琴見了劉七巧，鬆了手上前兩步，在她的面前福了福身子道：「大少奶奶怎麼跑到我家來了，也不先差人通報一聲，萬一白跑了一趟可怎麼好？」

劉七巧還了禮，被朱墨琴迎了進去道：「我之前讓小廝去雅香齋走了一趟，聽他們說你們還沒走，所以就過來瞧瞧你們了。先前家裡有些事情，我走得太急了，倒是忘了跟姑娘說一聲。」

朱墨琴笑道：「大少奶奶客氣了。」

眾人迎了劉七巧進了正廳，劉七巧也稍稍觀察了一下朱家，這是一個三進的四合院，建得很寬敞，影壁後頭通往正廳的路很寬，兩邊還有小花園，四周是抄手遊廊，能在京城買得起這樣宅子的人，家資肯定是豐厚的。

眾人落坐，那抱著小男孩的女子也上來向劉七巧見過了禮數，劉七巧又向朱夫人見禮，把隨身帶著的一塊小玉珮給了那孩子，朱夫人連連推託，最後倒也收了下來。

丫鬟們上了茶落坐，朱墨琴才開口道：「原本是想等那件事定下來了就回去，誰知道拖了那麼長時間，眼看著要年底了，就沒有走了。」她說話的時候，嘴角帶著微微的笑意，和之前喪父時那種絕望傷痛的朱墨琴已經是兩個人了。

劉七巧又瞧了一眼朱夫人，雖然經歷了這件事情多少有一些老態，但是言談舉止中，也似乎已經從那股悲傷中走了出來。

朱夫人瞧了一眼身旁抱著孩子的小媳婦，對她道：「妳帶著哥兒去後面睡吧，也是時候哄他小睡一會兒了。」

那年輕媳婦應了一聲，抱著孩子走了。劉七巧心裡知道，這定然就是朱老闆的老來子，朱家以後的希望了。

朱夫人嘆了一口氣。出了這樣的事情，她一個婦道人家只有落淚的本事，要不是閨女偷了帳冊，只怕後面朱家的家產就要被她二叔坑走了。說白了還是自己的不是，要是能早點生出一個哥兒來，何苦就苦了閨女？

朱夫人想到這裡就有些傷心，壓了壓眼角。朱姑娘勸道：「娘，快別傷心了，如今能保住朱家的祖產、讓那些人繩之於法，已經是最好的結果了，至少還有海哥兒，以後養大了，他會好好孝順您的。」

朱夫人點了點，稍稍收斂了一下情緒，外頭有小丫鬟進來道：「回太太姑娘，包太太做了家常的木錘酥，拿過來請太太和夫人用呢，都是皖南口味的。」

劉七巧心裡就默默動了一下。什麼時候冒出來一個什麼包太太了，難不成是老鄉加鄰居不成？誰知道她這廂還沒想明白，朱墨琴的臉已經脹得通紅，小聲對那丫鬟道：「妳放下吧，去謝謝包太太，就說我這邊有客人，一會兒再親自謝去。」

朱夫人心想劉七巧幫了那麼大的忙，也是朱家的大恩人了，便也直接道：「上回幫我們家打官司那個包探花，他也是安徽人，前一陣子他把他老娘接來了，正到處找房子。我們這院子大，最後的一進也沒有人住，且後面又單獨開了門在另外一條街上，所以就租給了他們。」

劉七巧聽朱夫人這麼說，就明白一半了。這家裡有未嫁的姑娘，還把房子租給未娶的公子，這不是明擺的事嗎？只怕那位包太太也是看準了眼了，不然能這樣隨隨便便就住下？是現在朱墨琴帶著重孝，三年之內又不能嫁娶，再過三年，朱墨琴可就二十一了，擺在古代就是大齡剩女一枚，嫁出去的可能更小了。

劉七巧想了想，這事情已經到了這一步，若是再不辦得漂亮一些，只怕會落了話柄，對朱姑娘的名聲也不好，於是開口道：「我相公和包探花倒是相識的，朱夫人若是不嫌棄我們身分低微，我們兩夫妻倒也是願意當一回媒人的。」

朱夫人聽了劉七巧的話，正合心意，她最近就是為了這事情愁呢！媒人一般都是要兩方都認識的人，那包中好是好，未免呆了一點，這種事情怎麼能由女方操心呢？

劉七巧倒是有些明白包中的想法，古人都重孝道，這個時候若是談這種事情，那是大不孝，也是大不敬。他是熟讀聖賢書的人，自然不會做出這樣的事情。

「若大少奶奶真的有這心思，那真是要多謝了。」朱夫人現在唯一也就擔心朱墨琴了，一個姑娘家錯過了嫁齡，不管多麼優秀，都是一件很難辦的事情。

朱墨琴聽她母親這麼說，早就羞紅了臉，扯著朱夫人的袖子道：「母親，您怎麼能跟大少奶奶說這事情呢？再說家裡還在孝中，這事情也不能現在就辦啊！」

「雖不能現在就辦，但總要先定下來的！我現在也就這麼一點操心的事情了，妳總要讓我這顆心放下來才好。」朱夫人拍著朱墨琴的手，開口道：「不能為了妳父親的事情，又把妳給耽誤了，不然的話，就算我下去見了妳父親，他也是會怨我的。」

朱墨琴從小就被朱老闆捧在掌心，自然是萬千寵愛的，朱老闆不遠千里上京，也是為了能給她覓得佳婿，付出了這麼多的代價，如今總算也要得償所願了，朱墨琴心裡又豈有不難過之理？

「那就一切聽母親的安排。」朱墨琴答應了下來，臉頰上依舊帶著緋紅。

劉七巧倒是沒料到，這一場官司，最後還造就了一段姻緣。

# 第一百三十五章

劉七巧在朱家又閒坐了半日，才帶著丫鬟們告辭了，讓車夫直接往富康路上去。她聽李氏說了方巧兒的事情，料想方巧兒現在肯定就住在這邊，便喊了車夫直接往王將軍府去。

王老四也算低調得很，雖然改了門頭，卻沒叫什麼王將軍府，這京城能做上將軍的人也不少，但真正掛上將軍府名頭的卻不多。王老四家的門頭是新的，上面黑底金字兩個字「王宅」，看來王老四雖然當上了將軍，為人倒還是跟以前一樣老實。

這會兒已過了申時，到了家家戶戶準備晚膳的時候，劉七巧才下了馬車，就瞧見不遠處的煙囪正冒著白煙。小廝敲了門，裡頭出來一個瘸腿的老人家，留著山羊鬍子，瞧見外頭正站著一群人，並不認識，又瞧劉七巧穿得那麼富貴，便開口問道：「夫人這是找人呢？還是路過的？」

紫蘇和王老四也是一起長大的，便上前道：「我們來找你家老爺的，他是姓王吧？」

老頭子點了點頭，道：「是姓王，夫人貴姓？」

紫蘇便笑道：「你只管進去說，寶善堂的大少奶奶來找他了，看他親自出不出來接待。」

老頭子雖然年紀大，卻是沒耳聾的，笑道：「那夫人等一會兒，我進去跟我家夫人說一聲。」

劉七巧一聽這話就覺得不對勁了，問道：「你家什麼夫人？你家老爺沒娶親，哪裡來的夫人？」

老頭子也覺得莫名其妙了，他才來沒幾天，不過就是個看門的，見家裡頭有女人有孩子的，那不是他們家老爺的女人孩子，還能是誰的？況且他們家老爺經常早出晚歸的，也有時候幾天不回來的，住在這裡的女人，大家也都喊她一聲夫人，似乎也沒什麼錯。

老頭子便道：「這老奴就不知道了。我家老爺很少回來，家裡頭就住著夫人和孩子，我們夫人剛出月子，這會兒還在房裡休息，我進去通報一聲，幾位怕是要等一等了。」

劉七巧聽到這裡，簡直就要氣得笑出聲來了。見過無恥的沒見過這麼無恥的！王老四你這個笨蛋，這算怎麼一回事啊？想當便宜爹也不是這麼當的！

她強按住了怒火，咬牙道：「行了，我瞧你腿腳不方面，你也不用進去通報了，一會兒要是有人問你，就說是走錯門的，知道了嗎？綠柳，給他賞錢。」

綠柳遞了半吊賞錢給那老漢，扶著劉七巧回了馬車。劉七巧這會兒還沒消氣呢！紫蘇和王老四是一起長大的，也氣得沒個正形。「這算怎麼回事？難道老四應了？這都夫人、夫人地叫上了？」

劉七巧搖了搖頭。她最知道王老四這個人，老好人一個，村裡不管誰家有事情他都願意幫忙。別說方巧兒是一起長大的，就算是路邊的姑娘，還沒幾分姿色，讓他伸出援手肯定也是願意的。只是，劉七巧就是看不慣方巧兒竟欺負王老四。

「這事不能就這麼算了，老四還沒成婚呢，方巧兒做這種事情出來，老四以後可怎麼辦呢？」王老四如今得到了恭王府的賞識，以後不說還能大展鴻圖吧，至少這將軍的位置是站穩了。邊境不穩或者是哪邊剿匪，跟著世子爺多出去幾回，這軍功也就混了出來。王老四以後可是牛家村的驕傲，要是能娶上一個上檯面的媳婦，那整個王家以後就發達了。

劉七巧想到這裡，又覺得有些氣憤，紫蘇便安慰道：「大少奶奶別光顧著生氣，方才那看門的老頭子也說了，老四沒經常回家，我估摸著是住在軍營呢，興許他還不知道巧兒在他家做的這些事情。咱們先找了老四問問，他究竟是個什麼意思，再看看下面怎麼辦吧！」

劉七巧嘆了一口氣，如今也只有這個辦法了。王老四也真是的，有事情就躲得遠遠的，難道躲起來，這些流言蜚語就不會傳到他耳朵裡嗎？劉七巧先按下了這口氣，打算回了家裡，和杜若一起商量。

杜若今兒依舊回來得很晚，劉七巧也知道他才回京城，男人之間的應酬是難免的，可她心裡有煩心的事情，嘴巴就忍不住嘟了起來。

杜若見她不高興，便道：「我聽說妳今兒去了朱姑娘家，怎麼反倒惹了一肚子氣回來？我這邊倒是有一個好消息要告訴妳，妳既然不高興，那我可就不說了。」

劉七巧聽杜若說有好消息，便打起了精神，開口問道：「你倒是說說看，有什麼好消息能讓我開心起來？」

杜若便笑道：「妳猜今日是誰請我吃飯呢？」

劉七巧哪裡能猜到呢？她和杜若雖然感情極好，但她對於杜若的社交狀況從來不怎麼過問，所以杜若有哪些朋友，她並不完全知道。

「料想妳也猜不到，不過我跟妳倒是要有謝媒酒吃了。」杜若脫了鞋襪上床，摟著劉七巧道：「今天包中來找我了，說是想讓妳去替他向朱姑娘提親，但是如今朱家還在孝期，他又怕對朱老闆不敬，所以讓我們先提親，他說他願意等朱姑娘三年孝期完了，再過來迎娶。」

劉七巧沒料到杜若說的是這件事情，頓時噗哧笑了起來。「沒想到那包中還不算太呆。你還不知道吧，包探花現在就住在朱府裡頭，兩家人都住在一起了，遲早就成一家人，他現在想起來提親，也算是有心思了。」

杜若道：「原來是這樣？我這次去了金陵，很多事情都不知道，幾位朋友說包公子已經接來了老娘，找到了住處，我也不清楚是住在哪裡。他如今沒有個差事，想來也是囊中羞澀的，沒料到卻是住在朱家，真是天賜良緣了。」

劉七巧往杜若懷裡靠了靠，臉上帶著笑意。杜若見她的心情似乎好了不少，便試探著問道：「那現在娘子能告訴我，方才妳那滿臉的火氣，到底是為了什麼？」

「為了什麼？」劉七巧看了一眼杜若，撇撇嘴道：「還不是為了你那曾經退貨的沖喜姑娘。」

杜若心裡一陣哀嚎，怎麼好好地又牽扯到了自己身上了？

「怎麼了，說來聽聽？」

劉七巧嘆了一口氣，蹙眉道：「前天我娘不是來過嗎？說方巧兒住到了王老四家裡去了，我今天經過老四家的時候，就想進去瞧瞧，誰知道開門的人說他要進去請示一下夫人。」說到這裡，她連連搖頭道：「我也太小看方巧兒了，這搖身一變，她就成將軍夫人了，王老四就成了便宜爹了？」

杜若聽了，雖然也覺得不好，但他畢竟是男子，自然稍微淡定一點，勸慰道：「妳別著急，興許王老四和方巧兒看對眼了，兩個好上了呢？」

劉七巧瞪了杜若一眼，氣呼呼問道：「要是一個懷著七、八個月大肚皮的年輕媳婦說喜歡你，而且她肚子裡還懷著別人的種，以前還是給人當小妾的，你要嗎？」

杜若原本也就是隨便勸慰一句，被劉七巧這麼一問，頓時無言以對。「娘子別生氣，我說的是興許、興許，這樣吧，明兒我去下個帖子，把王老四約出來，我們一起問問他。」

「看門的人說，老四這幾天不在家，只怕下了帖子他也不知道吧。算了，還是等我回王府的時候跟世子爺帶個口信，讓他命令王老四來找我吧。」劉七巧滿臉鬱悶道。其實若真的是王老四看上了方巧兒，這周瑜打黃蓋，一個願打一個願挨的話，她也願意味著良心祝福他們的，可現在她總覺得王老四是被蒙在鼓裡的那一個。

「行吧，總是問明白了再說，妳現在有了身孕，老是動氣可不好，不利於胎教的。」杜若說著，將劉七巧抱在了懷裡。

第二天杜若一早就醒了，外頭丫鬟聽見裡面有了響動，便在外面問道：「大少爺和奶奶起來了嗎？要奴婢進來服侍嗎？」

杜若拿了衣服自己穿戴了起來，向外頭道：「打水進來吧。」

不多時，茯苓和綠柳便帶著兩個小丫鬟打了水到淨房裡。杜若洗過了臉，正要去福壽堂用早膳，難得劉七巧也起得早，拉著他道：「我今天跟你一起過去，一會兒再去母親那邊用早膳。」

劉七巧和杜若去福壽堂的時候，二房的人也已經到了，杜二太太自從心情好了一點以後，對晨昏定省的事情倒是沒有再偷懶了。今兒大家夥兒都在，就討論起了杜茵和杜苡的婚事。

杜茵中秋的時候定下了姜姨奶奶家的姜梓丞，倒是杜苡的婚事，說來也是湊巧，杜老太太去金陵的時候，正巧遇上世交湯家的二少爺湯鴻哲在江寧縣做知縣。湯鴻哲是上一屆的狀元郎，生得一表人才，可惜前頭的媳婦娶進門沒一年就病死了，杜老太太心裡喜歡得很，倒也不避諱這些，就請杜若寫了信回來問二老爺的意思，這多半也是要定下的。

杜二太太開口道：「前一陣子姜姨奶奶還來問老太太什麼時候回來，她那邊打算年前就把聘禮送過來。苡丫頭是正月裡頭就及笄，芊丫頭就小了半個月，前頭兩位姊姊都已經有了人家，我想著老太太這邊若是有什麼人選，也可以給芊丫頭說一說了。」

杜老太太倒是沒想到杜二太太會自己提起這個事情來，不過看杜二老爺的表情，想來是杜二老爺向她吹過枕邊風了。

「芊丫頭的親事確實也應該要張羅了。」杜老太太擰眉想了想，杜茵嫁給姜梓丞，雖然現在還是個舉人，可三年後就不知道了。杜苡雖然是個續弦，卻是正兒八經的狀元夫人，有這兩個姊姊在前頭，杜芊的婚事就不能隨便了。

「以後若是有什麼應酬，我只管帶著芊丫頭出去，她出落得那麼好，一定能找上一個好人家的。」杜芊雖然在三人中臉皮是最厚的，可談到這些問題，也忍不住紅了臉頰。「祖母，我不想嫁嘛！兩個姊姊都要嫁人了，誰在家陪祖母呢？我還要在家多陪祖母幾年呢！」

杜二太太便笑道：「多大的人了，還撒嬌，老太太自有妳姪兒姪女們陪著，再說妳大伯娘就要給妳添弟弟了，妳大嫂子又要給妳添姪兒了，老太太怕到時候會嫌棄太聒噪了，哪裡還用得著妳陪呢！」

杜芊聞言，撅嘴裝作生氣道：「母親這是鐵了心要將我嫁出去了嗎？」

劉七巧便笑道：「有句俗話說，女大不中留，留來留去留成仇，長大了自然是要嫁人的。」

杜芊紅著臉不敢說話，牽著杜老太太的袖子，撅嘴鬱悶。

杜苡開口道：「三妹妹何必擔心？老太太、父親、母親、還有大伯大伯母，哪一個不是疼我們的，自然會為我們找好的夫婿，妹妹別著急。」

杜芊笑道：「我可沒著急，倒是二姊姊有了狀元姊夫，著急了吧！」

杜苡也是聽蘇姨娘私下裡透露了一點，自己本就不知道什麼，這會兒被杜芊說了出來，又鬧了個紅臉。

# 第一百三十六章

眾人說笑了一會兒，杜老太太還真的開始為杜芊物色了起來，對趙氏道：「我知道妳母親經常和那些官家夫人們應酬，到時候妳幫忙問問，看看誰家的公子哥兒品貌好的，我們家的條件也清楚，總共有三個閨女，嫁妝自然是一樣備好的。」

聽杜老太太的意思，等於三個姑娘的嫁妝是一樣的，杜二太太便覺得心裡有些不舒服了。

出了福壽堂，劉七巧去了如意居用早膳，便把方才聊的事情告訴了杜大太太。杜大太太想了想，開口道：「其實芊丫頭的性格我倒是很喜歡，我有個姪子，今年十六歲，不過跟著我兄長外放到了雲南，也不知道有沒有定下親事。」

杜大太太的兄長兩年前放去了雲南當官，那邊又打起了仗，想來日子也未必過得舒心。杜大太太的娘家以前也是清貴名流之家，都是靠科舉上去的，對官場上的那些潛規則不大熟稔，所以放到了雲南這種沒人願意去的地方。

「母親不用著急，寫一封信去問問，也不用提是什麼事情，就當是閒談便好，順便問問舅家什麼時候回來。上回我和相公成親，雲南又那麼遠，聽說派人送了禮過來，人都沒來，我和相公心裡都過意不去呢。」

杜大太太聽劉七巧說得這麼懂事，也很是安慰，開口道：「我家裡頭也沒什麼人了，就剩下這一個兄長，他如今外放了，我平常連個親戚也懶得走了。」

劉七巧和杜大太太又說了幾句，才知道杜大太太的娘家寧家也是土生土長的京城人氏，而且家教很嚴，有四十無子方可納妾的規矩。當年杜大老爺求娶杜大太太的時候就非要杜大老爺答應這一條，杜大老爺便應下了。當然這件事情，杜老太太是不知道的。

劉七巧用完早膳，回了百草院，便問綠柳道：「妳知道上門提親有沒有什麼講究的？要不要帶什麼東西？」

綠柳擰著眉頭想了半天，搖頭道：「這個奴婢也不知道，我就記得當初杜家上王府提親的時候，還提著兩隻活雁，後來奶奶還讓八順和喜兒養著了，您還記得不？」

「怎麼不記得？養到最後雁子都肥得飛不起來了，可好了，被我爹拿去當下酒菜了。」劉七巧說起這事情就鬱悶，難得做一件好事，最後還變成了壞事。「那妳吩咐小廝，去街上買兩隻雁子回來吧。」她想了想，按照規矩辦事總是比較穩妥的，又道：「再去翻一翻黃曆，看最近什麼日子比較適合提親。」

劉七巧這邊提親的東西還沒準備周全呢，姜家那邊倒是已經抬了聘禮過來了。姜姨奶奶這次也是下了血本，單子送到杜老太太手裡的時候，杜老太太也都嚇了一跳，看了看上面的東西，嘆息道：「這都是我那妹子的棺材本了。」

當然姜姨奶奶也不是沒想法的，她知道杜家這樣的人家向來大氣得很，以前求娶杜老太太的時候，聘禮也是給得很嚇人，就跟要去買媳婦一樣。如今換了他們，她要是給足了聘禮，那麼杜家自然會給足嫁妝，雖然說嫁妝是閨女自己的東西，但是姜家就姜梓丞一個兒子，杜茵還不得貼著他？

話說劉七巧自金陵回來之後還不曾去過王府，便選了幾樣南方帶回來的禮物，帶了丫鬟去王府走了一趟。

王妃和老王妃早已經等不及聽劉七巧說這一路上的見聞，還留了她在壽康居吃飯，劉七巧一直等到午膳之後，才有空去李氏的薔薇閣坐了坐。

她回到薔薇閣的時候，沒想到家裡頭還有別的客人，劉七巧才進門，就聽見裡頭哭哭啼啼道：「……我也不知道他住在哪兒，當初回家也沒說清楚，就說是城裡有了宅子，我也是這兩天才聽說的事情，氣得我差點就去把那姓周的砍了。見過不要臉的，沒見過這麼不要臉的！」

那人說完便哭了起來，見劉七巧進來，便跟抓住了救命稻草一樣，急急忙忙站了起來道：「七巧，這回妳可要幫幫我們家老四，不能看著別人敗壞他的名聲！妳知道村裡頭怎麼說的嗎？說我們老四當了方家的便宜女婿、做了便宜爹了！」

王老四的娘這會兒哭得眼睛紅紅的，見了劉七巧也不知道從哪句說起來，嘆息道：「我也是這兩天才聽說的，他一個人在外頭，平常也不回家，有時候就託妳爹給我們家裡捎些東西，從來沒想到會發生這種事情，也不知道方巧兒她們是怎麼知道我們家老四的住處！」

劉七巧聽到這裡，便知道方巧兒這一回和周嬸子是有備而來的。王老四當了將軍的事，定然是整個牛家莊都知曉，牛家莊這麼些年沒出幾個大人物，想當初劉老爺和劉老二這樣能在城裡頭站穩腳跟的，在村子裡都算了不起的事情了。

王老四自然是更厲害的，出門兩年愣是混了一個將軍，這簡直就是武曲星下凡。王老四跟著周珅回來之後，帶著一群小兵一起回家，好吃好喝地請了村裡的兄弟們。雖然很多人嚮往王老四這樣的日子，但是跟王老四差不多年紀的都是有家有口的人了，誰也不想拿命混富貴，所以也只有眼饞的分了。

「大娘先別著急，只怕這事老四自己都不清楚呢。前幾天我去過老四宅子裡，看門的大爺說老四好久沒回去了，大概一直在軍營裡頭。今兒王爺和世子爺都在府上，我請世子爺給老四帶個話，讓他回來處理處理家務事，不能讓你們兩老沒臉，妳說對不？」劉七巧拉著王大娘坐下，讓丫鬟給她奉了茶，又道：「今天也晚了，大娘就在我家住一晚上，明天我再帶著大娘去老四的宅子。有妳在，方巧兒自然不敢怎樣的。」

王大娘稍稍順了一口氣，看了一眼劉七巧，有些不好意思地開口道：「七巧，不瞞妳說，當年妳把我家老四帶到城裡來，我是真心怨妳的，我生兒子是為了傳宗接代，將來讓他給我們養老送終，沒想過讓他出來建什麼軍功。可是如今我們老四果然出息了，我還是要謝妳，若不是妳，我們還不知道我們家老四能這麼出息。」

劉七巧知道王大娘說的是真心話，這世上哪家父母想讓孩子去做那些賣命危險的營生，可偏偏王老四走這條路就走通了。

「大娘，我知道妳心裡想的事情，眼下老四出息了，最重要的事情就是給他找一個稱心如意的媳婦，把你們王家好好帶起來。我雖然和老四沒有緣分，但是我們倆從小一起長大，這些情分還是有的，妳放心，這件事情我不會不管的。」

王大娘聽了這話，才略略放心，又嘆了一口氣，蹙眉道：「我是真沒想到，方家竟能做出這樣的事情。原本巧兒遇上了那些事，村裡頭的人多多少少也同情她，她一個姑娘家，被自己的親娘弄成這個樣子，確實也可憐。可她怎麼就能纏上我們家老四了呢？我們家老四是老實人，對村裡人誰都好，這妳也是知道的，可是好人不能就這樣被糟蹋了。這口氣，我說什麼都嚥不下去！」

劉七巧點了點頭。「大娘放心，今兒無論如何，我也會讓世子爺給老四傳個口信去，讓他明天說什麼都要回家，把這事情給說明白了。」

劉七巧一直在薔薇閣待到了申時，老王妃那邊又派了人來請晚膳，沒想到王爺和世子爺今兒居然也在家。

老王妃在壽康居開了兩桌，中間用屏風隔開了，男賓女眷各一桌，也就沒什麼好忌諱的。丫鬟挽了簾子，劉七巧矮身進來，便瞧見周珅坐在一旁的席位上，那張臉一如既往地沈著。

「七巧來啦？快過來我這邊坐。」老王妃招呼劉七巧坐到身邊，見一眾人都來齊了，便開始用膳了。

古人都講究食不言寢不語，只要老王妃沒發話，其他人是不敢開口說話的，所以大家夥兒都安安靜靜的。用過了晚膳，王妃和二太太各自要回去用晚膳了，老王妃就留了王爺等人下來說話，劉七巧因為有話要跟周珅說，略略送了送王妃後便回來，見了王爺和二老爺等人，彎腰福了福身子。

王爺很喜歡劉七巧，聽說她有了身孕，也很高興，開口道：「七巧也要多注意身子，有時間的話就多回王府逛逛，陪老祖宗她們說說話。」

「七巧知道。」劉七巧乖乖點頭，神色恭敬自然。周珅從來都是沈默寡言，沒什麼話，劉七巧只好打開了話匣子道：「還沒恭喜世子爺，新婚將近了。」

周珅點了點頭，依然一臉面癱，低頭喝了一口茶水，眼睛都沒眨一下。

劉七巧就鬱悶了，也不知道新世子妃瞧見周珅這副滴水不進的樣子，心裡頭會是個什麼感覺？劉七巧想到這裡，忽然又覺得有些好笑，略略一哂，開口道：「不知道世子爺最近能見著王老四嗎？他家裡出了點事情，讓他有空回家看看吧。」

周珅聽了這話才有些反應，抬起頭道：「他家裡能出什麼事情？我聽說他家都沒什麼人，他嫌棄一個人住著冷清，所以就長住在軍營裡頭。」

劉七巧心想這些事情也不是什麼光彩的事情，便瞞了下來，開口道：「也沒什麼，他娘從鄉下來找他了，他總要回去看看的吧？難不成把一個老人家隨便丟在家裡就好了？」

周珅聞言，自是點了點頭，那邊小丫鬟進門說外頭下起了雪來，劉七巧怕雪大了路滑，便早早起身告辭了。

這雪雖然大，第二天一早卻停了下來，外頭的積雪不算很深，但走路難免就有些滑。杜家的下人們一早就起來鏟雪，百草院裡種著的花草樹木上頭，也堆著一小朵一小朵的積雪。

劉七巧才起床，外頭小丫鬟便進來道：「大少奶奶，方才福壽堂的賈嬤嬤來了，說今兒不用您去請安了，外面路滑，老太太讓大少奶奶就在百草院，哪兒也不用去。」

劉七巧吃過了早膳，見太陽出來，地上的雪就化得特別快，聽見外頭花園裡一群孩子嘻嘻哈哈的聲音，她也想出去瞧瞧。赤芍知道劉七巧在家裡閒不住，就先到了外頭看了一眼，回來稟報道：「大少奶奶，外頭是三姑娘帶著翰哥兒、大姐兒在堆雪人呢！」

小丫鬟們都愛玩，說起這話的時候眼珠子就亮晶晶的，腳底也覺得站不住了。劉七巧便笑道：「妳們喜歡玩就一起去玩吧，難得昨晚下了一場雪。」

綠柳上前扶著劉七巧道：「大少奶奶在南方的時候也下過一場，這是入冬第二場雪了。」

綠柳扶著劉七巧，帶著幾個小丫鬟一起出了百草院。離百草院最近的地方有一處長著矮矮的冬青樹，上頭的雪花是最乾淨的，杜芊就帶著幾個小丫鬟在那邊堆了一個雪人。雪人圓滾滾的身子，眼珠子是一堆紅棗，翰哥兒雖然小，卻也貪玩，折了幾根樹枝，插在雪人的身上當手臂。幾個人玩得臉上都冒著熱氣，奶娘就在那邊拿手帕給翰哥兒擦汗。

見劉七巧出來，眾人都停了下來，向劉七巧行禮請安。杜芊平常就古靈精怪，便上前來道：「大嫂子來得正好，妳說我找個什麼東西當雪人的嘴巴呢？」杜芊站在一旁，支著下巴看了半天，倒也沒想出來。

劉七巧想了想，見一旁的冬青葉子碧油油的，看著挺好的，便開口道：「貼一片葉子我瞧著也差不多。」杜芊便點了點頭，走到冬青樹前摘了一片葉子，把上面的雪花擦了乾淨，貼在了雪人的臉上，雪人就有了一張綠油油的嘴。翰哥兒見了，高興地在一旁拍手。

劉七巧見他們都玩得一身汗，深怕一會兒受涼凍著了，便開口道：「外頭怪冷的，去我院子裡歇一會兒，喝一口熱茶吧。」

杜芊便道：「我倒是真的口渴了，那就去大嫂那邊討一杯茶喝了。」

翰哥兒和大姐兒的奶娘道：「大少奶奶，我們先帶著哥兒回去了，一會兒二少奶奶回來了，見不著又要到處找了。」

劉七巧知道大戶人家規矩嚴，便也沒強留。「你們回去吧，她最是一顆慈母心。」

杜芊跟著劉七巧進了百草院，便吩咐丫鬟上茶，杜芊喝了茶，才開口道：「我姨娘還說要來謝謝大嫂子，這回從金陵帶回來的茉莉花茶，倒是挺合她的口味的。」

劉七巧正想接杜芊的話，外頭小丫鬟打了簾子進來傳話道：「回大少奶奶的話，廣濟路上王府裡頭有下人來說，想請奶奶過去富康路上的王家一趟……」

這個時辰，不早不晚的，還沒用午膳，只怕是王大娘耐不住性子，一早就非要讓紫蘇帶著她去王老四家了。

杜芊聞言，開口問道：「富康路上的王家，是不是大嫂子那個當了將軍的同鄉？」

劉七巧點了點頭。「可不就是他？最近他可遇上麻煩事了。」這種事情說出來實在不夠光彩體面的，她也只能自己在心裡頭鬱悶，強打起精神對那小丫鬟道：「妳去外頭跟那小廝說一聲，我一會兒就去，讓他先回去吧。」

「什麼事情，竟讓嫂子這麼愁眉不展起來？」杜芊對於劉七巧其實是很佩服的，因為劉七巧小小年紀，就做了那麼多出格的事情，這些事情對於她們身在閨閣的姑娘是想都不敢想，她也希望自己能和劉七巧一樣，過得瀟灑自如，能做自己想做的事情，又能獲得一個如意郎君。

「我告訴妳，妳可不能告訴別人，這事情可不好辦呢！」劉七巧也是憋著難受，把這事情大致和杜芊說了一遍。

杜芊聽完，更是顧不上姑娘家的儀態，把嘴裡頭的茶都噴了一半出來。

「世上居然會有這種人？」杜芊皺起了秀氣的眉頭。

「可不是，簡直太噁心了是不是？一會兒我就要去會會她，我心裡還有些心虛呢！我畢竟不是王老四什麼人，要是對方氣勢高昂，只怕我也不是對手了。」

杜芊站起來，拍了拍胸脯道：「大嫂子，要我為妳護法嗎？」

劉七巧瞧了一眼杜芊。她也不是不願意帶她出去玩，只是這古代的規矩實在是太嚴格了，帶出去之後，平平安安地回來也就算了，萬一惹出個什麼事情來，只怕不是她能擔當的。

「妳還是在家待著吧，我也去去就回來了。」

「大嫂子，妳怎麼那麼偏心呢！妳給大姊姊出主意，就不帶我出去玩，我告訴大哥哥。」

劉七巧一聽，嚇了一跳，急忙摀住杜芊的嘴巴道：「好妹妹，妳可別亂說，我出了什麼主意？我可什麼主意都沒出啊！」

杜芊翹起嘴巴，見廳裡頭沒丫鬟，便湊上去道：「大姊姊都告訴我了，她和姜表哥能成，那都是大嫂子的功勞！」

劉七巧急忙又去摀她的嘴。這事要是讓杜二太太知道了，只怕又要鬧起來了。況且如今姜家的聘禮都來了，要是鬧起來，真是什麼臉面都沒了。

「好妹妹，我帶妳出去就是，但是妳大姊姊這件事情，可千萬不能往外頭說。」

杜芊得意地笑了笑，伸出小拇指道：「拉勾上吊，一百年不許變！」

# 第一百三十七章

劉七巧命人備了馬車，等杜芊回過了二太太和花姨娘，兩人換了衣服，一同出門。當然，兩人的去向並沒有告訴二太太，只說跟著劉七巧去珍寶坊看看首飾。姑娘家買首飾再正常不過，這也沒什麼好管束的。

劉七巧這一路上卻多多少少有些心不在焉，她這是去處理正事呢，杜芊卻完全是一副看熱鬧的表情，一會兒到底要怎麼說呢？帶著自己的小姑子，要發威也要注意形象，真是大大的難題，只怪自己有小辮子抓在了她的手中。

作為大家閨秀，出門的機會其實是很少的，所以杜芊很珍惜這次機會，撩著簾子，左看右看地好不開心。

綠柳在一旁愁眉苦臉道：「三姑娘，仔細風大吹著大少奶奶了。」

杜芊急忙縮回了腦袋，她穿著猩猩氈的大氅，帽子上鑲著一圈白狐狸毛，將一張瓷白的小臉包裹在裡頭，看一眼就讓人覺得精靈可愛。劉七巧也不知道，這樣古靈精怪的姑娘要怎樣的男子才能消受。

馬車進了富康路，劉七巧便讓車夫放慢了速度，靠近王家的時候，就瞧見門口還另外停著一輛王府的馬車，她知道定然是王大娘來了。

房子是三進的，最外頭的三間正房通常都是用來迎客的大廳，劉七巧下了馬車，綠柳正要上去叫門，被她攔了下來，只聽見裡面罵罵咧咧道：「妳這個女人還要不要臉啊！妳帶著孩子住在我們老四家，妳安的什麼心啊？我們王家八輩子才出了這麼一個爭氣的，妳今兒要是不走，我死給妳看！」

緊接著就是方巧兒梨花帶雨的哭泣，軟綿綿的聲音帶著哭腔，讓人聽了還覺得挺可憐的。

「大娘，我沒想著要賴上老四，我實在是走投無路了……我一個姑娘家，帶著孩子，怎麼活啊？老四是好人，他瞧著我可憐，收留了我，我就是為他做牛做馬我都願意，我怎麼會賴上老四呢？我是真心想報答他的，就算給他當丫鬟、給他當老媽子，我都願意……」

劉七巧深呼一口氣，咬了咬牙，給綠柳一個眼神，示意她上前敲門，誰知道就在這個時候，杜芊一馬當先，一腳踹開了王家的大門。

王家院子裡的雪也略略掃了掃，繞過影壁通往正廳的路還算乾淨，不過如今劉七巧懷著身孕，自然不能走得太快，倒是杜芊提著裙子，飛一樣地小跑進了廳裡。

「做牛做馬是嗎？當老媽子是嗎？」杜芊掃了一眼跪在地上、釵環散亂、不勝嬌弱的方巧兒，抬了抬眼皮道：「去打一盆洗腳水來，妳未來的婆婆遠道而來，走了一腳的泥，妳難道不應該先捧了熱騰騰的洗腳水，讓她好好泡個腳嗎？」杜芊才說完，見劉七巧也從外頭進來了，迎了過去，扶著劉七巧進了大廳，又瞅見一旁滿臉尷尬的王老四，接著開口道：「還有妳未來的相公呢，也去打一盆洗腳水來，他在軍營裡頭日日辛苦操練，回來還要給妳們斷官司，豈不是勞神？」

紫蘇見劉七巧來了，急忙安慰王老四的娘道：「大娘，我們家大少奶奶來了，妳快別難過了。」紫蘇說著，又朝著劉七巧和杜芊福了福身子，低低喊了杜芊一聲。「三姑娘。」

杜芊年紀小，雖然身形纖瘦，難得一張小臉卻有幾分肉，她長相隨母親，嬌嗔可愛，笑起來臉上有一對酒窩，平常人看了都喜歡。王大娘方才瞧見這小姑娘進來的架勢，就知道是個厲害的，這會兒又見她長得這麼好，心裡頭就惦記上了。

「妳不是來報恩的嗎？怎麼還跪著不動呢？妳這樣子到底是來報恩還是來賴著享福的？」杜芊撇了撇嘴，上下打量了一眼方巧兒，頓時恍然大悟道：「大嫂，怎麼會是她啊？她不就是那個、那個……」曾經給大哥哥沖喜過的姑娘嗎？杜芊記性不差，可這話她也不敢當著劉七巧的面說，萬一劉七巧並不知道這事情，可不就是給自己大哥哥捅樓子了？

「就是她，她跟我是同鄉，一起從牛家莊出來的。」劉七巧瞧著方巧兒，心裡多多少少還是有些不忍。

方巧兒咬了咬唇瓣，擰著脖子道：「三姑娘、大少奶奶，老四家的家務事也輪不到妳們來管，我是哪裡得罪了妳們，妳們見不得我好？我一個鄉下姑娘，大著肚子能去哪兒呢？妳們若是想逼死我，我現在就死給妳們看！」

方巧兒說著，一咬牙便要往牆上撞去，王老四眼疾手快，急忙一把撈住了方巧兒，好言勸慰道：「巧兒，妳別想不開，妳要住下來，我不攔著妳，可妳不能對我家下人說妳是我媳婦，我王老四還沒娶媳婦呢，這話要是給外頭聽見了，不像話。」

方巧兒哭得上氣不接下氣的，開口道：「我……我也是沒辦法，我要是不這麼說，怎麼在你家住？人家會說你白替別人養老婆孩子，我這不是也為了……為了不給你戴綠帽子嘛！」

王大娘一聽這話，氣得跳起來道：「讓她去死！她死了，哪怕她的孩子我們王家養大，也絕對容不下她。老四，你放開她，你是沒見過女人還是怎麼的？這樣不要臉的女人，我這輩子都沒見過！」

王大娘說著，上前用力扯開方巧兒，方巧兒軟著身子靠在王老四身上，見王大娘去扯她就靠得更結實。王老四連連退了幾步，還是被她緊緊貼住。

方巧兒這一回也是鐵了心了，她這輩子算是完了，如今能指望的只有王老四一個人了。她只要加一把勁，就可以做將軍夫人了。

她從小和王老四一起長大，自然知道王老四的心意，王老四喜歡的是劉七巧，她也是知道的，於是便扯著嗓子喊道：「老四，我知道你喜歡七巧，可是七巧現在已經是杜家的少奶奶了，你就是再喜歡她，她也已經是別人的妻子，老四，你不要犯傻了，七巧不會回到你身邊的。」

在禮教森嚴的社會，就算是已婚婦女，被人爆出婚前跟什麼人有啥關係，那也是悖德的事情，何況方巧兒當著杜芊的面喊了出來。劉七巧頓時氣得暴跳如雷，一拍桌子就站了起來。

杜芊一看情況不妙，大嫂子還懷著身孕呢，發這麼大的火，萬一動了胎氣可怎麼辦？急忙按著劉七巧坐了下來，一下子竄到方巧兒面前，當著王老四的面，一巴掌就抽在方巧兒的臉上，拉住王老四往自己身邊拖了兩步，扭頭開口道：「你什麼時候喜歡我嫂子的？你不是說從來就只喜歡我一個人的嗎？原來都是騙人的！」

杜芊一句話說完，抬起手就要給王老四一巴掌。王老四本就不是腦子靈活的人，哪裡知道這是杜芊給自己解圍？只傻愣愣的，瞧著面前的姑娘一雙亮晶晶的大眼睛帶著幾分怒意盯著自己。

王老四一下子被這眼神看得心虛了，脹紅了臉。杜芊的巴掌甩到半空中，才反應過來眼前的這個是真傻子呢！居然連躲也不躲一下，氣得哼了一聲，收了拳頭，咬唇道：「傻子，誰真要打你了，也不躲一下！」

杜芊說著，順勢就在王老四的臉頰上輕輕拍了一下。兩個人四目相對，杜芊頓時覺得自己的臉熱得不得了，連說話都結巴起來，急忙扭頭走到劉七巧身邊的椅子上坐了下來。

王大娘看著這突如其來的一幕，哪能想到杜芊方才那些話不過就是解圍？

「老四，你放著這樣的姑娘不要，把這掃把星留在家裡做什麼？你今天給我發一句話，有她沒我、有我沒她！」

王大娘是土生土長的村裡人，說完這句話，就一屁股往廳裡的青磚上坐了下來。

杜芊連忙喊了丫鬟去扶，開口道：「老夫人快起來，天氣冷，地上涼，好歹坐椅子上啊。」

王大娘死活不肯起來，擰著脖子，不去看王老四。

王老四這回可真的完蛋了，完全被杜芊迷得神魂顛倒，略略定了神，瞧了一眼杜芊，又瞧了一眼坐在地上的王大娘，對站在一旁的方巧兒道：「巧兒，妳這樣不對，我幫妳，那是看在我們一起長大的情分。妳想找個給自己靠著的男人，這很好，可我不是妳要找的人，我王老四也想要找自己喜歡的人，娶她回來做媳婦。妳說我跟七巧有什麼，我老實告訴妳，我對七巧和對妳都是一樣的，都跟親妹子一樣，她嫁了杜大夫，那是頂好的人，我心裡頭替她高興還來不及呢，哪裡會有別的非分之想？妳說我沒關係，可是妳說七巧，妳摸摸良心，妳們還是不是從小一起長大的姊妹了？」

方巧兒哭著跪倒在地上，看著廳裡頭的人，啞著嗓子道：「從她娘要把我從杜家贖出來的那一天，我們就已經不是姊妹了！她從來只考慮自己，從來沒有為我著想過！」她說著，吸了吸鼻子，外頭正好有個小丫鬟，見廳裡安靜了下來，便悄悄透出頭來傳話道：「回、回夫人話，姊兒醒了，正哭呢！」

王大娘扭頭就瞪那小丫鬟一眼。「這家裡沒夫人，妳喊誰夫人呢？再喊一聲我挖了妳舌頭！」

那小丫鬟嚇得急忙跪下來，一個勁兒地磕頭，偏生又不認識其他人，便一個勁道：「老爺饒命、老爺饒命。」

劉七巧看著方巧兒的樣子，可憐是可憐，但可憐之人必有可恨之處，況且她還這樣可惡，頓時讓劉七巧心裡頭僅有的善心都快沒了。她橫下心，咬了咬牙道：「順寧路上，原先我家住的宅子如今沒人住，妳先和孩子搬過去吧。老四這邊妳是不能再住下去的，他這輩子不能讓妳給毀了，妳最好老實一點，不然我就找人牙子把妳的孩子賣了。」

方巧兒吸著氣，咬了咬唇，這會兒卻是想哭也哭不出來。

誰知道那邊杜芊卻插了話道：「大嫂子，怎麼能讓她住在城裡呢？這樣的人就應該送到鄉下莊上去，明天我回了二嫂子，讓她帶著她的孩子滾回鄉下去。」

劉七巧今天算是見識了杜芊的厲害，笑著道：「我娘給她贖身了，她如今已經不是杜家的下人。罷了，這就算是我能為她做的最後一件事了。」

杜芊扭頭瞧了方巧兒一眼，忽然又抬起頭，看了一眼站在角落的王老四。

「傻子，我問你，你是不是喜歡她，要娶她做媳婦？」

「啊？」王老四被杜芊這麼一問，顯然是愣了，連忙搖頭道：「不是不是，姑娘，我沒這想法。」

杜芊顯然對王老四的回答很滿意，鬆開了扶著劉七巧的手，走到方巧兒的面前道：「聽見了嗎？他說他不喜歡妳，也不想娶妳，妳死了這條心吧！還當真覺得自己長得比一般人好看些就了不起了？帶著閨女賴上別人，哪裡來的臉啊！」

劉七巧被杜芊的話給逗樂了。平常花姨娘說話也素來不大講究規矩，在四個姨娘之中最是能說會道，杜芊倒是完全遺傳了花姨娘的本事，可謂有過之而無不及了。

幾個看熱鬧的丫鬟都忍不住笑了，紫蘇忙上前扶了王大娘起來，道：「大娘，妳快別生氣了，妳看老四這不也不是故意的。」紫蘇說著，又給王老四使了一個眼色，開口道：「老四，快好好跟大娘道個歉，這兩天大娘為了你的事情可沒少操心，如今既然來了，也該讓大娘在這邊住兩天再回去。」

王老四是個孝順兒子，聽了紫蘇這話，也知道這幾天大概牛家莊那邊不安生，不然王大娘也不會從鄉下跑到城裡來了。

他剛安置宅子那一會兒，駕著馬車回牛家莊請她出來住幾天，她還推說不習慣，不肯出來呢！

王大娘被紫蘇扶著起來，嘆息道：「王家名聲都被她給敗壞了，如今村裡頭都傳你要了她了，你要是不正經娶個媳婦回去，我還真沒臉回村裡頭去了。」王大娘擦了把老臉，抬頭看了看王老四，又看了一眼杜芊，怎麼瞧這姑娘，怎麼就那麼喜歡呢！

王大娘也是厲害角色，以前劉三嬸活著的時候，沒少跟劉三嬸吵架頂嘴，又見著方才杜芊和王老四說的那席話，雖然她現在有些明白可能也就是解圍的話，可要臉皮一厚，就當不知道，別人也不能拿她怎麼樣。

王大娘立馬收起了臉上的悲傷之色，朝前走了兩步，來到杜芊的跟前笑哈哈道：「好閨女，妳跟我家老四什麼時候看對眼的，我怎麼就不知道呢？妳是哪家的姑娘？我這就喊了我們老四，準備了聘禮去你們家去！」

# 第一百三十八章

杜芊方才不過就是隨口一句，明眼人都知道那不過就是給劉七巧解圍的託詞而已，這回被王大娘這樣正兒八經地問，臉頰頓時脹得通紅。

王老四站在一旁，看了王大娘那模樣急得連連跺腳，更是啞巴吃黃連，有苦說不出。方才杜芊給劉七巧解圍，這回她也急忙給杜芊解圍道：「大娘，今兒先把那件事解決了，回頭我們再談老四的婚事可好？哪裡有妳這樣直接問姑娘的呢？城裡人不是這樣的做派，妳好歹悠著點。」

王大娘扭頭瞧了一眼劉七巧，給她打眼色，劉七巧也不是沒看見。她也知道王大娘的心思，可是……杜芊這一朵鮮花，還真的是一朵純潔無瑕又嬌豔的鮮花，雖然王老四也不差，但這要是讓杜老太太知道了，肯定會氣得胃出血。從小嬌養長大的閨女，就這樣便宜了一個鄉下來的，就算劉七巧心裡覺得王老四未必配不上杜芊，可長輩們的心思也不能不顧及。

杜芊這會兒完全沒了方才的戰力，低垂著腦袋，嘴角還掛著淡淡的笑，一副任人採擷的模樣，這又是怎麼一回事呢？別說這小丫頭真看上了王老四？

「七巧，妳這話我就不愛聽了，老四娶媳婦的事情能悠著點嗎？這就是我們太悠著點了，所以有的人就等不及要來糟蹋老四了。七巧，老四在城裡也沒個熟人，只有妳一個同鄉，這事妳可要幫老四張羅好了。姑娘，妳快發個話，要是覺得我們家老四行，我這就帶著聘禮上妳家去！」

劉七巧聽王大娘說到這裡，真的是忍不住快要笑出來了。鄉下娶媳婦是容易，聘禮也簡單得可以，抱上兩隻豬仔去女方家就算聘禮了。可城裡哪是這個規矩，三媒六禮是一樣都不能少的。

杜芊到這裡也覺得聽不下去了，看著劉七巧求救。劉七巧也是一臉無奈，只能道：「大娘妳放心，老四的事情包在我身上，這媒人我做定了，今兒家裡頭還有事，我們可要先走了。」

三十六計走為上策，只怕再說下去，王大娘就要跟著去杜家提親也說不準。劉七巧急忙站起來，拉著杜芊往外頭走，回頭吩咐紫蘇道：「紫蘇，妳一會兒去王府問我娘拿鑰匙，把巧兒送到順寧路上去，再找一個粗使婆子照顧她起居吧。」

方巧兒再不識相，活路卻總還是要給人一條的，劉七巧也不想把事情做得太絕了，其實方巧兒也不過就是一個可憐人而已。

劉七巧拉著杜芊往外走，王大娘還想跟著出來，紫蘇見劉七巧忙不迭離開的樣子，也知道了所以然，急忙拉著王大娘的袖子道：「大娘，妳快坐下歇一會兒，我家少奶奶說了老四的事情包在她身上，就一定會幫忙幫到底的，妳先別著急啊！」

王老四看著事情發生了如此變化，一時間神情也是變了又變，偏生他天生就生了一張黑臉，臉紅了別人也瞧不見。

王大娘被紫蘇拉著沒法，便扭頭看著王老四喊。「老四，七巧要走了，你還不出去送送嗎？」

王老四急忙應了一聲，跟著七巧和杜芊往大廳外頭去了。

繞過影壁，幾人在門房前頭站著，王老四見劉七巧和杜芊停下來，急忙低下頭，一臉老實樣。

「老四，你快回去吧，好好招待大娘，讓她在城裡住兩天。方巧兒的事情你以後不用再管了，我是知道你的，你看著五大三粗的，可心善，但是你也不能讓她欺負到你頭上了。」劉七巧知道王老四是一根筋的老實，這會兒他可能聽進去了，但下次遇上事情可能又就忘了，嘆了一口氣道：「你大概不知道吧，周嬸子在牛家莊裡亂嚼舌頭，說你打算娶方巧兒做老婆，你說大娘能不生氣嗎？你以後做事，多少瞻前顧後一點，別莽莽撞撞地就把人往家裡帶了。」

王老四撓了撓後腦勺，一時間也不知道說什麼好。「巧兒原本說到城裡來找親戚的，可她才來沒幾天就要生了，我總不能把她丟下了不管。再說這宅子我自己也沒住幾天，都住軍營裡頭，就沒管家裡的事情，誰知道竟然變得一團亂。」

杜芊就站在邊上，聽劉七巧和王老四說話，眼睛偷偷瞄了王老四兩眼，然後帶著點嬌羞地低下頭去了，嘴角笑意淺淺。

王老四把劉七巧和杜芊都送上了馬車，揮了揮手，開口道：「七巧，這事我自己能處理好，妳就放心吧，早點回去，省得讓杜太醫擔心了。」

劉七巧撇嘴笑道：「他有什麼好擔心的？他還擔心你呢！這幾天正打算問問他幾個朋友，家裡頭有沒有什麼姊姊妹妹的，好給你作媒呢！」

杜芊聽到這裡，臉頰就又泛紅了，急忙壓低了腦袋，悄悄撩開了一旁的車簾子去瞧王老四。

馬車緩緩地動了起來，幾人就回杜家去了。杜芊嘆了一口氣，道：「這說明王老四真是一個傻子，就這樣，怎麼就能成了將軍呢？要是敵人派一個貌美的姑娘來當奸細，他豈不是第一個就要被弄死的？」

劉七巧噗哧笑了起來。「所以他這樣的人，想不被弄死，只有一個辦法。」她瞧著杜芊紅撲撲的臉頰，總覺得杜芊似乎對王老四真有點意思，總要試探試探才行。

「什麼辦法，嫂子倒是說說看呢？」杜芊睜大了眼珠子問。

劉七巧故作高深地清了清嗓子，慢悠悠地開口道：「娶一個厲害的老婆，把他管得服服貼貼的，這樣就不管什麼美貌的奸細都接近不了他了，三妹妹，妳說是不是？」

杜芊聽劉七巧說完，默默低下頭，圓臉上泛起一絲緋紅，不知道是天氣太冷凍著的，還是其他的原因，但劉七巧心裡倒是有了一些念想了。

「三妹妹、三妹妹！」她見杜芊不說話，便喊了她兩聲，杜芊略略一怔，抬起頭來，一臉無辜地看著劉七巧，最後才擠出兩句話。「其實，大嫂子說得也很有道理，我看他那模樣，又傻又老實，一看就是會被人欺負的料……」杜芊說到這裡，也不知道為什麼就說不下去了，紅著臉擰著手中的絹帕，秀氣的眉宇微微蹙了起來。

情竇初開這種東西，劉七巧曾經也有過，只是有些遠了，所以她也不確定杜芊對王老四到底有沒有那種想法？畢竟王老四的身分擺在這邊，雖然如今已經是個五品的武官了，可是那出身、那張黑臉、那渾身的肌肉……要是杜芊真的跟了王老四，那可不就成了古代版的美女與野獸？

再等等吧，多觀察兩天，畢竟杜芊年紀小，見過的男人除了杜家那幾個，還真不多。

劉七巧伸手拍了拍杜芊的手，稍稍安撫了一句，又裝作若無其事地道：「妳大姊姊和二姊姊的婚事都訂了下來，如今就剩妳一個人還沒定下來，老太太的意思是，妳年紀小，倒也不著急，橫豎要等找到了合適的再說。」

杜芊這會兒臉已經紅成了煮熟的蝦子了，嬌嗔道：「大嫂子說什麼呢，我說了我不嫁，我要在家陪著老太太，一輩子都不嫁人！」

劉七巧笑著道：「我知道了，那這件事情我定然守口如瓶，對誰都不提一句，就算是對妳大哥哥，我也絕不說一句，如何？」

杜芊撇撇嘴，又抬頭看了一眼劉七巧，顯然她這會兒還覺得有些矛盾，還沒什麼主意呢！

兩人回了杜家，剛剛過了午膳的時候，王嬤嬤見劉七巧回來了，急忙迎了過來道：「大少奶奶這時候回來，用過午膳了沒有？」

劉七巧生怕王嬤嬤又去張羅，便開口道：「稍微用了一些，在外頭有些睏了，就先回來了。」

杜芊跟著劉七巧一起回了百草院，劉七巧便喊了連翹去廚房弄幾樣小點心過來吃，她最近食慾並不好，錯過了飯點，一時也吃不下什麼東西，倒是怕杜芊餓著肚子。

杜芊垂手坐在劉七巧旁邊的靠背椅上，臉頰依舊微紅，見廳裡頭沒人，這才開口對劉七巧道：「大嫂，我……我為什麼瞧見那個王老四，就覺得心跳得厲害呢？」

劉七巧想了想，道：「這我就不知道了，不然妳還是回去問問花姨娘吧，她應該會知道的。」劉七巧只是長嫂，姑娘家的婚事她不能插手，可是她也真心希望杜家的三位姑娘都能有個如意郎君。杜茵先不說，那是她私下就看對眼的，自然是錯不了的。就是杜苡跟湯大人，那也不是盲婚啞嫁，兩人在金陵也算是有過幾面之緣，更不用說湯大人還是個正兒八經的狀元爺。

可前兩樁婚事走得順利，並不代表杜芊的婚事杜家也能輕輕鬆鬆地答應。其實上回杜大太太說起的舅老爺家的兒子，不管從家世還是別的方面，肯定比王老四更適合杜芊。

她是想給王老四找個識文斷字的媳婦，可是也不能把杜芊往王老四身邊推。王老四畢竟是鄉下人，杜老太太對於她自己這個鄉下媳婦進門都花了多久時間才接受，這回要是讓她知道最疼的小孫女還想嫁給一個鄉下漢子，還不氣歪嘴了？

杜芊應了一聲，丫鬟送了吃食上來，劉七巧便拉著杜芊去一旁吃東西，兩人各懷心事，卻說不出口。劉七巧吃了幾口清粥便覺得沒胃口，再看看杜芊，也是一碗粥才喝了兩、三口而已。

到了晚上，杜芊早已回了自己的住處，劉七巧用過晚膳，便窩在百草院裡跟綠柳找鞋樣子。紫蘇是到了酉時三刻才回來的，進門便覺得渾身如散了架子一樣地累，早有小丫鬟已經迎了上去替她挽簾子，紫蘇沒來得及坐下片刻，便急急忙忙到了裡間向劉七巧回話。

「方巧兒已經安頓好了，大娘讓啞婆婆先過去照顧她了。啞婆婆不會說話，自然也傳不出去什麼。王大娘也已經在王老四的府上住下了，那幾個小丫頭、婆子，還有看門的拐子，奴婢也都交代過了，讓他們好好服侍王大娘。方巧兒的事情，誰要是敢透露半句出去，就直接發賣了。」

杜若今兒回得遲，直接去了杜老太太的的福壽堂用晚膳，這會兒聽見劉七巧果然去了王老四家，提心吊膽地問道：「妳還真去了？沒出什麼事情吧？」

劉七巧從榻上起來，上前為杜若解開了披風。「你別著急，坐下來慢慢說，我沒事。」她遞了披風給紫蘇，又對綠柳道：「妳們先出去吧，我跟大爺有話說。」

杜若見劉七巧雖然心情似乎不錯，但眉宇間分明有些鬱色，便知道是有話要說了，坐下來問道：「出了什麼事情？難道那方巧兒不肯走嗎？」

劉七巧搖了搖頭，不知道怎麼跟杜若說杜芊的事情。「方巧兒走了，我讓紫蘇把她送到順寧路上的空房子裡去住了。她一個年輕小媳婦，帶著孩子也不方便，給她一個住處，過幾日再通知她家裡人把她接走吧。」

杜若一聽是這個結果，也鬆了一口氣，道：「只要她不賴著老四，以後老四找了媳婦，她也沒辦法再去鬧，這事總算也告一段落了。」

劉七巧臉上的神色卻沒鬆泛下來，繼續道：「我正為這個事情犯愁呢。」她說著就低下頭，擺出了一副小雞啄米的樣子，慢吞吞走到杜若的身邊，蹭著他的大腿坐下來，湊到他耳邊小聲道：「相公，我好像又做了錯事了。」

杜若哪能猜到她的錯事是什麼？頓時覺得後背一陣陣發冷，也不知道這錯事錯得有多離譜，問道：「什麼錯事，說來聽聽。」

劉七巧便道：「今兒我要出門，三妹妹非要跟著我一起去，然後……我瞧著三妹妹那架勢，似乎對王老四有些意思。」

杜若是見過王老四的，可是……再想一想他那長得像瓷娃娃的三妹妹，杜若也深深嘆了一口氣。

「三妹妹親口跟妳說的嗎？還是……是妳的錯覺？」

劉七巧瞪了一眼杜若，想了下道：「她說她看見王老四就心跳加速，你說，這是我的錯覺還是……」

杜若抬起頭，想要仰天長嘆，但還是控制了下來。「我不嫌棄王老四的出身，但是這件事情，只怕比想像中還要難很多。」

劉七巧也道：「我也是這麼想的，所以並沒同三妹妹說什麼，想她或許是年紀小，並沒有弄懂這男女間到底是怎麼一回事也是有的。」

杜若點點頭，捏了捏劉七巧的鼻尖。「按理說大戶人家的庶女應該是跟著嫡母的，可偏生二叔這幾位姨娘都不是小門小戶的出身，三妹妹隨了花姨娘的性子，是比她兩個姊姊更跳脫一點，偏偏老太太最是喜歡她。」

劉七巧當然知道，世上的老太太都喜歡說話討喜的姑娘，以前她在恭王府的時候也是經常說一些討老王妃開心的話。可越是喜歡的姑娘家，肯定越希望她能嫁得好一些……

# 第一百三十九章

富康路上的王宅裡頭，王大娘剛剛吃了晚飯，正坐在大廳裡頭剔牙喝茶，兩個小丫鬟抱著盤子侍立一旁，臉上多多少少有幾分看熱鬧的表情。雖然今兒上午那一趟熱鬧也看夠了，可讓她們服侍一個鄉下婆子，這也是第一回。

王老四吃了晚飯，去房裡洗了一個熱水澡出來，換上了家常穿的棉布長袍，除了一張臉還有些黑以外，看著更顯得虎背熊腰、孔武有力。王大娘一邊嗑瓜子，一邊在王老四的身上上下打量了幾眼，心裡直嘀咕：這是我生的兒子嗎？怎麼越發人模狗樣了起來？

「老四，今兒跟著七巧來的那個姑娘，你們倆怎麼說的？」

王大娘即使差不多知道那姑娘不過就是來救場的，可也不願意放棄內心小小的期翼，這麼好的姑娘，娶回家供著都值了。

「我壓根兒就不認識那姑娘，娘您想哪兒去了？不能因為人家開口幫襯了我們兩句就惦記上人家了。人家那啥家世？我這又是啥模樣，您也不對著鏡子照一照。」王老四坐下來喝茶，其實他心裡也惦記上了，可千萬不能讓自己老娘知道，不然按照老娘的性子，鐵定明兒一早就帶著人提親去了。

「你是啥模樣？咋就不能惦記上了？你上回說的，你現在也是吃皇糧的人了，是個將軍了，這天底下能有幾個將軍？人家咋還嫌棄你了？她爹是做什麼的？再不行，你帶你手下幾個小兵去把她截回來了拉倒！反正我看上這兒媳婦了！」王大娘氣勢洶洶地開口。

王老四徹底被他娘簡單的思維給征服了，無奈道：「那怎麼行呢？可別把人給嚇壞了，好端端的事情要是砸了，可就得不償失了。」

王大娘一聽王老四話裡的意思，分明也對那姑娘有幾分意思，不然也不會這樣口口聲聲地護著。「兒子，娶媳婦這事情是得去搶的，不然的話，只能眼睜睜看著自己媳婦成了別人家媳婦。你沒娶上七巧可不就是個實例了，你還等什麼呢？」

王老四被王大娘的話說得倒是有幾分動搖，可再一想，自己也確實配不上人家姑娘。王老四嘆了一口氣，起身就負手離去了。

王大娘看著王老四的背影，也是擰著眉頭想法子。她一輩子生了四個兒子，雖然有王老四出人頭地了，可也只有他一個人如今連個老婆都還沒娶上，王大娘決定這次一定幫王老四把媳婦弄回家了，再回牛家莊去！

第二天一早，王老四換上了軍裝打算往軍營裡頭去，可小丫鬟抱著個臉盆出來，找到他道：「回將軍，老太太病了，起不來了。」

王老四一聽，傻眼了。昨兒精神好得還能打死一頭老虎，怎麼今兒就病上了呢？

王老四進來，瞧見王大娘正無精打采地躺在床上，瞧見王老四進來，索性又把眼睛閉上了，開口道：「我這都一把年紀了，還為了你的親事給操心病了，你若是不早些給我找個媳婦回來，只怕我這病也好不了了，要沒命回去見你幾個哥哥了……可是就算我死了，我也沒臉去見你老爹啊……」

王老四一看就知道她又裝病嚇人了，老人家年紀大了，稍有不順心的事情就來一次，這些年倒也沒少裝。

王老四一本正經道：「不就是要個媳婦嗎？簡單，今兒我就去順寧路把方巧兒接了回來，給您當媳婦得了。」

王大娘一聽，嚇得差點就從床上蹦起來，急忙開口道：「你……你敢！」話還沒說完，就真的氣得暈過去了。

王老四原本是隨口一說，沒想到王大娘的反應會這麼大，一下子把他給急了。他也知道王大娘素來是有氣厥之症的，大夫說了不能動大怒，但是王老四心想，昨兒都那麼大的陣勢了，這不還好好的？誰知道今兒就這麼一句玩笑話，反倒把老娘給氣暈了。

王老四一邊掐著王大娘的人中，一邊急忙招呼人去喊大夫，這邊離廣濟路比較近，所以直接去廣濟路找了寶善堂的大夫過來。

王老四原本與匆匆地要去軍營，這會兒也給攪和了，聽大夫在裡頭絮絮叨叨說了一大段的話，然後出來開藥，第一句話說的竟然是——「心病還需心藥醫，這位軍爺，老太太的病雖然是氣厥之症，但根源還在於心裡頭。老人年紀大了，要多順著她的心意來才好。」

王老四心裡鬱悶，要真的順著她的心意來，難不成還真的派人去搶了昨日那姑娘來不成？

大夫走了，他還想進去瞧一瞧王大娘，誰知道丫鬟攔在了門口道：「將軍，老太太說了，不帶著將軍夫人回來，老太太以後就再也不見將軍了。」

「行了，不然就妳了，洗漱洗漱跟我拜堂成親吧，做我的媳婦，也不辱沒了妳吧？」王老四愁眉不展地對那守門的小丫鬟道。

那小丫鬟嚇得尖叫了一聲，急忙跪下來道：「將軍，奴婢才十三歲，另外奴婢從小就訂了娃娃親，等滿了十八歲就能出府嫁人的！」

王老四這回真的鬱卒了，怎麼別人娶媳婦看著那麼簡單，輪到自己就成了個難題了，這是什麼事！

他想了想，這回老娘不是裝病了，是真病了，大夫也請了、藥也開了，還能假的不成？只是他軍營裡頭的事情也容不得耽誤，誤了事都是要軍法處置的，他再不走也不成，想來想去，也只能去杜家說一聲，少不得讓七巧再把紫蘇借過來幾天，好好安慰一下老娘了。

王老四翻身上馬，攬了轠繩就往杜家求救去了。

沒承想今兒是十二月十五，劉七巧一早就去了水月庵瞧大長公主了。王老四來到杜家的時候，劉七巧的馬車也剛剛走了不久，雖說劉七巧出門了，但是門房的人還是要進去百草院通報一聲，等劉七巧回來了，百草院的丫鬟才給她傳話。

杜芊昨晚沒睡好，覺得渾渾噩噩的，一早在房裡沒意思，兩個姊姊又各自在做自己的嫁妝，只有她一個是閒人，所以就來百草院找劉七巧玩。

杜芊才到百草院門口，就聽見連翹開口道：「我知道了，妳一會兒就出去回了那王將軍，就說大少奶奶出門了，等大少奶奶回來，必定託人去府上一趟。」

杜芊忙上前問那傳話的小丫鬟道：「怎麼了？王將軍來找大少奶奶了？」

連翹見是杜芊來了，回話道：「門房上的人說王將軍來找大少奶奶，人在外頭呢！」

「那怎麼不把人請進來？讓人在外頭等著，可不是我們這樣人家的禮數。」杜芊回頭對那小丫鬟道。

那小丫鬟急忙道：「門房上的人請了，王將軍說，既然大少奶奶不在，他也就不進來了。」

杜芊莫名覺得心裡有些失落，開口道：「怎麼也不問問人家家裡是不是出了什麼事情就貿貿然來回話，若是家裡頭沒事，誰一大早過來找人？」

那小丫鬟原本覺得自己並沒有什麼錯，可是被杜芊這麼一說，頓時覺得有幾分委屈，一時間也不知道拿什麼話來應對，只聽杜芊又開口道：「罷了，我隨妳出去瞧一瞧，若是王將軍還在，好歹問他幾句。」

杜芊從小跟著花姨娘長大，雖然對於那些封建禮教是心知肚明，無奈天生不安分，總想瞧一瞧這閨閣以外的新鮮事，於是便跟著小丫鬟一起來了前角門。

王老四這會兒正在等裡頭人回話，他也好早點回軍營，沒承想傳話的小丫鬟還把杜芊給帶來了。

今日陽光甚好，他騎著高頭大馬，身姿魁梧地矗立在杜家的門口，讓杜芊沒來由就紅了臉頰。她不便親見王老四，便讓身邊的丫鬟去問話。

「王將軍，我家姑娘問你，一早來找大少奶奶，是不是家裡出了什麼事情？」

王老四原本就是憨厚老實不過的人，雖然沒瞧見杜芊正眼，但方才遠遠在馬上往門縫裡頭一撇，自然也知道來的是杜芊了，於是那張黑臉忍不住又燙了起來。

「沒……沒什麼事情，是……」王老四這回難辦了，他是來問七巧借人的，借人的理由又是因為自己母親病了，可是這種事情和杜芊有什麼關係呢？更沒必要和杜芊說，所以他臉一沈，開口道：「也沒什麼事情，多謝姑娘關心，在下先回軍營去了。」

王老四說完，覺得後背已經冒了一身冷汗。在他看來，寧可和韃子打仗，也絕不在女人堆裡說話了，以前對著劉七巧尚且還能靈活自如，怎麼對上這小姑娘，就有些敗下陣來的趨勢了呢？

他也不去細想，策馬揚鞭就往城外的軍營裡頭去了。軍中規矩森嚴，請假一日就是一日，若是誤了操練的時辰，必定是要軍法處置的。

王老四才回了軍營，想想還是放心不下老娘，雖然有下人服侍，可是王大娘從來都是沒享慣了福氣的人，什麼事情非要自己來，如今還病著，實在由不得他不擔憂。

王老四想了想，便往周珅的大帳去了，想著能不能請半個月的長假好回去伺候老娘。

周珅剛升了征南將軍，也算是新官上任，原本准了王老四一天的假，可誰知到了時辰，沒見著王老四回來。不過周珅昨日倒是命玉荷院的丫鬟打聽了一下，才知道原來王老四的老娘從鄉下來了。

要給王老四放長假只怕不行，周珅便想了一個辦法出來，讓貼身侍衛把王老四捆了過來，以遲到不歸、延誤操練為理由，罰了王老四二十鞭子。

王老四皮糙肉厚的，二十鞭子下去也不過就是一些皮外傷，周珅順便打開人情，給了他半個月的假。

王老四半跪在世子爺跟前，嘿嘿笑道：「世子爺真是雪中送炭的。」

周珅不過也就是賣劉七巧一個人情，又想起當初他提拔王老四的時候，心裡還不痛快，結果後來才知道這王老四和自己一樣，都沒入得了劉七巧的眼，生出幾分惺惺相惜的念頭來。

再後來，王老四救了自己兩回，他越發覺得王老四是個人才。其實王府能用的人不少，但是像王老四這樣豁出性命打仗的人不多，周珅就是佩服王老四這股狠勁。如今朝中能用的將才也是老的老、小的小，王老四這樣的也算是不可多得的了。

「送什麼炭，是沒打疼你還是怎麼著？限你十五日之後回營報到，若是再遲一炷香時間，還是要軍法處置！」周珅坐在大帳裡頭的案前，一邊看著副將送來的軍報，冷冷開口。

王老四也顧不得上藥，謝過之後便又翻上馬背回城裡頭去了。

# 第一百四十章

卻說杜芊聽了王老四的話，怎麼想也覺得不像是沒事情發生，可她一個姑娘家怎麼好隨便往外頭跑？於是也只能在家裡乾著急，等著劉七巧一起回來，好和劉七巧出門去。

誰知劉七巧那邊，因為和大長公主許久沒見面，兩人見了自有一番詳談，大長公主又得知劉七巧有孕在身，更是留她下來在水月庵用了午膳才肯放她走。

最近大長公主的氣色不錯，雖說以前她也是吃齋唸佛的，但是畢竟做的都是表面功夫，比起真正開了水月庵讓病人住著這樣直接地行善，總覺得沒那麼充實。但是經過這一次的事情之後，大長公主心裡也豁然開朗了起來。這種直接授益於人的善事，更讓大長公主覺得充實。

劉七巧用完了午膳才坐上馬車打道回府，誰知道才步入百草院的門口，連翹就迎了上來道：「大少奶奶可算是回來了，再不回來，三姑娘可是要將百草院的門檻都踏破了。」

杜芊正巧用過了午膳，又來百草院等著劉七巧，見她進門，放下手中的茶盞迎上來道：「大嫂子可回來了，我都等妳好久了。」

杜芊說完這句話，臉頰不由得一紅。這事其實跟自己沒關係，自己這樣一頭熱地奔上來，這算啥事呢？

連翹瞧見杜芊臉紅，也猜出了一二，便轉身道：「奴婢去給大少奶奶沏茶，大少奶奶先坐下歇一會兒。」

劉七巧點頭落坐，杜芊瞧著紫蘇和茯苓都是昨兒跟著過去的人，便也不避嫌了，開口道：「今天一早，王將軍來找過大嫂子，看樣子臉上還有幾分著急，不知道是出了什麼事情。」

劉七巧第一個想到的就是：該不會方巧兒又跑回去了吧？後來想想也覺得不可能，方巧兒理論上還沒過月子，這樣折騰自己，她不要命了？

「他沒說出了什麼事情嗎？」

「沒有……」杜芊低下頭，明擺著王老四跟自己客氣，可以和大嫂子說的話，就是不肯和自己說，杜芊沒來由就覺得有幾分生氣。

劉七巧道：「老四很少找我，除非是出了什麼事情。」她見杜芊的臉憋得通紅，想來很關心王老四的事情，便開口道：「不如這樣，紫蘇，妳去老四家看一看，要是出了什麼事情，再回來回我。」實在是不敢帶著杜芊再出去了，這見了一次就這樣了，再多見幾次，只怕杜芊越陷越深了。

紫蘇忙應了一聲道：「是，我一會兒就去王家看一看。」

杜芊見劉七巧完全沒有要帶著自己出門的意思，頓時失望，咬了咬唇，帶著幾分失落朝劉七巧那邊望過去。正巧這時候連翹也沏了茶過來，劉七巧便藉著連翹端來的一碗茶，當作是沒瞧見杜芊的眼光，低著頭慢悠悠地喝了起來。

女大不中留呀！留來留去留成仇了。劉七巧心裡又嘆了一口氣，想了想，終是沒再接杜芊的話。

杜芊出了百草院，就有幾分懨懨的。姑娘家不能隨便出門，要出門，也只能偷偷的溜出去……杜芊想到這裡，頓時就眼珠子一亮，有了主意。

「靈芝，去把妳的衣服拿一套出來，給我換上。」杜芊一回到漪蘭院就開始想自己的法子了。靈芝和甘草是她的兩個貼身大丫鬟，如今也是十三、四歲的年紀，正好和她的身量差不多，平時丫鬟們有丫鬟們的衣服，除了老太太和太太們身邊有頭臉的一等大丫鬟，她們這些丫鬟打扮穿著都是差不多的，要是杜芊穿上了她們的衣服，再偷偷溜出去就不是難事了。

靈芝連忙攔住了道：「好姑娘，您這一個大家閨秀，整天想著往外頭跑那怎麼行呢？好歹也安分些，跟大姑娘、二姑娘一樣，做做針線豈不是安靜？」

杜芊便道：「她們都有了人家，等著嫁人，自然是要安靜的。我一個人都快無聊死了，我今兒非要出去玩玩。」說罷拉著甘草的手道：「好姊姊，這幾日姊姊們都在做自己的事情，沒有人會想起我來，我就偷偷出去一會兒，妳在房裡睡著，要是有人來找我，就說我還沒睡醒呢！」

甘草萬般無奈地瞧著杜芊道：「好姑娘，這大冷的天，日子那麼短，誰還歇那麼長時間的午覺，難道是晚上不想睡了嗎？」

杜芊嘟著小嘴，咬了咬牙道：「妳們兩個到底幫不幫我？不幫我的話，到時候我可不要妳們跟著我，隨便把妳們去配了小廝好了。」

兩個丫鬟一聽，沒轍了，終身大事都掌控在自家姑娘的手中了。再說，自家姑娘向來就是這樣跳脫的脾氣，能怎麼樣呢？聽說當初花姨娘為了嫁給杜二老爺，還能跟花家斷了關係，有這樣的娘在，生出這樣的閨女也不稀奇了。

靈芝無奈，只好從箱子裡頭找了一套平常丫鬟們穿的夾襖衣裳給杜芊換上。

杜芊換了衣裳，把自己髮髻解了，梳了跟她們一樣的雙垂髻，兩邊用綠絲帶綁了，乍看倒是像極了府上俏生生的丫鬟。

話說紫蘇奉了劉七巧的吩咐，去富康路上的王老四家裡瞧一瞧。

劉七巧也知道王老四是無事不登三寶殿的性子，今兒一早就來了，鐵定是有事情發生，便讓紫蘇帶著赤芍一起過去，要是有事也好讓赤芍先回來回話。

紫蘇吩咐婆子準備好了馬車，就在角門外頭等著，等她帶了赤芍，掀開車簾子，卻瞧見一個小丫鬟端坐在馬車裡頭，臉上揚著盈盈笑意。

紫蘇一時沒認出來，才想開口問幾句，卻覺得那眉眼甚是熟悉，嚇了一跳道：「三姑娘，您怎麼在馬車裡頭？」

杜芊彎眸一笑，拉了紫蘇上來道：「紫蘇姊姊，趕車的陳叔是我姨娘以前老家的下人，我就讓他帶我出來玩一趟。」

紫蘇本來就是和劉七巧一樣的鄉下丫鬟，雖然知道城裡頭姑娘規矩大，但她也想不到杜芊會偷跑出來，又聽杜芊說這趕車的原是花家的下人，心想莫不是花姨娘同意了杜芊到外頭玩？便也沒多想，上了車道：「三姑娘穿著這一身衣服，倒是要去哪裡玩？」

丫鬟的衣服畢竟沒有她自己的暖和，凍得杜芊一張臉紅撲撲的，開口道：「我就隨便逛一逛，也沒打算去哪兒，紫蘇姊姊去哪兒，我也去哪兒。」

紫蘇就是再笨，這會兒也是完全明白過來了，再一想昨日在王家大廳裡的事情，三姑娘處處出言幫王老四，看著實在不像是才見過一面的人。

「老四人很好，小時候但凡有外村人欺負我們牛家莊的人，他總是第一個上去幫忙。」紫蘇就不自覺開始說起了王老四的好，又道：「我們幾個年紀差不多的，都是一起長大的，我們莊上，就數大少奶奶和方巧兒長得最好看，老四這次著了方巧兒的道，也是念著過去的情分。他是個老實人，看著同村的人求他，自然是狠不下心腸的。」

杜芊一開始聽著還覺得挺正常的，再一想又覺得不正常了，王老四人好不好，跟她有什麼關係呢？紫蘇這樣說，到底是個什麼意思呢？杜芊咬了咬唇瓣，把頭垂得更低了。

紫蘇見杜芊低頭，便知道她害羞了，便也不多說什麼。一時間，馬車上倒是有些冷清了，杜芊微微抬起頭，撩開了一點簾子朝外頭瞧了一眼，見原本還亮晃晃的天色也不知怎麼就暗了下來，黑壓壓的一片，沒多久，天空就飄起了雪花來。

杜芊出來時候只穿著丫鬟衣裳，也沒有抱手爐，這會兒便覺得有些冷得厲害，連連打了兩個噴嚏。紫蘇也拉開簾子瞧了一眼，見王宅就在前面不遠的地方了，開口道：「三姑娘進去裡頭休息一會兒吧，馬車裡怪冷的。」

杜芊吸了吸鼻子，跟著紫蘇一起下馬車。開門的還是那個跛腳的老大爺，瞧見紫蘇來了，也知道紫蘇是昨天陪著王老太太一起的丫鬟，便上前道：「姑娘來得正好了，我家老太太病了，老爺方才也從軍營中受了傷回來，家裡頭又沒什麼人，正著急呢！」

杜芊聽說王老四受傷了，一張小臉驚得蒼白，不等紫蘇問個緣由，便撒腿繞過了影壁。大廳外掛著簾子，左右各有幾間房，王老四平常在家就住在左裡間。他剛剛心急，不及上藥就直接從軍營回來了，等回到家的時候，後背的血都結痂了，中衣貼在皮肉傷上，疼得厲害，又不能不脫了衣服上藥，只能喊了一個小丫頭過來給他上藥。

小丫鬟年紀小，不過才留頭的年歲，站在王老四後面，拿著沾濕的汗巾給他擦上面的血跡。她擦一下，王老四就微微顫一下，小丫鬟又是個膽小的，平常看著王老四不苟言笑的樣子，就對他有幾分害怕，聽說王老四在雲南的時候殺了不少匪軍，更覺得他長相嚇人。而且……王老四的眉梢上還有一道傷口，越發讓小丫鬟嚇得下不了手，才擦了兩下，急忙跪下來道：「老爺……老爺，不然奴婢還是去請了燕兒姊姊來給老爺上藥吧！」

燕兒就是方才攔在王大娘房前的丫鬟，在這幾個丫鬟裡頭，算是年長一點的。

王老四聽她這麼說，把一旁的藥膏遞給那小丫鬟道：「直接抹上去算了，不用洗了。」

小丫鬟看著凌亂不堪的鞭痕，實在不知道要怎麼上手，正為難著。

且說杜芊來到正廳門口，瞧著門外並沒有人候著，索性自己撩開了簾子往裡頭去。她才矮身進去，一抬起頭，就瞧見王老四坐在一張杌子上頭，後背的鞭痕凌亂，有的上頭還淌著血水。

杜芊的眼眶一下子就紅了。王老四原本是背對著外頭坐的，忽然覺得背後一陣冷風，便連忙轉身。他赤裸著上身，六塊腹肌看著緊實誘人，手臂上肌肉鼓鼓，彷彿蘊含著無限的力量。杜芊紅著臉頰，低下頭擦了擦眼角的淚痕。

雖說王老四人老實，眼力卻是很好的，一眼便認出了這是昨天幫自己說話的姑娘，頓時有些不好意思，連忙拉了一旁的衣服就要披上。

杜芊瞧他那模樣，恨得跺腳，開口道：「你怕什麼羞，不上藥就穿上衣服，仔細黏住了皮肉，一會兒疼死你。」

王老四傻笑了一下，卻沒停下動作，將衣服披在身上道：「不知道姑娘來了，這樣子實在是失禮。鶯兒，去給杜姑娘沏茶來。」

那名叫鶯兒的小丫鬟如臨大赦，急忙點了頭就往廳外走。

杜芊見小丫鬟走了，王老四卻還一個勁兒地穿衣服，頓時覺得有些惱，伸手將放在一旁的金瘡藥拿了起來，對王老四道：「怎麼，還要我請你脫衣服嗎？你們行武之人不都是不拘小節的嗎？怎麼還跟個女人一樣忸忸怩怩的？」

王老四那是怕羞，不是忸怩，可杜芊這麼一說，他倒還真不好意思怕羞了，開口道：「那就麻煩姑娘了。」一邊說，一邊又脫下了中衣，露出一身緊實的肌肉來。

杜芊覺得自己心口都要跳出來了，深呼一口氣，擰乾了帕子，將王老四身後的傷口都擦了，這才低下頭，對著自己的掌心又吹又搓的。

王老四瞧著就不大明白了，問道：「姑娘這是怎麼了？家裡頭太冷嗎？」

杜芊有些不好意思道：「我的手太冷了，一會兒給你上藥，要是讓你著涼了就不好了。」

王老四何時被這樣溫柔細心地對待過，一時間感動得都說不出話來了。他心裡雖然對杜芊有些想法，但奈何門第有別，自己也是沒敢奢望的，不過這會兒既然廳裡頭沒有別人，稍稍占一點便宜應該也沒什麼大礙吧？

王老四心一橫，一把抓住了杜芊的一雙小手，包在自己粗糙的大掌中央，一本正經道：「我的手比較熱，我給妳焐一焐。」

杜芊這會兒是驚得連掙扎都忘了，抬頭偷偷瞧一眼王老四又低下頭，臉頰不由又紅了幾分。

杜芊從王老四的手中把手抽出來的時候，覺得胸口也跟著熱熱的。

# 第一百四十一章

這時候鶯兒正端著兩杯茶要往裡頭送，紫蘇從外面進來，見了便問道：「誰在裡面？」

鶯兒便道：「是我們老爺和昨日那位姑娘。」

紫蘇接過了小丫鬟手裡的茶盤，遞給赤芍道：「妳在這邊候著，裡面喊了妳再進去。妳帶我去瞧瞧妳們家老太太吧。」

鶯兒知道紫蘇是昨日跟著老太太來的人，自然不敢怠慢，便帶著她往後頭的院子裡去找王老太太了。

杜芊細心地給王老四上過了藥，在一旁的銀盆裡面洗過了手。王老四穿上了中衣，果然覺得似乎沒那麼疼了，但一時也不知道說什麼好，就朝著外頭喊道：「茶怎麼還沒沏來？」

赤芍聞言，就在外頭應了一聲道：「來了、來了。」

赤芍是劉七巧看中的小丫鬟，平常做事還算伶俐，又懂眼色，上了茶也不像平時一樣侍立在旁邊，而是直接抱著茶盤就出去了，只道：「三姑娘要是有什麼事情，只管喊奴婢，奴婢就在外頭廊下候著。」

杜芊便道：「外頭下著雪呢，妳去茶房坐坐吧，別著涼了。」

赤芍便脆生生地應了，乖乖去茶房了。

杜芊端起茶盞，小小啜了一口，抬起頭略略瞧了一眼王老四，覺得指尖火辣辣的，一時又低下頭去。等她再抬頭的時候，卻瞧見王老四和她一樣，也正抬起頭來，兩人的視線一觸即離，各自低頭不說話。

兩人各自喝完了一盞茶，外頭又沒有小丫鬟來續茶，眼看著杯子裡的茶水就見底了，可兩個人還是一點都沒有要接話的意思。杜芊瞧了一眼茶盞中剩下的那一口水，忽然起身道：「將軍先坐一會兒，我出去添一碗茶。」

王老四立馬站了起來，急忙道：「姑娘來我家，哪裡有讓姑娘自己起身添茶的道理，還是我去吧。」

王老四連忙上前，拿了杜芊放在一旁的茶盞。其實大戶人家也沒什麼添茶的道理，杜芊不過就是尋一個由頭，誰知道王老四就認真了起來。

杜芊便坐了下來。「我不要喝水，大冷天的，喝一肚子水有什麼意思。」她說話的聲音略略帶著一些嬌媚，頓時讓王老四覺得有些酥軟，手裡拿著茶杯也不知道是丟好還是留著好。

「這個……那姑娘坐一會兒，我進去穿好了衣服再來。」王老四這會兒略略動了一下，才覺得身上有些涼，他方才從裡間出來，因為要換藥，所以拿了一件中衣，這會兒倒是覺得有些冷了。

「你去吧，又沒人不讓你去。」杜芊嘟囔了一句，嘴角微微翹起，王老四便憨憨一笑，就往房裡頭去了。

杜芊有些忐忑地坐在大廳裡，大廳裡的陳設很普通，不過就是尋常人家的擺設，中間是長供桌，上面放著幾個盤子，裡頭有幾樣水果，中間是一個花瓶裡插著一支臘梅花，瞧著還算雅致。可是杜芊想起這房子原本就是沒女主人的，頓時也知道這臘梅花是誰放的，便站了起來，撩開簾子往外頭瞧了一眼，喊了人道：「赤芍，妳過來。」

赤芍正蹲在一旁的茶房裡頭，跟王宅另外的小丫鬟聊天說笑，把這些天方巧兒在宅子裡的一言一行都打聽得清清楚楚的，聽見杜芊喊她，忙不迭往前頭去了，問道：「三姑娘有什麼吩咐的？」

杜芊朝裡頭的供桌指了指道：「妳把那瓶子撤了。放在那邊，不倫不類的，裡頭還燒著地龍呢，沒得把這花給熏壞了。依我看，這花還是長在枝頭比較好看。」

赤芍應了一聲便往裡頭去，抱著瓶子出來。

杜芊轉頭的時候，就瞧見王老四從裡間出來。王老四見小丫鬟抱著一個花瓶離開，還覺得有些不明所以，正想開口問，杜芊便道：「我瞧著這臘梅花放在這裡不大般配，明兒我找人送一盆水仙來，放在這邊才好看呢！」

王老四哪裡知道姑娘家的心思，不過既然杜芊說不相配，那定然是不相配的，便點頭道：「那明兒我讓管家去買一盆水仙花回來就好，哪裡能勞煩姑娘送過來。」

杜芊便道：「一般人我還不送呢！要不是看你是個將軍，立了不少軍功，我敬佩你的為人，不然我才不送！」

王老四也不知道如何接話，便一個勁兒地點頭道：「姑娘說得是，姑娘抬愛，小的不敢不受。」

杜芊覺得王老四有些無趣，可儘管他人看著很無趣，但不知道為什麼，心裡還是很想逗他，杜芊低下頭掩嘴笑了起來。

卻說紫蘇跟著鶯兒去後面的正房瞧王大娘，燕兒見是昨天的那位姑娘來了，也急忙迎了上去，又把今兒一早王大娘逼婚的事情說了一說。紫蘇聽了，忍不住搖頭，心道：七巧這回真要栽跟頭了，王大娘可是牛家莊最剽悍的人物了。

紫蘇還沒進去，就聽見裡頭王大娘唉聲嘆氣的，一會兒罵王老四不孝，一會兒說他發達了就忘了老娘，一會兒又說這次王老四不娶媳婦，她就不回鄉下去了。紫蘇在門外聽著便覺得好笑，又不能笑，摀著嘴往裡頭去。

「大娘妳怎麼病了?昨兒還好好的呢。」

王大娘見是紫蘇來了，左右瞧了瞧，見沒小丫鬟跟著，這才開口道：「病什麼病，我要是真那麼容易病了，我還能活這麼久?」

紫蘇一聽，知道她定然使了什麼心眼，問道：「家裡頭人都這麼說，說是老四把妳給氣病了。」

王大娘便笑道：「我讓老四去提親，老四不肯，我能怎麼樣？只能逼他一把了，就跟那大夫說，你要是敢跟我兒子說我沒病，我就死給你看，我還要說你庸醫、誤人性命！」

紫蘇聽王大娘這麼說，頓時就覺得頭大。「大娘，妳請的是哪家的大夫啊？」

王大娘哪裡知道這些，往外頭喊了一聲道：「丫頭，今兒早上是哪家的大夫來看的病？」

門外的丫鬟急忙應了道：「回老太太，是到廣濟路上的寶善堂請的。」

紫蘇一聽寶善堂這三個字，頓時哭笑不得，這下可好了，坑了杜家的大夫了！「大娘，這寶善堂就是杜家的店，七巧就是杜家大少奶奶呢，大娘妳說妳這大水沖了龍王廟了，怎麼就這樣了呢？」

王大娘聞言，也是一頓，又急忙道：「橫豎這次老四的事情要是能定下來，我下回就不裝病了成不？」

紫蘇又犯難了，按照她對杜家老太太的了解，這老太太的門第觀念可不是一般的挑剔。

「大娘，如今老四出息了，是要找一個好媳婦的。咱們村子裡也確實找不出一個能和老四相配的，可是杜家三姑娘吧，她從小嬌生慣養的，都沒見過莊稼地，說一句不敬重妳老人家的話，讓她以後服侍妳，妳覺得她會願意嗎？」

古代等級森嚴，婆媳關係中婆婆處於高位，除了皇家的公主、郡主之類，一般人到了婆家，很少不需要晨昏定省或者站規矩的。就說王大娘三個兒子的媳婦，見了王大娘也是小綿羊一樣的孝順。紫蘇想來想去，杜三姑娘怎麼可能對王大娘這般孝順呢？簡直不可能。

王大娘原先沒想到這麼多，可如今被紫蘇這麼一提醒，如醍醐灌頂一樣，猛然驚醒，只嘆息道：「老四小時候，就有個算命人說他以後是個有出息的。我原本不相信，心想我們這樣一輩子種田的莊稼人，能有什麼出息？自己攢上幾畝地，當個小地主，那就算是大出息了吧？誰知道他竟然還真的是個有造化的，年紀輕輕就闖出了這番功業，我想一想，還覺得自己像在作夢一樣。」

王大娘說完，嘆了一口氣道：「說句實話吧，我也沒想著要跟老四住，老四現在是個將軍，以後都要見有體面的人，我這樣在城裡住著，不是讓他臉上無光嗎？大妞啊，妳回去告訴七巧，要是這事真的能成，我保證以後都不來城裡，絕對不妨礙他們小夫妻的日子。我在牛家莊還有三個兒子四個孫子呢，我也抽不出空到城裡來享福。」

紫蘇也沒想到王大娘能說出這麼一段話，如今聽她這麼說，倒是覺得她這次像是吃了秤砣鐵了心了。只是這事情她也沒什麼能說的，只能點了點頭道：「那等我回去，我跟七巧說說看。大娘其實不必著急，老四現在是個將軍，巧兒也不住這邊了，願意跟著老四的人多著呢！上回聽說王府老王妃身邊有個大丫鬟就看上了老四了，不如我讓七巧再去問問看？」

「大妞，妳怎麼就不懂呢？我們老四是當將軍的人，他的媳婦能是個丫鬟嗎？以後是要當將軍夫人的！我就看上了昨兒的那位姑娘了，不如妳告訴我，杜家怎麼走，改明兒我就請了媒人去她家提親去。」

紫蘇也沒話說了，可轉念一想，倒還真是這個道理，老四做了將軍，以後應酬交際都是有的，要是將軍夫人是個丫鬟，如何在那些太太們面前抬起頭來？

卻說杜芊和王老四兩人，在大廳大眼瞪小眼地坐了半天，兩人各有心事，也不知道說什麼好，杜芊索性讓赤芍進來換了一盞茶，又慢悠悠喝了起來。

王老四見杜芊喝茶，原本想說些什麼的，也不知道從何開口，想了半天才道：「姑娘方才說著大冷的天，灌一肚子水有什麼好的，這會兒姑娘又喝起茶來，在下倒是、倒是糊塗了。」

杜芊見王老四這麼說，噗哧笑道：「你又不說話，乾坐著，那我不喝水，難道我也跟你一樣乾坐著嗎？」

王老四只覺得臉上一紅，他顯然沒好口才，以前跟在劉七巧的身後，也從來都是不說話只做事的；在軍營裡他也很少說話，一般都是聽指揮。如今當了將軍，手底下有了親兵，他才開始跟周珅學著練兵，平常跟那些新兵卻是沒有半點尊卑，大家夥兒時不時就在一起打一架，誰輸了還要給贏的人端洗腳水。

「姑娘說的有道理。」王老四憋了半天，終於憋出了一句話來。他向來不喜歡文謅謅地說話，軍隊裡也都是一些動不動就罵娘的大老粗，在杜芊面前，王老四實在覺得自己放不開手腳。

杜芊站起來，往外頭走了幾步，透過窗格看見外面的雪越下越大了，開口道：「今年都下好幾場雪了，不過今兒這一場雪，看著倒是挺大的。」

杜芊穿著丫鬟的衣裳，兩個雙垂髻上繫著絲帶，再加上她那張圓圓的臉蛋，只覺得特別的靈動。王老四瞧著她那嬌小的背影，想到他和劉七巧小的時候，村子裡幾個孩子就在一起堆雪人，便笑道：「我會堆雪人，我堆的雪人跟真人一個樣子，不信我堆給妳看看！」

杜芊扭過頭，半信半疑道：「雪人怎麼可能跟真人一樣呢？我昨兒一早才堆了雪人的，可惜前天的雪不大，就堆了小小的一個。」

王老四是個說一是一的人，於是來了興致道：「妳不信，我出去堆給妳看！」他才發話，便上前挽了簾子要出去，杜芊連忙攔住了。「這會兒雪還沒積起來呢，你堆什麼雪人？」她撇了撇嘴，坐了下來道：「再說你後背還傷著呢，也不怕出了汗化膿嗎？你們當將軍的，是不是個個都這樣皮糙肉厚，一點不怕疼的？」

王老四聽杜芊這樣說他，也嘿嘿憨笑幾聲，回道：「疼自然是疼的，可是男子漢大丈夫，這一點疼算得了什麼？再大的疼都受過了，何況這麼一點皮肉傷。」

杜芊聽王老四說得輕巧，可她聽花姨娘說過，戰場上都是刀劍不長眼的地方，動不動就會缺胳膊少腿的，雖然是家常便飯，但還是凶險得很。

「就算你們自己不疼，難道也不怕父母兄弟心疼嗎？身體髮膚受之父母，要是有什麼損壞了，那就是不孝，你不會連這個也不懂吧？」

「這個自然是懂的，可是真正到了那個時候，就顧不得這麼多了，只想再多殺一個韃子、多趕幾個南匪，壓根兒就想不到自己了。」王老四回道。

杜芊這會兒卻是沒話說了，又瞧了一眼王老四，不知如何是好，正巧就聽見外頭小丫鬟道：「紫蘇姊姊來啦？」杜芊連忙起身，小丫鬟挽了簾子，紫蘇彎腰進來，見了王老四便道：「我瞧過大娘了，說是吃幾副藥就能好了，既然老四你在家，那我就不留下來了，你若是有什麼事情，只管差人去杜家找我，千萬別客氣。」

王老四連忙起身相送，又道：「這會兒雪正大，要不要等一會兒？」

紫蘇卻道：「不了，再不回去天就晚了，等路上積了雪就更不好走了。」

杜芊正想跟著紫蘇往外去，冷不防一陣冷風吹進來，激得她連連打了兩個噴嚏，小小的身子有些瑟瑟發抖。

她平常不怎麼出門，若是出門也都穿著厚衣大氅，今兒為了偷溜出來，穿了一件丫鬟們在房裡穿的夾襖就出來了，簡直就是找死。

杜芊在馬車裡凍了好一會兒，偏生王家客廳裡頭的地龍又燒得太旺，這一冷一熱下來，她就覺得身子有些輕飄飄的，往前走了兩步，便覺頭昏腦脹了。

紫蘇見她走路打飄，急忙上前扶住，一摸她的手心，冰冷冰冷的，再一觸她的額頭，卻是滾燙的。紫蘇再笨也知道今兒自己只怕是闖下大禍了。

可外頭風雪那麼大，要是坐著冷馬車一路回去，還不知道要凍成什麼樣呢？她急得連連踩起腳跟，開口道：「老四，外面風大雪大的，馬車回去怕太冷了，這會兒三姑娘渾身正燙著，你看看能不能派一個可靠老實的人，去太醫院門口等著大少爺下值，好讓大少爺先過來瞧一瞧。」

杜芊這會兒臉燒得通紅，見紫蘇這麼說，便開口道：「我沒什麼，快回去吧，我是偷跑出來的。」

紫蘇原本以為杜芊出來，雖然杜二太太未必知道，但花姨娘定然是知道的，聽她這麼說，紫蘇頓時氣得不知道說什麼好。怎麼大家閨秀也有這樣的，偷偷跑出來會情郎，這算什麼？更何況情郎還是王老四？

「外頭馬車裡還不知道怎麼冷呢！如今可怎麼回去？」紫蘇嘆了一口氣，急得直搖頭。

誰知王老四卻道：「沒關係，那鋪蓋鋪到馬車裡頭，我再讓下人燒幾個手爐給她暖著。」說著，他便往房裡頭去，將自己床上的新棉被抱了出來，逕自往門外杜家的馬車上去。

小丫鬟又問管事的婆子去要手爐，結果被告知府裡頭沒準備什麼手爐，唯一有的一個昨兒也被方巧兒帶走了。婆子就給小丫鬟拿了湯婆子，灌滿熱水，用夾棉的布包著，讓她抱了過去。

# 第一百四十二章

馬車裡一切安頓妥當，紫蘇便扶著杜芊往外頭走。杜芊雖然身量小，但並不算是纖瘦的姑娘，一旁的赤芍也幫忙扶著。

王老四見狀便走上前來，伸手就將杜芊攬到了懷裡，稍稍一提氣，已經將杜芊打橫抱了起來，吩咐紫蘇道：「紫蘇，妳打了傘給姑娘擋一擋風雪。」

紫蘇打著傘蓋在杜芊的上頭，就見杜芊一張臉早已經紅得跟煮熟的蝦子一樣，也不知道是燒的還是羞紅的。

外頭的風雪還是大，王老四把杜芊放到了馬車裡，翻身跳上了馬車，對著身邊的車夫道：「大爺，你一邊坐著，我來趕車，這風雪太大了，你給我指路就好。」他說著，把自己的坐騎拴到了前頭，兩匹馬並轡而行。

紫蘇撩開車簾瞧了一眼王老四的背影，搖了搖頭，又伸手摸了摸杜芊的額頭，還是燙得厲害，看來這一次回家可不好交代了。

幸好杜家離富康路不遠，平常天氣好，駕車不過是一炷香的時間，今天風雪大作，雖然路不好走，不過好在路上沒什麼行人，也就沒耽誤多少時間。

馬車停到杜家門口的時候，王老四從馬車上一躍而下，這時候紫蘇也撩開了簾子，扶著杜芊往外頭來。只是往外頭免不了又要吹風。王老四便將身上的大氅解了下來，披在杜芊的身上，吩咐紫蘇道：「我就不送了，妳好生送三姑娘進去吧！」

杜芊這會兒雖然高燒，可神智還很清醒，聽說王老四要走，又知道外面雪大，便要脫下了大氅還給他，誰知王老四一轉身，將馬車裡的鋪蓋往馬背上一扔，翻身上馬，馬韁略略一甩就揚鞭而去了。

杜芊咳了兩聲，覺得王老四的身影在雪中越走越遠，才扶著紫蘇的手進了門。

可這會兒她還穿著下人的衣服，又不能讓人知道自己偷跑出去了，紫蘇只能讓她側靠在自己的肩頭，和赤芍兩個人一路掩護，把她給扶到了百草院。

劉七巧這會兒剛睡了午覺，正問紫蘇有沒有回來回話，連翹還沒開口，就聽見小丫鬟挽了簾子進來，開口道：「大少奶奶，三姑娘來了。」

劉七巧先是一怔，等看見紫蘇扶著杜芊進來，又瞧見她身上穿著那件軍中將士們的大氅，心中已經知曉了幾分。這個三姑娘，分明就是一個閨閣姑娘，怎麼就這麼大膽呢？

「怎麼了這是？快扶三妹妹坐下。」劉七巧一邊吩咐，一邊又開口道：「綠柳、連翹，妳們去裡頭把我常躺的躺椅給搬出來，上面鋪上羊毛氈子。」

紫蘇忙扶著杜芊先坐下，杜芊臉燒得通紅，瞧見劉七巧過來，開口道：「嫂子還是離遠一點，我染了風寒，仔細傳染了嫂子，那可就不好了，我在這邊略略坐一會兒就走。」

劉七巧瞧見了她大氅裡面的衣裳，開口道：「怎麼穿那麼單薄？這大雪天的，不著涼才怪。」正說著，綠柳和連翹已經搬了躺椅出來，紫蘇扶著杜芊躺下，又將大氅收了起來，劉七巧才道：「妳讓小丫鬟去三姑娘房裡，找一身她家常穿的衣服，再送一件斗篷過來。這天氣太冷了，出門沒個斗篷，豈不是凍死了。」

屋裡正說著，外面杜大太太派了丫鬟來道：「太太說今兒雪太大了，今兒不用大少奶奶過去用膳了，一會兒喊了廚房的人直接送到百草院裡頭來。」

劉七巧聞言，知道是清荷這會兒要去廚房傳膳，正從百草院經過，來傳話的，讓連翹迎了出去道：「我們大少奶奶說今兒晚上不想吃飯，大雪天的她想吃幾個窩窩頭，就著熱粥喝就很好。」

清荷笑道：「大少奶奶是怕廚房裡頭也事情多吧？不過太太也確實吩咐了，今晚的晚膳從簡，也不知道這雪還要下幾天，外頭不好走，送菜的人來不了，廚房就沒法做出東西來。」

劉七巧最知道這種日子，以前在牛家莊，下大雪的時候只能吃窩窩頭了，要是一連下幾天的大雪，李氏最多也就是弄一塊鹹肉，給他們熬了鹹肉粥，就著窩窩頭吃。

清荷走了，小丫鬟才後腳出門去漪蘭院替三姑娘傳話。不多時，便有小丫鬟打著傘，靈芝抱著一包裹的東西往百草院來。幸好外頭雪大，園子裡並沒有別人，等靈芝進了百草院瞧見杜芊的時候，也嚇了一跳，又道：「我說什麼姑娘就是不聽，現在好了，凍出病來，也該安生了。」

這會兒劉七巧早讓小丫鬟端了冷水過來給杜芊冷敷，等她稍稍退了燒，換了衣服若是覺得好些了，才讓回漪蘭院去。

杜芊這會兒頭疼得厲害，聽見靈芝數落她，便開口道：「我這拚死拚活的為了誰呢？還不是為了妳們的將來，若是我嫁了一個不好的，難道妳們就有好日子過了？」

靈芝聽了這話，一下子臉就脹了通紅。「大少奶奶，您聽聽，我們姑娘也不知道中了什麼邪，竟說出這樣的話來，若是讓老爺、太太聽見了，可不得了了，一定是燒糊塗了吧？」

「妳們倆快別在這邊貧嘴了。」劉七巧笑著接過連翹遞過來的汗巾，重新換掉了杜芊額頭上的那一塊，轉身吩咐道：「妳帶上大氅去門口接大少爺，讓他回來之後先回房再過去福壽堂吧。妳把我的斗篷披上了再出去，外面雪大，仔細凍著了。」

連翹應聲出去，外面的雪已經下得非常大，天色又黑，才撩開簾子就覺得黑壓壓的一片雪花。連翹帶著一個小丫鬟，一人提燈、一人撐傘往門口去。剛到門口的時候，就聽見杜若他們回來的聲音，開口道：「今兒要不是早些走了，怕一會兒大雪封了路，還不好回來呢。」

連翹急忙就迎了上去，見杜若穿著出門時候的那件猩猩氈斗篷，便上前將手上的雙層夾棉雲錦大氅給杜若披上了，道：「大少爺，大少奶奶在院裡等您呢，您先跟奴婢回一趟百草院去可好？」

杜若知道劉七巧一早去了水月庵，也想問問大長公主的近況，便轉身對杜大老爺他們道：「那我去去就來，父親和二叔先去福壽堂吧。」

杜若回到百草院，一進門，便瞧見杜芊正躺在大廳中間的軟榻上頭，看著似乎有些精神不濟，急忙問道：「三妹妹怎麼了這是？」

「你先別問那麼多，好歹過來先給她瞧瞧，是不是要開兩副藥吃一吃？」劉七巧引了杜若上前，杜若伸手替杜芊把了把脈搏，又摸了摸杜芊的腦門，開口道：「是染了風寒了，要吃幾帖藥散散熱度，我開了藥方，讓春生出去抓藥吧。」

劉七巧點了點頭，吩咐紫蘇道：「妳去隔壁小書房等著大少爺的藥方，一會兒送去給春生。」

杜芊這會兒休息了一會兒，身子倒是不像方才那樣發軟，起身道：「大哥哥，我好些了，還有一件事情要麻煩大哥哥。」

說起來因為嫡庶的關係，杜若和杜茵的感情最好，其他兩位妹妹他也是放在心上的，不過交流就沒那麼多了。杜苡和杜芊都很乖巧，平常從沒有什麼事情要求他，今兒倒是奇了。杜若便問她道：「什麼事情？」

杜芊低下頭，臉頰依舊是通紅的，小聲道：「王將軍受了軍法，背上有好多鞭傷，大哥哥明日能去瞧瞧他嗎？這麼冷的天，別弄出什麼病來。」

昨日杜若不過聽劉七巧說起杜芊對王老四有點意思，今兒一聽杜芊這話，他也徹底相信了，嘆了一口氣道：「明日一早我先去給他瞧瞧，再去太醫院應卯。」

杜芊見杜若答應了，臉上的笑不自覺加深了，忙謝道：「那就多謝大哥哥了，記得多帶一些好藥去。」

送走杜芊，廚房那邊已經送了晚膳過來，倒是按照劉七巧的意思，清粥外加窩窩頭，還有幾碟醃製的爽口小菜。杜若原本想陪著劉七巧一起吃的，奈何福壽堂那邊派了丫鬟來催，杜若只好披上了大氅，又往外頭去了。

等杜若回來的時候，劉七巧已經洗漱完畢，早早就躲在被窩裡了。古代照明條件也不好，晚上看書其實很傷眼睛，劉七巧是不常幹這樣的事情，做針線又不是她的強項，也只有煩勞別人的分。

杜若從外頭進來，身上還帶著寒氣，在火爐邊烤了半日，這才湊到劉七巧的跟前。「也不知道這雪什麼時候停，若是提親那日天氣不好，不如改個日子。」

劉七巧便道：「那怎麼行呢？定下了日子自然是要去的，包公子的定親信物都已經派人送了過來了。」前兩日，包中派家裡的下人送了一塊玉珮過來，說是家傳的東西，劉七巧雖然不懂玉，但是看著顏色潤澤、雕工精美，便知道是一個值錢的東西。玉珮不過是信物，下聘時候的聘禮到時候就輪不到她管了，反正他們都住在一個院子頭，不過就是挪一挪地方。

杜若又問她。「大長公主的身子可好？」

劉七巧便一一答了，臉上的神色卻還是沒鬆泛，靠到了杜若懷裡頭道：「我這會兒正煩三妹妹和王老四的事情呢，三妹妹瞧上了王老四，老四那邊是不用說的，只是老太太那邊、二叔那邊到底要怎麼說呢？」

杜若聽劉七巧說起這個，也鬱悶了起來。當初他要娶劉七巧進門都費了姥姥勁兒了，在古代門不當戶不對的親事，可都不是簡簡單單就能成的。

杜若還沒開口，就聽劉七巧說道：「其實我原本是想，看看能不能求了老王妃來我們家提親。王老四雖然如今是將軍了，但他以前是王府的家將，也算是從王府出來的。可後來我一想，前一陣子老王妃還想把身邊的冬雪許配給他呢，如今讓她來提親，豈不是膈應？」

按理說，王老四現在是個正五品的伍德將軍，杜家雖然是世家，可在朝中是當太醫的，太醫院院判不過也就是正四品的職位，且這就是最高，再沒有升遷的了。王老四的將軍卻不一樣，有了軍功，那是可以一步步升上去，雖說王老四現在是一點根基也沒有，但是背靠著王府這棵大樹，以後的好日子只怕還多著呢！

「這事情確實也是難辦，我們家祖上沒有和武將家結親的例子，武將家遇上亂世，雖然顯赫，可是哪家沒有幾個戰死沙場？哪家沒有幾個守寡的寡婦？老太太這麼疼三妹妹，這門親事只怕難辦。」杜若細細想了想，這件事還當真把他給難倒了，但是看杜芊那樣的神情，似乎對王老四已經一往情深了。姑娘家心思單純，難免會陷得厲害，這樣下去也不是辦法。

第二天一早，外頭的雪已經停了，院子裡白茫茫的一片。杜若用過早膳，先去杜芊的房裡為她把了把脈搏，見她已經退燒了，便吩咐小丫鬟們好好照應。

杜若才要出門，杜芊又喊住了他，提醒他一定不要忘了去瞧一瞧王老四。

杜若哭笑不得道：「正要打算去呢，妳這樣豈不是耽誤了我的時辰？」

杜芊便笑著又躺下了。

且說王老四昨兒身上帶著傷，騎馬一路跑了四十里路，原本就有些累了。後來又因為杜芊病了，他親自冒雪將人送了回去，又將自己的大氅給杜芊披上，自己一路上冒雪回去，等回到府上，才發覺渾身都凍僵了，後背的傷口又燙又癢的。

他是軍營裡受過苦的人，自然知道這下子怕是傷口要發炎了，免不了要在床上躺幾天，偏生傷在背上，也躺不安穩，便趴著在床上睡下了。等到第二天一早丫鬟們發現他沒起床，覺得不大對勁，這才進來房間，看見他趴在床上，正燒得渾渾噩噩的，身下的被褥都被汗弄潮了，一看後背的傷口，有的又冒出了血水來。

小丫鬟嚇得連忙就往後頭叫王大娘去，王大娘一開始以為王老四故意嚇唬她，還不肯相信，派了燕兒去看，這才知道自己是假病，兒子卻是真病了！

王大娘也不熟悉京城的醫館，便喊了管事的婆子進來，讓她趕緊去請一個大夫來，這婆子正預備出門，杜若便來了。

王大娘在牛家莊看熱鬧的時候見過杜若，聽說還是個太醫，便急急忙忙迎了出來道：「七巧她男人，你快進去跟我瞧瞧，我們家老四似乎不大對勁啊！」

杜若並不認識王大娘，但是聽她的口氣，也知道她大概是王老四的娘，開口道：「大娘別擔心，我進去瞧一瞧。」

杜若才進去，就瞧見幾個怯生生的小丫鬟，正打了一盆水在給王老四清理傷口。杜若上前，輕觸了一下王老四的額頭，只覺得額際燙得厲害，再看一眼王老四後背的傷口，顯然是昨天弄濕之後就沒有再上藥，都有些化膿了。

杜若親自接過了丫鬟們手裡的汗巾幫王老四清理了一下，湊上去喊了王老四幾聲，見他沒什麼反應，便打開了藥箱拿出一個瓷瓶，裡頭放著專門給傷口消毒的藥酒。

杜若拿了一塊棉花，在藥酒裡頭打潮了，往王老四的傷口上蓋上去。原本沒什麼反應的王老四忽然睜開眼睛，罵出一句粗話來。「他娘的，疼死老子了！」

兩個小丫鬟嚇得連連退後了幾步，摀著嘴不敢說話。王大娘瞧見王老四醒了，上前擰著他的耳朵道：「你這不孝子，你這是要嚇死你老娘嗎？不過就是讓你娶個媳婦，用得著這樣尋死覓活的嗎？」

王老四聽了王大娘這話，頓時覺得置身雲裡霧裡，可王大娘心裡卻一門清，昨兒聽紫蘇說那姑娘是杜家的三姑娘，那眼前這位一定是那姑娘的哥哥，好歹在人家面前演一場，博取點同情也是好的。

王大娘壓根兒不知道杜若和杜芊不是親兄妹，而是堂兄妹而已。

「娘，您在這胡咧咧個什麼？我這是昨兒去軍營去遲了，世子爺罰的，跟娶媳婦有什麼關係？」

「你要是一早就娶上了媳婦，我能大老遠地從鄉下過來嗎？我不過來，你能去遲了軍營？這還不是你沒娶媳婦鬧的？」

杜若聽王大娘這樣振振有詞地解釋，忽然覺得找不到任何不合理之處。看來每一個無理取鬧的女人，都有自己的厲害之處。

# 第一百四十三章

王老四這回更鬱悶了。當著杜若的面，他是什麼話都不好意思說的，只能脹紅著臉道：「妳要媳婦，回家等著，過兩個月，我鐵定給妳帶一個媳婦回去，這不就結了！」

「結什麼結？你當我會信？萬一到時候帶了方巧兒回去，我還平白就當上便宜奶奶了不成？我告訴你，我就看上那姑娘了，你給我搶也要搶回來。」

杜若這會兒總算知道所謂「那姑娘」是哪個，忍不住擦了擦臉，並不想接他們兩個人的話。

「老四，你背後的傷口有些紅腫化膿了，我開一副藥，你記得吃。還有這金瘡藥，每天晚上睡覺前上一次，傷口不要接觸到別的東西，這幾日你就露著後背躺幾天，等傷口結痂了再穿上衣服不遲。不過要注意保暖，我看這幾日你就在床上待著吧。」

王大娘氣得牙癢癢，瞪了一眼王老四道：「瞧你這通瞎折騰，這回好了吧，別指望我在這兒伺候你。我都養你二十多年了，才開始享福，又要我服侍你。」

王老四知道王大娘說的都是氣話，只怕是故意說給杜若聽的，連連點頭道：「娘，您外面歇著去吧，我用不著您伺候，您少說幾句我就謝天謝地了。」

王大娘見王老四有些不耐煩了，又瞧著杜若正在為他上藥，她自己也插不上什麼手，便帶著丫鬟們退出了房裡頭。

王大娘前腳才出了房門，就聽見後面王老四扯著嗓子問道：「娘，您不是病得起不來床嗎？怎麼今兒就好了？」

王大娘一想不得了了，這回露餡了，急忙摀著額頭道：「唉唉唉，被你一說我又有些頭疼了，還不是因為你，我的病都給你嚇好了！你好生歇著，我也回房去休息會兒。」

杜若笑著聽他們母子兩人把話說完，又拿著金瘡藥撒在王老四後背的傷口上，一本正經地問王老四道：「老四，你給我一句實話，當真惦記上我三妹子了？」

王老四見杜若就這樣開門見山地問了，頓時覺得臉上發熱，不好意思道：「哪能呢？三姑娘那麼好的姑娘家，我這大老粗哪裡配得上她，我就是、就是……」

王老四就是了半天也沒就是出什麼結果來，杜若笑道：「七巧也那麼好，你不還是一樣惦記上了？有什麼話就直說，何必忸忸怩怩的，男子漢大丈夫，能屈能伸的。」

王老四頓時也鬆了一口氣，想了半天才扭頭問杜若。「杜大夫，你說這事還有戲嗎？我這個人實誠，要是三姑娘願意跟著我，我不說讓她吃香的喝辣的，至少這一輩子，我對她一個人好。我們鄉下人能娶上媳婦已經不容易了，壓根兒沒什麼三妻四妾之說的，這一點你只管放心。」

王老四也沒什麼好口才，有什麼說什麼，但就是這樣，也比很多口腹蜜劍的紈袴子弟好了不少。杜若平常就喜歡踏實上進的人，所以他對姜梓丞就比較喜歡，對齊昀則是打骨子裡瞧不上眼的。

「這不是我放不放心的問題，向來婚姻大事從來不由我們自己作主，尤其還是我們這樣的人家。要娶三妹妹不難，只要把我二叔和老太太都拿下了，其他人也就好辦了。」

王老四擰著眉頭想了半天，開口道：「你二叔是不是就是那個留了山羊鬍子的杜太醫，上回世子爺受傷，他去雲南那邊救人的那個？」

「就是他，怎麼，你認得我二叔？」杜若這時候倒是饒有興致了起來。

「說不上認得，就是當初沾了世子爺的光，也讓杜太醫給我瞧了一回傷，藥特靈，幾下子就好了，就是眉毛上頭的一點疤痕沒給去掉。」王老四憨厚地笑了笑，又低眉道：「杜大夫，那你好歹替我向杜太醫託個話，就說我想……我這……要是三姑娘願意，我立馬就帶著人上門提親也行。」

「你別胡鬧，要是讓老太太知道了，你這輩子都別想了。這樣吧，我悄悄向我二叔提一提，看看他是個什麼想法？」以杜若對杜二老爺的瞭解，他倒是覺得杜芊這門婚事在他那邊不會受到太多的阻撓。杜二老爺和杜大老爺一樣，都是很惜才的人。

如今的王老四，年紀輕輕就能在軍營裡頭建功立業，可見也是不可多得的將帥之才，杜二老爺若是真的認識他，必定會想起他這個人。不過其他的就要靠王老四的運氣了。

王老四見杜若應了，心裡也暗暗高興，又回想了一下，似乎在杜二老爺跟前他也沒做什麼出格的事情，想來這印象不應該太差的。

杜芊用過了午膳，正在床上躺著。

劉七巧來的時候，花姨娘就在杜芊的房裡，見了她，兩人點頭一笑，劉七巧急忙就福身賠罪道：「姨娘這回可要饒了我，要不是我帶她出門，想來三妹妹也不會病了，這可是我的不是了。」

「妳一個有了身子的孕婦沒凍著，反倒她病了，我還要問她呢，平常吃的飯都長到哪兒去了？怎麼就養出這麼弱的一個身子來了。」花姨娘說著，側眸看了一眼杜芊，見她低著頭，神情寥落，便知道這病裡還有些原因。

知女莫若母，自從杜芊跟著劉七巧回來之後，身上不知道添了多少怪異的地方呢，先是晚飯吃不香了，然後整個人又魂不守舍的，結果到了昨晚又說是病了。花姨娘不是笨人，將幾個丫鬟輪流問了一圈，便知道昨天杜芊居然穿著丫鬟的衣服偷跑了出去，這才凍出了病來。

不過今兒見劉七巧故意為杜芊扯謊，她也不好意思揭穿，便隨著劉七巧的話就這麼接了下去。

「姑娘家正是長身體的時候，生一些小病就不怕染什麼大病了，姨娘妳說是不是這個道理？」劉七巧走上去瞧了杜芊一眼，見她一個勁兒給自己使眼色，便覺得有些奇怪。

那邊，花姨娘過來請劉七巧坐，又讓丫鬟們出去沏茶。

房裡就剩下她們三個人，花姨娘便開口道：「我就不和妳說什麼客套話了，她到底是中了什麼邪，瞧那一副魂不守舍的樣子，分明就是有心上人了吧？」

劉七巧聽見花姨娘這麼說，便道：「姨娘，這也不能怪她……」

杜芊見劉七巧和花姨娘兩人聊了起來，伸著脖子要聽，花姨娘看了她一眼，道：「好好躺著，我一會兒再進來瞧妳。」

兩人到了外頭廳裡，花姨娘稍稍支開了窗戶，散一散裡頭的木炭味，兩人各自坐了下來。外頭小丫鬟進來送了茶，又挽著簾子出去了。

只聽劉七巧開口道：「那我就不跟姨娘繞圈子了，我的同鄉有一個叫王老四的，就是上回送了很多東西來的那個人，以前是王府的家將，跟著世子爺打了兩場仗之後，如今已經是正五品的伍德將軍。不說他品貌如何，單單他的為人，三妹妹若是過了門，自然不會受丁點兒委屈。鄉下人實在，娶上了三妹妹這樣的媳婦，那定然是使勁地疼的。只是這件事情我瞧著雖然很好，老太太那一關怕是很難過去。姨娘瞧著三妹妹這架勢，大抵也應該知道，三妹妹對那王老四也是上了心了。」她一邊說，一邊又要站起來賠罪，道：「都怪我，耳根子軟，想著不過就是帶她出去玩一玩，也惹不出什麼事情來，就讓她和王老四見過了。」

花姨娘聽劉七巧說得坦然，也心中有數了。她原本猜測著杜芊估摸著有了心上人，但對於那個人的身分、家世一概不知，如今聽劉七巧這麼說，便點了點頭，又問她道：「他家裡頭有些什麼兄弟姊妹？上面父母可雙全？」

「上頭還有三個哥哥，下面還有一個妹子，也都成家了，就剩下他一個，因為這兩年在外頭，所以耽誤了親事。他爹在他十幾歲的時候病死了，家裡還有一個老娘，不過王大娘說了，她在城裡住不慣，若是三妹妹真的跟王老四成了，她是不會來吵著他們小夫妻的。王老四如今在富康路上有一棟三進的宅子，在京城也算得上是不錯的了。」

花姨娘一邊聽一邊點頭，想了想道：「我聽著倒是不錯的，不過我有一個條件，他們若是應了，那我這一關便算是過去了。」

劉七巧沒料到花姨娘這樣爽氣，連忙問道：「姨娘快說，別說是一個條件，就算是十個條件，我也得想辦法讓他們應啊！」

花姨娘便開口道：「既然男方的母親說不願意住過去，那麼等他們成婚之後，我可要隔三差五地住過去瞧瞧的。」

「姨娘放心，這件事情一定幫妳辦到。二叔那邊，就要看大郎回來怎麼說了。」劉七巧沒想到花姨娘會提出這個要求，這要求對於她來說，其實壓根兒就算不得什麼，劉七巧當即就答應了下來。

花姨娘伸手接了茶盞喝了一口，道：「我自己的閨女，我自己能作主，妳二叔那邊自然不是問題。如今的問題不過就是老太太罷了。」花姨娘依稀還記得她進門的時候，老太太那種驚訝的眼神。那時候花家剛剛平反，家裡頭還有人接替了世職的，誰能想到這種人家的姑娘會投奔了給二老爺做妾？

了。

兩人敲定了事情，劉七巧心頭也定了下來，現在最後的難關，也就是杜老太太這顆頑石了。

劉七巧又進去瞧了一眼杜芊，見她還是一臉菜色，上前勸慰了幾句，悄悄附耳告訴她道：「妳好好養病，等病好了，好事自然就成了。」

杜芊一聽，頓時就精神了不少，才要起來和劉七巧再說幾句話，就瞧見花姨娘端了一碗藥進來。「喲，瞧妳這精氣神，敢情這藥不用喝就能好了？」

杜芊紅著臉不敢說話，劉七巧便接了藥碗遞給杜芊道：「快吃藥，等身子好了，大嫂子再帶妳出去玩去。」

杜芊立時就揚起了笑，捧著藥碗，一口氣就把藥喝個碗底朝天。

花姨娘瞧著杜芊那樣子，忍不住嘆了一口氣。

卻說杜若和劉七巧難得今晚早點休息，可兩人都睡不著，為了杜芊的事情心煩。

劉七巧把今兒午後和花姨娘之間的話說給了杜若聽，杜若也把今天去看王老四的結果講給她聽。兩人一合計，其實王老四和杜芊的心意已經很明顯了。

「花姨娘說了，二叔那邊她可以去疏通，如今就是老太太那邊的意思，若是老太太也同意了，這親事才能辦得成。」劉七巧想起了她和杜若的戀愛，頓時覺得前路迷茫，總不能又去找大長公主，讓她又編一齣宿世姻緣的胡話出來。

「其實我有一件事情倒是從來沒告訴妳。老太太心裡頭，其實是偏疼我二叔多一點的。」杜若抱著劉七巧，開始回想一些以前的事情。「二叔年紀輕的時候，比起我二弟那是有過之而無不及的，出格的事情也做了一籮筐，可老太太總是捨不得苛責他。就比如花姨娘吧，當年我二叔可是撇下了妻小跑去山西接回來的，那陣勢才叫一個聲勢浩大。」杜若抿了抿嘴唇，想了想道：「其實我覺得，若是二叔能站在我們同一陣線，讓他去說服老太太，沒準效果還好一些。」

雖然杜老太太最疼的人是杜若，可是杜芊的婚事沒理由輪到他這個堂哥作主。

劉七巧往杜若的懷裡靠了靠，打了一個呵欠，道：「那明兒你把這事情跟二叔說了吧，不然的話，只怕夜長夢多。」

誰知道劉七巧這句話竟然就一語成讖。第二天下午，杜二老爺難得去鴻運路上的寶善堂查看陳大夫的醫案，沒想到林掌櫃的卻上來恭喜他道：「二老爺，您這可是瞞得我們好苦啊，前一陣子只說兩位姑娘有了人家，沒想到三姑娘更是了不得，如今要嫁給將軍了，真是恭喜恭喜啊！」

杜二老爺被林掌櫃的恭喜得丈二和尚摸不著頭腦，莫名其妙道：「我三姑娘什麼時候要嫁人了？若是要嫁人了，自然會請林掌櫃你的，你這又是從哪邊聽來的閒言碎語？」

林掌櫃聽杜二老爺的話，嚇出了一身冷汗，急忙壓低了聲音道：「怎麼？沒有這回事嗎？我是聽陳大夫說的。」

原來方巧兒因為被趕出了王老四家，心裡頭就憋著一股氣，她向來是一個心比天高的性子，吃了這樣的虧實在委屈得很，便假裝病了，讓啞婆婆請了寶善堂的大夫過去，當著陳大夫的面，說那王老四因為要娶寶善堂的三姑娘，不要了她這個糟糠之妻！

陳大夫又是一個老實人，前面的記住了，後面關於東家不好的事就主動給忘了。他得了這麼一個大八卦，心裡頭憋著又難受，就講給了林掌櫃的聽，可他自然不敢說未來東家姑爺的壞話，那些不好的話又主動給刪了，以至於林掌櫃得到的消息就是：三姑娘許了人家了，對方是一個將軍！這可是天大的好事，他忙不迭地就向東家道喜來了。

杜二老爺聽完林掌櫃的話，莫名其妙道：「怎麼我有了女婿，我自己都不知道嗎？」杜二老爺雖然是儒雅之人，但是也不喜這種流言蜚語，當下進了裡面去找陳大夫，把這件事情給問了個清楚。

陳大夫見東家來問，自然不能再亂說，把昨天方巧兒說的那些話原原本本地說給了杜二老爺聽。

杜二老爺聽完，開口問他。「你說那姑娘有個女娃兒？那女娃兒多大？」

陳大夫想了想道：「不過個把月大，看著才出生的樣子。」

杜二老爺哈哈大笑道：「如今真是什麼人都有，這姑娘懷這孩子的時候，王老四還在雲南打仗呢，她倒是從哪裡懷上王老四的孩子？」

杜二老爺想通了這個道理，對王老四的人品自然也是放心的，可自家養的閨女從小就在閨閣裡頭長大，怎麼會被人傳出這樣的流言呢？杜二老爺看了一眼一臉懵懂無知的陳大夫，開口道：「老陳，我家閨女嫁人，少不得請你去吃酒，只是這件事情你可不能再亂說了，我家三姑娘還沒開始議親呢。」

陳大夫一聽，嚇得急忙從凳子上站了起來。「怎麼？竟是人家瞎說的不成？我可聽那姑娘說得真，又瞧她一個弱女子，孤身一人在外面，哭得那樣淒慘，就以為是真的了。」

杜二老爺沈著臉離開了，陳大夫這才意識到事態的嚴重性。東家的事情大家背地裡有時候議論也是正常的，遇上像林掌櫃這樣憋不住的，就上去問問，也體現出自己對東家的關心而已。

之前兩位姑娘的婚事也就是這樣傳開，後來讓人問了問，才知都已經定下來了，那麼這次三姑娘的婚事，照理也不會有錯不是？

# 第一百四十四章

杜二老爺得了消息，氣得連醫案都沒檢查，上了馬車也沒回朱雀大街，而是直接讓齊旺往家裡去。

杜芊前兒病了，今天還沒什麼精神，早上時穿了衣服起來，這會兒坐在房裡頭，抱著手爐靠在躺椅上。花姨娘坐在她的對面，正低頭做著針線。

杜二老爺從外頭回來便逕自往漪蘭院去了，小丫鬟見了連忙要進去稟報，被杜二老爺那張黑臉嚇得都不敢上前了，呆呆地站在院子裡頭，瞅著杜二老爺自己挽了簾子進去。

才進去，就聽見嘩啦啦一陣瓷器碎裂的聲音，小丫鬟嚇了一跳，原本想沏茶進去的都不敢進去了。

杜二老爺進門的時候瞧見娘倆坐在裡間，他因為正生氣，幾步就走進去，一拍桌子，廣袖的衣服掃落了幾只零碎放著的茶盞。

花姨娘也是頭一次見杜二老爺這樣生氣，嚇得針尖都戳到了手指，只覺得指尖微微一疼，繡品上就染了一朵小紅花。

「老爺這是怎麼了？怎麼生那麼大的氣？」花姨娘也在斟酌如何跟杜二老爺說杜芊的事情，內心正是憂心忡忡，見杜二老爺氣成了這樣，心裡嘀咕到底是什麼事情讓老爺氣成這樣了？

「妳說說，妳是怎麼跟那個王老四扯到一起的？如今寶善堂裡頭的夥計都說妳跟那王老四已經定了親？妳跟誰定的什麼親？怎麼我這個當爹的反倒不知道？」杜二老爺這一路上越想越覺得奇怪，這流言也來得奇怪，只是既然能扯上杜芊，想必這兩人定然是認識的。

在杜芊的心裡自己的爹一直是儒雅謙和的，從來沒發過這麼大的火氣，一下子就被嚇傻了，只趴在軟榻上嚶嚶哭了起來。

「老爺你這是聽誰胡說的，八字沒一撇的事情，怎麼就傳出去了呢？」花姨娘也不知道杜二老爺誤聽到了什麼，可若是聽見了什麼不好的，那杜芊這門婚事可就真的沒了。她心裡是有自己的盤算的，這輩子跟了杜二老爺，好名聲是沒了，但也算過得舒坦，以後她若是真的能跟著杜芊一起住，那才是真的舒坦日子了。

杜二老爺發了一通火，這會兒也稍稍定了下來，聽了花姨娘的話，便知道裡面有些內容，開口問道：「怎麼？還真有這麼一回事不成？」

「老爺你發這麼大的火，便是真有這回事我也不敢說了。這原本是一件好事，如今被你說得像一件壞事，你讓我如何開口？」花姨娘有些忐忑地走上前，伸手解了杜二老爺身上的斗篷，在他肩頭按了幾下，道：「前幾日老太太們不是談論起了芊丫頭的婚事嗎？七巧就偷偷向我透露了一下，她有一個同鄉，叫王老四的，雖然家裡的根基差了一點，可是人家如今也是一個正五品的伍德將軍了，如今正想找個媳婦，問我要不要為芊丫頭留意？」

杜二老爺耐著心聽花姨娘說完，一扭頭見杜芊還趴在躺椅上，臉頰還沾著幾滴淚水，原本俏麗的小臉也因為這兩日生病變得比平常清瘦了些許，杜二老爺頓時就有些心疼了，站起來道：「這事情當著孩子的面有什麼好說的，去我書房裡頭說。」

花姨娘點了點頭，又拿著斗篷給杜二老爺披上，兩人一前一後出門，花姨娘轉頭看了一眼躺椅上的杜芊，微微點了點頭。

外頭天色還早，花姨娘上前兩步跟上了杜二老爺的腳步，開口道：「老爺今兒回來得倒是挺早的，該不會就是為了這個事情吧？」

杜二老爺悶悶地沒有出聲，抬頭看了一眼天色，並沒有回答花姨娘的問題。

杜二老爺的書房在外院杜大老爺書房的隔壁，平常他也不大來，幾間書房總共就只有兩、三個小丫鬟整理，今兒見杜二老爺過來，便忙不迭地沏茶來。

兩人各自落了坐，杜二老爺才開口道：「那個王老四我也是有所耳聞的，先前我去雲南給恭王世子治傷的時候就認識了這個人。他是條漢子，聽說世子爺中箭，就是他揹著世子爺跑了十幾里的山路，繞過了敵人的包圍，這才撿回了世子爺一條命。」

花姨娘聽杜二老爺這麼說，嘴角微微浮起一絲笑意。「聽你這麼說，那這王老四也算是一條漢子了。」花姨娘略略讚了王老四一句，又接著問道：「只是，這八字沒有一撇的事情，外頭的人是怎麼知道的？」

杜二老爺說起這個來就覺得氣憤，便開口道：「昨兒陳大夫出診治了一個病人，據那病人說她是王老四的糟糠之妻，因為王老四另外攀了高枝，所以趕了她和女兒出門來了。」

花姨娘聞言，立時就嚇得嘴巴都合不攏了。這些事情劉七巧可沒告訴過她，不然她如何會答應？

「爹，不是這樣的！王老四根本就沒成過親，怎麼可能有孩子呢？那女的我們還認識呢，就是當初進我們家給大哥哥沖喜的丫鬟，叫方巧兒，她後來回了牛家莊嫁給了一個老地主，這孩子就是那個地主的。她聽說王老四當了將軍，就想方設法地賴上他了，大嫂子見她可憐，才讓她住在以前他們家的房子裡，怎麼一眨眼她就成了王老四的糟糠妻了呢？」

原來杜芊見花姨娘和杜二老爺臉色不善地離去，深怕有什麼事情發生，就偷偷披上了披風跟了過來，外頭丫鬟去茶房沏茶，這門口也沒個守門的人，她就聽見杜二老爺的話了。

杜芊說完這一段話，低下頭跪在杜二老爺的面前，一副小雞啄米的模樣。

「妳怎麼出來了？這裡沒妳的事。」杜二老爺其實一早就知道那方巧兒說的是假話，可對於杜芊的插嘴，他還是帶著幾分怒氣。

杜芊挺了挺脊背，開口道：「爹和姨娘談論女兒的終身大事，怎麼就不關女兒的事呢？」

杜二老爺氣得吹鬍子瞪眼的，扭頭看著花姨娘道：「妳教出的好閨女，沒大沒小、沒規沒矩的。」

花姨娘臉上倒是沒什麼怒意，反倒淡淡笑了起來。「古人常說，沒有規矩不成方圓，可老爺，若是我們兩個也按規矩辦事，如何又能有了她？她本來就是因為我們壞了規矩才有的，如今我們卻還要苛責她沒有規矩，豈不是不講道理？」

杜二老爺平時也有幾分口才，可每每面對花姨娘，他也總覺得自己口拙。

「妳既然生下了她，自然是要把她教好，若是這般沒規矩，以後嫁了婆家也是會吃虧的。」杜二老爺只能好言相勸道。

「這些我都知道，也正因為如此，我才覺得王老四未必就不是芊兒的良配。」花姨娘嘆了一口氣，慢悠悠地繼續道：「在我的心裡，芊兒這樣大的年紀就要嫁人、侍奉公婆、服侍相公，這已經是不簡單的事情了。這麼大的姑娘，也不過就是一個孩子而已。妳瞧瞧二郎媳婦，今年二十，已經是兩個孩子的娘，還管著這麼一大家的人，還要張羅著給自己的相公納妾，難道只有這樣的人才符合這時代的標準嗎？」

杜二老爺聞言，也只長長嘆了一口氣，又看了一眼杜芊道：「小花，難道像妳這樣教孩子，孩子就開心、就快樂了？」

花姨娘沈默了片刻，開口道：「每個人對於快樂的感覺不一樣，我只希望芊兒能擁有簡單的快樂。也許是我奢求了，可是，我覺得作為一個女子最快樂的事情，自然是得到一個疼她、愛她、憐她的如意郎君。」

「我明白了。」杜二老爺又嘆了一口氣，開口道：「芊兒，妳真的想嫁給王老四嗎？妳知道他是什麼樣的人嗎？」

杜芊低下頭不敢說話，過了良久才重重點了點頭，開口道：「我知道，他應該是一個很好的男人。」

杜二老爺搖了搖頭，在椅子上坐了下來，瞧了一眼杜芊，道：「妳呀，跟妳姨娘一個性子，不撞南牆不回頭啊！」

花姨娘見杜二老爺的神色淡了下來，也知道他這會兒心中的怒意已經消了，只笑道：「當年的杜二爺風流不羈，長樂巷裡誰人不知？若說她的性格像我，不如說像你還差不多。當年是誰見了我第一眼就不肯走的？」

杜二老爺想起年少時的事情，也有一種恍然如夢的感覺，如花美眷也敵不過似水流年，愛情終於慢慢變質，成了濃得化不開的親情了。

「老太太那邊，又不知道要被氣成什麼樣子了，真是不消停。我還記得大郎和七巧定親那會兒，弄出了那麼多的事情，最後還是大長公主出面給定了下來。」說杜二老爺沒有門第觀念，自然是不可能的，只是門第觀念敵不過他這顆愛才之心罷了。王老四他是在雲南親見過的，確實是一個不錯的小夥子，杜芊真要是配給了他，他也是捨得的。

「老太太那邊，還要請老爺去說才好，大姑娘和二姑娘的婚事都已經定下了，如今也就只剩下芊丫頭一個了。我瞧著前一陣她們還在議論，說要給芊丫頭議親，這要是老太太那邊定了別人，我們就不好開口了。」花姨娘想了想，才開口道。

杜二老爺看了一眼還跪在地上的杜芊，依舊只是搖頭。「妳起來吧。妳心裡是怎麼想的，千萬不能讓老太太知道，老太太最不喜歡的就是心思活絡的姑娘家。這件事情還需從長計議，妳要是透露了妳的心思出來，只怕還要誤了事情。」

杜二老爺畢竟還是更了解杜老太太一些，在古人看來，姑娘家先動了心思那就是不貞靜，這要是讓人知道了，可不是什麼好事情。杜老太太門第觀念很深，素來喜歡杜芊也是因為她容貌俏麗、說話討喜，但要是讓她知道杜芊有這麼一顆不安分的心，只怕以後也喜歡不起來了。

杜芊連忙神色恭順地點了點頭。

劉七巧雖然在百草院足不出戶，卻也聽說了杜二老爺怒氣沖沖地回府的事情。只是她素來不精通宅鬥，也沒什麼眼線，自然不知道杜二老爺和花姨娘那一番懇談到底談了些什麼，只知道杜芊最後是被小丫鬟扶著出來的，走路還一瘸一拐的。

劉七巧原本預備著去漪蘭院看一看杜芊，可眼見天色已經不早了，便就沒過去，只讓綠柳去門口等杜若，只要瞧見杜若回來，就先把他喊回百草院再說。

果不多時，杜若聽說劉七巧找他，便匆匆忙忙先往百草院來了。

兩人遣走了丫鬟，在廳裡商量道：「今兒也不知道出了什麼事情，二叔氣呼呼就回來了，還把花姨娘和杜芊叫進了書房，也不知道說了些什麼，我心裡頭七上八下的。」

杜若擰眉道：「我也不清楚，今天是二叔去各個分號收醫案的日子，不過聽說他今兒去了鴻運路之後就沒回朱雀大街，難道是聽了什麼風言風語？」

「什麼風言風語能讓二叔聽到？」劉七巧這會兒也想不明白了，雖說她這幾日是去過王老四家不錯，可是杜二老爺從來不過問家裡的事情，怎麼可能知道杜芊的行蹤呢？可瞧著杜二老爺的架勢，又不像沒聽到什麼的……

「一會兒用過了晚膳，你拉著二叔問問吧！別出了什麼事情，我這邊不知道，明兒我再去瞧瞧三妹妹，也好好問一問。」

兩人商量妥當，劉七巧才放了杜若去福壽堂用晚膳。

杜若去福壽堂的時候，其他人都已經到齊了。杜蘅笑著打趣道：「大哥哥是越發不得了了，一回府上就先去瞧大嫂子。這都成婚好幾個月了，怎麼還這麼柔情密意的，教別人看著羨慕。」

杜老太太便笑道：「你又渾說，明兒是你的納妾之喜，你記得明日早點回來，就不要到我這邊用晚膳了，好歹陪茯苓一起用了，也算是給她的體面。」

原來杜若房裡的茯苓，原本是在外頭許了人家的，可誰知道那人沒等到茯苓被放出去就先病死了。趙氏瞧著茯苓能幹又體貼，且她如今管家也忙碌，怕怠慢了杜蘅，反倒自己問劉七巧把茯苓求了去，給杜蘅當了偏房。

劉七巧問過茯苓之後，確認她也願意，才把這件事情答應了下來。

「孫兒謹遵老太太的教誨。」杜蘅笑嘻嘻地應了，瞧見自己父親一臉鐵青地坐在那邊。

今天他去了鴻運路之後就沒回朱雀大街，大家都還覺得奇怪呢，方才他回來時問了一聲看門的小廝，那小廝也說不清什麼，只說二老爺回來的時候臉色不大好。可杜蘅瞧著，分明這會兒臉色也不大好。

杜老太太房裡的耳報神可不少，她雖然不管事，但是杜家的風吹草動，多多少少也會跑到她的耳中。

「聽說老二今天一早就回來了，到底是為了什麼事情？」

杜二老爺聽見杜老太太問他，倒是嚇了一跳，便道：「也沒什麼事情，就是臨時有點事情便回來了。」

# 第一百四十五章

杜老太太心裡就嘀咕了，這準是有什麼事情，可還瞞得挺結實的呀？

「我年紀大了，原也作不得什麼主，但你們有什麼事情也都開始不告訴我，嫌我老糊塗了不成？」杜老太太只略略不高興地說了幾句，便低頭吃飯，不說話了。

杜二老爺心裡卻是擔心另外一樁事情。若是被杜老太太知道了關於杜芊的那些流言蜚語，她氣壞了事小，要是一氣之下命他趕緊找了一戶人家把杜芊給嫁了，可不更糟糕了？所以現在也只能就先瞞騙著了。

「老太太這麼說可就冤枉兒子了。原就是有樣東西落在了家裡，所以回來找一找，並沒有什麼大事，後來看看天色也不早了，就沒回店裡去，在書房裡頭看了一會兒書而已。」杜二老爺不怎麼會說謊，說起來還覺得有幾分心虛。倒是杜大老爺幫他解圍道：「那書找到了嗎？明天拿到店裡去，再配幾味藥出來，年底了，到二十五的時候就要關門了，這幾日得把各家人預定的藥丸配出來才好。」

杜二老爺連忙道：「找到了、找到了！」

用過晚膳，杜若便藉醫術上頭有不懂的地方，想向二老爺請教，跟著二老爺去了書房裡頭。才進書房裡頭，杜二老爺就甩了袍子坐了下來，抬起頭瞧了一眼杜若道：「三丫頭的事情，如今幾個人知道？」

杜若聽杜二老爺問起，急忙道：「二叔別生氣，這件事情原是我要替七巧給你賠罪的，實在是七巧太大意了，未料到這樣的結果。」

杜二老爺氣呼呼道：「你知道外頭是怎麼傳的嗎？那個叫什麼巧兒的，說自己是王老四的糟糠妻，說王老四為了攀上我們杜家就一腳把她給踹了，幸虧我先前去過雲南，知道那會兒王老四正在雲南打仗呢，不然的話還真讓她給騙過去了！」

杜若聽了這話，也氣得脹紅了臉道：「二叔這是什麼時候聽說的？」

「就今兒下午，在鴻運街上聽說的。這話是那個什麼巧兒親口跟陳大夫說的，老陳你還不知道嗎？醫術是不錯，可那一張嘴真的是關不緊的。不過幸好他只跟林掌櫃說了三姑娘定親的事情，其他的都沒說，就是不知道那個什麼巧兒的到底跟多少人說了這些！這要是傳到了外人耳中，我們杜家的名聲也毀了！外頭人知道個什麼？只知道我們杜家人欺善凌弱！」

杜二老爺越說越生氣，拍了一把桌子道：「王老四怎麼就沾了這種不省事的人！」

杜若也是著急得很，這事情要是讓劉七巧知道了，還不要去扒了方巧兒的皮了？大家都顧念著舊情，想給她留一條生路，沒想到她竟然做出這種事情來。

方巧兒的如意算盤可沒打錯，若是計劃得逞，先別說杜家做不出這種欺善凌弱的事情，就是王老四知道了，也絕對會為了杜三姑娘的閨譽，乖乖去求娶方巧兒，因為只有這一切的事情都是假的，謠言才會不攻自破。而杜家，更不可能把杜芊嫁給王老四。

「二叔，這件事情可不能讓七巧知道了。她脾氣向來火爆，那天還是她帶著人把方巧兒從王老四家弄出去的，這要是讓她知道了，豈不是會氣出病來？何況她現在還懷著身孕呢！」杜若站起來道：「方巧兒在我房裡待過幾個月，明日我去問問她到底想怎麼樣，再不濟，給她一筆錢，打發她遠遠地走了，也就罷了。」

杜二老爺白天早就被這事情氣過了，這會兒倒是不怎麼生氣了，開口道：「你三妹妹的心思你大概也知道了，她素來算是乖巧的，但在這件事上，也確實有些衝動，一切還需要從長計議。」

杜若嘆了一口氣，微微點了點頭，正尋思著一會兒回去了怎麼向劉七巧交代。

幸好劉七巧有了身孕之後就有些嗜睡，他要是回去晚一些，只怕她也就睡著了。於是兩個男人乾脆真的在書房裡頭看起了醫書來，直到亥時，連翹才打著燈籠來接人，開口道：「大少奶奶讓我過來瞧瞧大少爺好了沒有，她睏勁上來了，說是先睡了。」

杜若聽說劉七巧睡了，這才放下書，跟著連翹一起回了百草院。

第二天一早，杜若更是起了一個早，早早就去了福壽堂裡頭，劉七巧想跟他說幾句話都沒找到空閒。

偏生今兒是十二月十八，正巧是劉七巧要給包公子提親的日子，她去杜大太太那兒用了早膳，便也安排了馬車，要去廣濟路上的朱家。

提親不需要帶聘禮，不過按照習俗是要帶著大雁去的，雖然劉七巧不明白帶著大雁有什麼意思，但入鄉隨俗的道理她還是懂的。

自從那日劉七巧去朱府坐過，和朱夫人敲定了朱姑娘和包探花的事情之後，朱墨琴心裡頭就七上八下的。雖然兩人共住一個院子，但是各自守著各自的地方，倒也恪守規矩，幾日沒見著了。

朱墨琴正在房裡做針線，聽說劉七巧來了，便知道她是為了什麼來，只覺得臉上熱辣辣的，倒是不好意思起來了。

朱夫人早已經遣了丫鬟去請劉七巧進來，朱墨琴就放下了針線，也跟著來到廳裡，見了劉七巧便道：「前天才下了雪，外頭挺冷的，大少奶奶怎麼就來了。」

劉七巧原本想跟她玩笑一番，可瞧見她那張紅透的臉頰，還是算了，反正都已經成事了，乾脆放過她吧。

「我翻遍了整個黃曆，年前也就只有這幾個黃道吉日了，妳說我要是今天不來，可不是要等年後才能來了？」

朱墨琴的臉頰又紅了幾分，連忙扶著劉七巧坐了下來。「就是覺得麻煩了大少奶奶，挺過意不去的。」

「這有什麼好麻煩的？妳沒聽說過，這是積陰德呢！如今我懷著孩子，更是要多積陰德，再說了，這東西放在我這邊，我也睡不著覺啊，生怕有一天要是弄丟了，可就對不住包探花了。」劉七巧說著，讓紫蘇將那匣子送了過去，朱夫人命小丫鬟接了，送到跟前，打開來看了一眼。

是一塊上好的龍鳳玉珮，玉色均勻，鳳尾是難得的翠綠色，龍頭卻是紅翡，看著成色，也知道是有些年分的貴重東西。

「這是包公子讓我送來的定情信物，我也是第一次當媒人，不懂什麼，反正把東西送到了、話帶到了，應該也算齊全了。」劉七巧抬頭瞧了一眼朱墨琴，見她正凝神盯著那玉珮愣地道：「這是包公子平日常戴在身上的東西，聽說是包家的傳家之寶。」

「是嗎？我倒不知道原來這東西這麼貴重。」劉七巧笑了笑，開口道：「這下好了，連傳家之寶都送給妳了，可見他是真心實意的。」

朱墨琴又有些羞澀，急忙換了話題。「我上回說要給妳一種孕婦專用的香來著，上次做的我覺得不大好，所以又改良了一個方子，聞著倒是好得很，要不要進我的房裡試試？」

劉七巧見朱墨琴故意繞開了話題，也不再提這些事情了。

卻說杜若昨晚算是避過了劉七巧，可一想今日回去，劉七巧必定還是要問起他，便覺得有些不妥。下午，他提早從太醫院下值回來，去寶善堂支了一百兩銀子。他很少拿寶善堂的銀子，少不得過幾日還要還回來，就和杜蘅說了一聲，讓他請帳房的人打個招呼。

杜蘅很少見到杜若這表情，而且他不去家裡頭拿錢，卻在帳房拿錢，這一下子讓杜蘅覺得裡面似乎有什麼不可告人的秘密。不過杜若向來潔身自愛得很，不會跟曾經的他一樣，有要用錢打發人的時候吧？

「大哥，快說說，到底什麼情況？這銀子是給哪個女人的？」

杜若被他嚇了一跳，急忙摀著他的嘴道：「小聲點，你怎麼知道這銀子是給女人的？」

杜蘅見杜若這小心翼翼的模樣，越發覺得自己猜對了，哈哈大笑道：「怎麼？難不成還真的被我猜對了？大哥，封口費打算給多少？」

杜若一聽杜蘅這話不對啊，什麼叫封口費？他恍然大悟了起來，一把鬆開他道：「你別胡思亂想，我可沒你那麼有精神，不過確實出了一點事情。」杜若想了想，杜蘅沒準在這種事情方面比較有經驗，索性也不瞞他，把這些天發生的事情給說了一遍。

杜蘅聽完，回過神道：「居然有這樣的女人？」他仔細回想了一下，也沒想起那方巧兒長什麼模樣。方巧兒在杜家那幾個月，他正好因為沐姨娘的事情在外頭避難，都沒怎麼回家裡。

「大哥，你放心，這事交給我來搞定。」杜蘅饒有興趣地摸了摸下巴，心道：還沒有我杜二爺搞不定的姑娘家。

杜若見杜蘅胸有成竹的模樣，心裡還是覺得有點不安，開口道：「這樣吧，我跟你一起過去，把這一百兩銀子給她，然後把她送回牛家莊去，讓她以後別來京城就得了。」

「腳長在她身上，她要是想來，誰也攔不住啊！唯一的辦法就是讓她這輩子都不敢來。」杜蘅挑眉一笑，拉著杜若一起上了馬車。

說起來從朱雀大街到順寧路的這段路，杜若還是很熟悉的，當年和劉七巧偷偷摸摸的時候沒少往她家裡去。回憶起那個兩進的小院子，他心裡頭還是甜蜜滿滿，可一想到今天要去做的事情，又真是舒展不開眉毛。

劉家的小院外頭還有著一小堆積雪，看樣子就是沒多少人出入。春生上前敲了門，只聽見裡頭的腳步聲近了。

大門吱一聲開了，杜若便瞧見是原先一直在劉家幫傭的啞婆婆。啞婆婆認識杜若，見了他來便啊了幾聲，退到後面，讓了路請他們進去。

才繞過了影壁，就聽見裡頭有人在說話，那聲音又高又尖，從簾子後頭穿了出來。

「我白給妳生了一副好皮囊了，竟連這麼一點小事也沒做成！妳連王老四都降伏不了，還有哪個男人要妳？妳還就巴巴地從王老四家裡出來了？我要是妳，就是一頭碰死了也絕不出來，反正妳賴死了妳是他的媳婦，外頭人誰能知道這是假的，更何況妳孩子都有了，這能假嗎？」

「娘，我不是沒按您的辦法做，可……可她們人多，我一個人又帶著孩子，我能怎麼辦呢？如今我也放了這話出去了，要是老四知道了，定然會回來娶我的。他自己不要臉，總不能讓杜家那姑娘也沒臉吧！」

杜蘅和杜若兩人聽到這會兒，臉上神情各自不同，杜若是氣得恨不得就要進去理論；倒是杜蘅，瞧著很淡定的模樣，往前走了幾步，撩開了簾子道：「好巧兒，我可算是找到妳了！」

方巧兒一張淚痕遍布的臉上頓時出現莫名其妙的表情，可當她看見杜若的時候，身子還是下意識地動了動。

杜若可以說是讓方巧兒動心的第一個男人，只是在方巧兒看來，她和杜若的緣分被劉七巧給破壞了。

「大少爺、二……二少爺。」雖然和杜蘅不怎麼熟，可方巧兒也不至於認不出杜蘅來。

杜若仍舊沈著一張臉，見了方巧兒母女，心裡便生出一種厭惡。直覺告訴他，跟這樣的人講道理，那是講不通的。

杜蘅臉上卻帶著一絲絲輕薄的笑意。他從小就有幾分油滑，又加上這幾年走南闖北的歷練，整個人的氣質可以用兩個成語來形容：風度翩翩、風流不羈。

杜蘅見方巧兒哭得梨花帶雨的模樣，還倒真有幾分病西施的樣子，笑著道：「妳是什麼時候離開我們杜家的，真是讓我好找啊。」

方巧兒一下子被杜蘅熱絡的表現嚇得不行，又瞧見他那雙眼珠子一直盯著自己不放，只結結巴巴開口道：「二、二少爺……你和大少爺是做什麼來的？」

杜蘅瞧了一眼在一旁很不配合的杜若，開口道：「來接妳進府啊，我大哥不喜歡妳，但我喜歡妳，他們放妳出來，我是不知道的，我若是知道，怎麼可能放妳出來呢？」

杜蘅一邊說，一邊上前扶起跪在地上的方巧兒，又假裝不認識坐在一旁的方巧兒她娘，直指著她問道：「這是誰？妳也沒同我說過。」

方巧兒這會兒才有些反應過來，開口道：「這是我娘。娘，這是杜家二少爺。」

周嬸子是見過杜若的，所以杜若一進來的時候她還嚇了一跳，弄不清楚這兩個年輕公子進來是做什麼的。如今聽杜蘅說完了這一席話，她頓時明白了，心裡簡直欣喜若狂。我就知道我閨女長得好看，怎麼可能命這麼薄呢？算命的人都說了，我閨女是要進府上當夫人的，怎麼可能就沒人要了呢？

周嬸子臉上的笑容立刻就變樣了，從椅子上站起來，瞧著杜蘅道：「閨女，這……這是哪位少爺啊？」

方巧兒臉上立刻露出了羞怯，小聲道：「這是寶善堂的二少爺。」

杜若就跟呆子一樣，看著杜蘅在那邊演大戲，直到這個時候他才算看出了一些門道。「你要見的人，我也已經帶你來見了，如今可別再怨我當時放她出去的時候沒告訴你一聲。你要是一早說，她這會兒早已經是你的妾室了，如今她這個樣子，只怕進不了我們杜家的家門。」

誰知杜蘅竟然笑著道：「大哥說這話就不好聽了，我難道沒養過外室嗎？至於那孩子，不過就是多一雙筷子的事情，我是不會放在心上的。」

周嬸子聽了，眼睛都要亮了。王老四什麼人？在她們眼裡不過就是一個暴發戶而已，如今杜蘅喜歡上了方巧兒，那可是不得了的事情。杜家有多有錢，牛家莊裡人人都知道。

「二少爺，我……」方巧兒顯然也被這天大的餡餅給砸暈了，一時間就有些愣怔了。

杜蘅伸手摸了摸她的臉頰，笑著道：「怎麼，跟著我還委屈妳了？」他說著，朝著杜若眨了眨眼道：「大哥，讓你準備的銀子，拿出來吧！」

杜若納悶了一下，不過還是讓門外的春生送了銀子過來。

# 第一百四十六章

杜蘅把一包銀子遞給了周嬸子，道：「大娘，這一百兩銀妳拿著，就當是我孝順妳的。巧兒和孩子以後就包在我身上，我就算給不了她名分，把她們兩個照顧好，那也是我分內的事情，妳不用擔心。我在杜家外頭還有宅子，一會兒就派人把巧兒搬過去住，妳也跟她一起住幾天，過幾天我再差人把妳送回去。」

杜蘅說著，又朝方巧兒笑了笑，轉身對杜若道：「大哥，我們走吧，我還要去那邊宅子看一看，一會兒接巧兒過去。」

杜若看著杜蘅這一番完美的表演，完全沒有招架能力，跟著杜蘅一起到外頭來。只是上了馬車，杜蘅才憋不住哈哈大笑了起來，拍著大腿道：「她們還真當這世上能掉餡餅不成？簡直……大哥，你怎麼就沾上了這樣的人，模樣倒是不錯，只是這腦子未免也太……」他沒接著往下說，而是讓馬車直接往長樂巷那邊去了。

到了長樂巷裡，杜蘅在一間妓院門口停了下來，進去了一炷香之後，帶著兩個小廝模樣的人和一個中年媳婦出來。只見他拿了幾兩銀子丟給他們，便瞧見那兩個小廝一前一後駕起了馬車，往順寧路方向去了。

直到杜蘅回了車上，杜若才問他道：「你方才找那兩個人做什麼去的？」

杜蘅只得意地笑了笑，靠在車廂上慢悠悠道：「這是專門販賣妓女到外地的人牙子，我讓他們告訴方巧兒我替她搬家，然後直接把她送到大沽口，丟在往南方去的船上，她這一輩子都別想再出來作怪了。」

杜若原本不是這麼狠心的人，可是方巧兒如今做出這些事情，連他都看不下去了，聽見杜蘅這麼說，也只是略略搖了搖頭，開口道：「那孩子怎麼辦？」

「那孩子就丟給她老娘好了。我這不是給了她們一百兩銀子嗎？一百兩銀子夠買好幾個丫鬟了，她們家還賺了呢！」杜蘅伸了一個懶腰，往簾子外頭喊道：「春生，直接回家，爺今兒要納妾，得早點回去。」

杜若見杜蘅這副放蕩不羈的模樣，無奈地搖了搖頭。

杜若回了杜家時，劉七巧正好也回來了。原來今兒她去做媒人，朱夫人非要留了她下來用飯，又請了包太太一起過來。包太太是個土生土長的安徽人，她們幾個人在一塊兒說家鄉話，劉七巧反倒聽不懂，幸好有朱姑娘幫忙翻譯一下。

因為朱姑娘有孝在身，婚期自然是要訂在三年之後，兩家人便商定了，希望包公子能夠在京城裡謀個一官半職的，若是能考上庶起士，那就可以在京城安頓下來，等兩人完婚，到時候一家幾口人去哪兒都成了。

杜若想了想，終究還是把今天的事情告訴了劉七巧。劉七巧一聽，先是氣得恨不得就要立刻到順寧路上揭了方巧兒的皮，後來又聽說了杜蘅把方巧兒給賣了，簡直就要佩服起杜蘅來了，恨不得立時就給杜蘅封一個大紅包送過去。她笑著對杜若道：「不是我說你，在這一點上，你還真的不如你二弟。」

晚上睡覺的時候，劉七巧躺在了被窩裡，想起了往事。那會兒方巧兒頭一次進城，還是她陪她睡了一宿，兩個人聊了一宿的知心話……明明才過去兩年不到，居然就發生了這麼多的事情。

杜若從外面回來，冬天的夜晚特別冷，他才進房間，就覺得蠟燭點得比往日更暗一些。

劉七巧並沒有把方巧兒的事情告訴紫蘇，怕彼此又傷心，一個人靠在床上擦眼淚。

杜若見她這個樣子，也知道她大概是想起了方巧兒，連忙開口道：「妳若是覺得不放心，我再託人把她找回來就是，反正這麼大的人，上了船也不會丟，到時候讓人在碼頭等著，等船靠岸了，再把方巧兒找回來。」

「不……不用了。」劉七巧擦了擦眼淚，強打起精神道：「她那樣有心思的一個人，如今少了她娘的約制，只會過得更好而已。孩子不在她身邊，她也算沒有什麼負累了。」

杜若見劉七巧悶悶的，也知道她內心矛盾，就跟他今天明明知道杜蘅想做的事情，心裡雖然百般不願意，可就是開不了口制止。

杜若想了想又開口道：「妳若實在傷心，過幾天我派人把那孩子抱回來，給她找個好人家收養了吧。我瞧著那個什麼周嬸子也是不靠譜的，孩子跟著她，只怕最後也就是找個人賣了，這樣以後還找不到，豈不是更可憐？」

劉七巧聽杜若這麼說，連連點頭道：「孩子是無辜的，你明兒就找人把孩子帶回來，她要是不肯，就再給她一些銀子。反正她生兒生女，也都是用來賣的。」

兩人商量妥當，劉七巧也乏了，杜若抱著她，靜靜看她睡去，伸手摸了摸劉七巧的小腹。三個月的身孕，小腹已經微微隆起，大抵也是因為如此，所以七巧的心也比以前更柔軟了些。

杜若合上眸子，在劉七巧的額頭上輕輕吻了下去。

一晃又過去了三、五日，年底最後幾天，杜家也越發忙了起來。杜芊的事情大家都悶在肚子裡，這大年底的要是鬧出來，誰都過不好年。

劉七巧去探望了杜芊幾次，讓她要沈住氣，好姻緣不是靠急就能急得來的，便把當初自己和杜若的事情當作教材講給杜芊聽。

杜芊經過這一場病，整個人越發成熟了，臉上原本跳脫的表情似乎也多了幾分少女的嫻靜。

「大嫂，我真的很佩服妳，妳知道嗎？我姨娘說，妳把不可能的事情變成了可能。」

「沒妳姨娘說的那樣誇張，不過就是我運氣比別人好而已。」回想起這一路，其實劉七巧也是抱著無知者無畏的態度而來的。

杜芊靜靜聽她說著，嘴角淺淺地勾了起來。「他的傷好些了沒有？我都有好長時間沒見著他了，我的披風，大哥哥有幫我帶給他了嗎？」

杜芊臉上有著少女思春時候特有的神情，帶著幾分甜美的笑容，讓人看了也覺得陶醉。

劉七巧捏了捏她的鼻子道：「妳放心好了，妳大哥哥昨兒才去給他換了藥，他就跟頭牛一樣結實，後背那一些傷對他來說算不得什麼，瞧妳那心疼的樣子，我都看不下去了。」

不過劉七巧今天還真有些心不在焉。方巧兒被賣到了南方去，她那孩子，杜若請了春生她娘李嬤嬤跑了一趟，假託著有人家要孩子，請人接洽去買了回來。那周嬸子真是個沒人性的人，也沒打聽是哪家要孩子，聽說能賣二十兩銀子，當場就願意了，今兒正好是帶孩子回來的日子。

紫蘇是個心善的姑娘，聽說了方巧兒的事情，便想著要養活這孩子。可她一個年輕姑娘，自己都沒成親呢，怎麼養孩子呢？杜家雖然人多，但是忽然間多了一個奶娃娃出來，那也是不合適的。劉七巧想來想去，也沒想到一個合適的辦法，最後還是打算麻煩一下大長公主，把孩子交給她撫養一陣子。

李嬤嬤一路抱著奶娃回來，越瞧也越發覺得喜歡，可這畢竟是別人家的孩子，反正她已經向大少奶奶那邊求了紫蘇了。如今劉七巧懷了身孕，只怕自己兒媳婦進門的時間又要耽誤了，好在春生和紫蘇年紀都還小，她也不著急這一年、兩年。

馬車停在杜家門口，為了避人耳目，李嬤嬤也沒有下車，而是請了一個跟車的小丫鬟下車，去裡頭給劉七巧回話。

那小丫鬟進來的時候，劉七巧正好從杜芊那邊回來，聽說孩子已經順利買了回來，略略鬆了一口氣。她換了衣服，帶著紫蘇出門去。李嬤嬤將懷裡的孩子遞給紫蘇道：「瞧瞧，長得粉嫩的一個娃兒，我看著都喜歡。從來沒瞧過這樣沒心沒肺的姥姥，眼睛都不眨一下就給賣了。」

劉七巧是知道周嬸子那人的，當初把方巧兒賣了去沖喜，也是眼皮都沒有眨一下的。對她來說，生了閨女就是一個賠錢貨，還要貼銀子養大，怎麼可能留呢？她後來又收留方巧兒，不過也是想從女兒身上弄更多的銀子罷了。如今銀子她也得夠了，還留著這個孩子做什麼？

劉七巧嘆了一口氣，探頭看了一下那女娃兒，圓圓的臉蛋白淨漂亮，睫毛長長的，正閉著眼睛酣睡，模樣倒是長得真好。

她伸手摸了摸小女娃的臉頰，笑道：「小乖乖，不用怕，以後七巧姨會疼妳的，到了水月庵裡頭，還有長公主太奶奶疼妳。」

馬車走了一半，劉七巧猛然想了起來，這會兒把孩子交給大長公主撫養只怕還有些問題。寺廟不比其他地方，是有清規戒律的，孩子還小，又不能不吃奶，若是專門請個奶奶住在水月庵裡頭，也多少有些不適合。若是在水月庵裡頭動了葷腥，那更是對菩薩的不敬。

劉七巧瞧了一眼睡得香香的奶娃娃，連忙喊了車夫改道。再不然，只能交給李氏撫養一陣子，可若是被周嬸子知道了，以後又是個麻煩。她這會兒也覺得頭大了。

紫蘇見劉七巧一臉愁容，想了想便道：「大少奶奶不如請朱夫人養一陣。上回我聽朱夫人說，想買個小丫鬟放在他們家小少爺身邊的，還說不要年紀大的，最好是也不知道父母，省得以後找上門來。」

劉七巧倒是不知道有這麼一回事，忙問道：「妳說得可是真的？養孩子的事情畢竟不同尋常，實在不行，還是我們帶回去養著得好。」

紫蘇便道：「我自然不敢騙大少奶奶的，是小少爺的奶娘說的，大少奶奶去提親的時候，我們在外頭閒聊說起的，說是兩個孩子一起長大，將來感情也好一些。」

劉七巧聽紫蘇這麼說，想來也是確有其事，說起來她在京城認識的人也不算少，可家家戶戶都是有頭有臉的體面人家，誰家多了一個孩子，那都是要被下人們嚼舌根的。倒是只有朱家，家裡人丁簡單，幾個服侍的丫鬟也都是從安徽老家跟來的，也不會在京城亂說什麼。

劉七巧想了想，便讓車夫往廣濟路上去。

前幾天剛剛傳來的喜訊，說是包探花考上了庶起士，年後就要正式入翰林院了，朱姑娘打算和朱夫人先扶靈回鄉，把朱老闆的身後事安頓好。家裡那邊的生意，只能讓那些老掌櫃的幫忙先看著，朱姑娘的弟弟還小，等他能成家立室了，少不得也要十幾年，這段時間裡，只怕朱家要撐下來還得靠朱姑娘和包探花兩個人。

馬車到了朱家門口，劉七巧派車夫喊了門，裡頭的人過來開門，見是劉七巧來了，急忙就進去回話了。不一會兒，朱墨琴和身邊的丫鬟親自迎了出來。

朱夫人正在大廳裡頭做針線，見了劉七巧來，忙讓丫鬟上茶，劉七巧謝了座，上前對著朱夫人福了福身子道：「夫人，說起來七巧今日來得有些冒昧了。」

朱夫人見劉七巧這麼說，便也有些疑問，不過她也瞧見紫蘇懷中抱著的孩子，疑惑道：「這是……」

劉七巧少不得又得把方巧兒的事情略略說了說，只是並沒有提起她被賣到南方的事情，只說她一介女流之輩帶著一個孩子，實在無法生存，所以把孩子給賣了。

朱夫人聽劉七巧說完，便知道了她的來意，讓丫鬟把小娃兒抱了過去，自己瞧了一眼，只覺得眉眼細細，一看將來就是一個美人胚子，便掩著嘴笑道：「真是想什麼來什麼。前幾日我還說要抱一個女孩兒過來，跟我們家海哥兒一起養著，可巧妳就給我送來了，看來妳這送子觀音的名號，當真不是浪得虛名的。」

劉七巧聞言，頓時覺得心中一顆石頭落地，笑著道：「夫人真是太客氣了，其實我不是不想養她，只是若是讓她家裡人知道養著她的人是我，只怕就……」

「我懂妳的意思，妳是好心，可又怕好心沒得好報，這年頭想做一件好事也不容易。」朱夫人親手接了孩子抱在懷裡，臉上浮現出慈愛的神色，笑道：「我自從生了墨琴之後，身子就壞了，再生不出孩子來，給老爺納了兩房妾室，也是沒福分的，一個難產死了、一個病死了。好不容易到了京城來，才算是留住了一個，可誰知道老爺又去了。」

朱夫人嘆了一口氣，又問劉七巧道：「這孩子有名字沒有？」

劉七巧搖了搖頭，想了想道：「沒名字，不過她的生父應該是姓趙的。」

朱夫人低頭又瞧了一眼小女娃，抬頭對朱姑娘道：「墨琴，妳唸的書多，妳來給她取個名字吧，能讓她陪著妳弟弟一起平平安安地長大。」

朱墨琴走過去，帶著淺笑看了一眼襁褓中的嬰兒，開口道：「不如就讓她姓包吧，也不要去姓什麼趙，省得等她長大了問起來，我們也答不上來。包公子上頭有一個哥哥是早逝了的，膝下沒有兒女，就過繼給他，我們養著，也算是一樁美事了。」

朱夫人聞言，連連點頭道：「既然這樣那更好了，等包公子回來，妳再讓他取個名字罷了。他是探花郎，取出來的名字自然又更勝妳一籌了。」

# 第一百四十七章

劉七巧處理完了奶娃的事情，心情大好，晚上在如意居吃飯的時候，還多添了一口飯。

杜大太太如今月分大了，吃不下任何食物，稍稍用了幾口就覺得飽了。兩人撤了飯桌，在廳裡頭閒聊起來，杜大太太便說起了杜家過年的規矩。

「每年大年初一，老太太都要去法華寺上香的。那一天去法華寺的人比較多，去年是我陪著她還有三位姑娘一起去的，今年只怕我是去不成了，妳懷著身子，路上也顛簸，不然就讓妳二嬸娘陪著去吧。」杜大太太伸手端了一盞茶，略略抿了一口。「不過妳二嬸娘對這些素來就不上心，也不知道老太太要不要她陪著。」

劉七巧便笑著道：「不過就是幾十里路而已，我哪有那麼嬌弱？幾千里的船都坐回來了，法華寺那邊還是我陪著老太太去。正巧我沒過門之前也陪著老王妃去過幾回，還在那邊許了願，一起還了吧，下次也不知道什麼時候才能去呢！」

杜大太太聽劉七巧這麼說，便笑道：「那行，我讓王嬤嬤給妳準備香油錢，老太太那邊自己會準備，倒是用不著我們操心的。就是三位姑娘，往年也都是我這邊替她們準備好的，姑娘家想不到這些，妳去同她們說一聲。」

「我知道了。」劉七巧上前替杜大太太換了一盞茶，又道：「我想年底之前回一趟娘家，看看我爹娘。如今我爺爺在鄉下住，只怕今年他們要往鄉下過年去，我是不能回去了，想送一些東西過去。」她不知道古代有沒有送年禮的風俗，但這是她的一點心意，自然也是要盡一盡的。

杜大太太連連搖頭道：「唉喲，瞧我這記性，我正說今兒還有什麼事情要找妳，可怎麼想都沒想出來，如今妳一提，我倒是想了起來，給妳家的年禮我也已經備好了。」

劉七巧聞言，心裡更是說不出的感激，遇上好婆婆真是前世修來的福分了。

「娘，那我可真要替我爹娘多謝您了，怎麼能讓娘破費呢！」

「傻孩子，我瞧妳就是不懂吧，這些都是公中出的銀子，每年都有定例的，不光妳有，妳弟妹也有，還有妳二嬸娘的娘家也有，這都是禮數。不過妳若是私下裡還要再添一些什麼東西，那我自然是管不著的。」

杜大太太說著，又瞧了一眼劉七巧，心裡還是很喜歡這個媳婦的，雖然在後宅管理上似乎欠缺了點，但還是個聰明人，瞧著不拘小節，又在醫術上有些造詣，杜大老爺喜歡她大抵也是因為這個。

「清荷，把我房裡五斗櫥上的那個匣子給抱下來。」

清荷聽了杜大太太的話，放下了手裡的茶盤，進去裡間抱出一個紫檀木長匣子出來。杜大太太使了一個眼色，讓她把匣子遞給了站在一旁的紫蘇，開口道：「這裡頭存著的銀子，是大郎進宮當值以後賺的俸祿，以前都是我替他收著的，如今他成家立室了，這些東西我也就交給妳了。」

杜大太太說著，眼裡閃動著溫柔的光，伸手拍了拍劉七巧的手背道：「從今天起，我算是把大郎原原本本都全部交給妳了，從此之後，他的一切都是妳的了。」

劉七巧也不知為何，聽了這句話特別感動，一時間吸了吸鼻子，拿帕子擦了擦眼角道：「娘，我知道了，從今往後，我一定加倍對大郎好，再不辜負您的一片心意。」

杜大太太笑了起來，又伸手摸了摸自己凸起的腹部，開口道：「傻孩子，我這是推卸責任呢，再過不了多久，肚子裡這個就要出來了，我是脫不開身去管教大郎了。」

劉七巧笑道：「娘放心，如今大郎也是做爹的人了，哪裡還需人管教？我只把他的身子養養好，讓娘看著高興就好了。」

「這話我愛聽！」婆媳倆又閒聊了幾句，正巧杜若和杜大老爺也從福壽堂出來，他見劉七巧還沒回百草院，就親自來接了，小丫鬟提著燈籠，兩人一前一後地走著。

「孩子的事情都安排妥當了？」

「安排妥當了，沒送給大長公主。孩子還小要吃奶，庵堂裡頭怎麼說也是不方便的，奶娘不喝葷湯也沒有什麼奶，我想來想去，還是把孩子交給了朱夫人代為撫養。」

杜若點了點頭，走了幾步才又開口道：「其實我也是想了一個辦法的，娘不是快要生了嗎？到時候就把孩子接回來，只說是娘一下子生了雙胞胎，那樣孩子就可以在杜家名正言順地養著了。」

劉七巧想了想，最後還是搖了搖頭。「天下沒有不透風的牆，到時候這孩子要是知道自己的娘是怎麼被賣的，豈不是恨死我們了？就讓她在朱家待著吧，我瞧著朱夫人是真心喜歡女孩子，他們還說好了，要把她過繼給包公子的哥哥，這樣這孩子以後也不會聽見什麼閒言碎語，就可以無憂無慮地長大了。」

杜若見劉七巧這麼說，心裡也略略鬆了一口氣，又道：「我昨兒問了二弟能不能把方巧兒找回來？二弟說了，他託人在金陵城那邊打探一下，看看到時候方巧兒被賣到哪家去，要是人家好那就算了，要是是什麼不好的人家，就看看能不能再賣出來，橫豎就是使幾個銀子的事情，妳也別內疚了。」

劉七巧咬了咬牙，道：「我哪裡內疚了？我是氣她咎由自取，她這樣的人，就算死了沒人收屍那都是她自己活該，只是可憐了那孩子罷了。如今孩子的問題既然解決了，我也不去想她了。」

雖然這麼說，心裡還是嘆息了一下下。只不過便宜了周嬸子，賣了女兒還要賣外孫女，這種人就活該被雷劈死才好。

第二日一早，劉七巧去王府送了年禮，便又轉去了富康路的王老四家。

聽杜若說他下值回來給王老四換藥，也不知道到了沒有。王老四平常身子骨硬朗，那天發了一場熱，沒兩天也就好了，不過就是後背的傷還沒好。

如今劉七巧嫁了人，也不方便總往外頭跑，便趁著回家的空檔往富康路上走一遭，也算是探病了。

劉七巧去的時候，果然見杜若的馬車正停在門外，春生上前叫了門，那跛腳老漢才開了門，就瞧見王大娘揹著個包裹埋頭往外面走，一面走一面嘴裡還嘀嘀咕咕道：「我這就回去，改明兒你瞧不見我，也就清靜了。」

王老四急忙往外頭追，大冷的天，才穿著一件單薄衣服，拉著王大娘的手道：「娘，您別鬧了行不，每回杜大夫來您就整這一齣，這是啥事？讓人看了怎麼好意思呢？您再這樣，杜大夫可不敢再來了。」

王大娘使勁推王老四的手，火急火燎地給他使眼色，壓低了聲音道：「傻子，你別追出來啊！我一會兒就外面躲躲，他見了不好意思了，自然就給你說媒去了。」

劉七巧正巧繞過了影壁瞧見這一幕，便問道：「大娘，妳這是做什麼呢？老四，大冷的天，你穿著單衣在外頭做什麼？難道還嫌自己病得不厲害嗎？」又急忙吩咐紫蘇和連翹道：「妳們快把大娘扶進去，有什麼話好好說。」

劉七巧進了廳裡，便瞧見杜若正面不改色地在那邊寫藥方，看來他也已經習慣了。見了劉七巧進來，他便笑道：「我就知道妳今兒準會過來瞧瞧，特意多留了一會兒。」又往外頭看了一眼，見紫蘇扶著王大娘走了，搖了搖頭道：「我算是領教了。」

劉七巧上前，笑嘻嘻地看他寫方子，開口道：「你是不知道，以前王大娘、周嬸子，還有我死了的三嬸，可是牛家莊三寶呢！吵架再沒有什麼人能吵得過她們的。不過其實我是很喜歡王大娘的，她雖然性子直，但人好；至於周嬸子吧，你也知道，她就是方巧兒她娘。」

杜若笑著道：「我就是知道她作戲呢，前幾日還請了我們寶善堂的大夫一起作戲裝病來著。」他擱下筆，稍稍嘆了一口氣。「幸好三妹妹的事情也沒傳出去，林掌櫃那邊也不敢再說了，陳大夫自己知道被騙了，還氣憤了一場。」

「三妹妹的事情，我瞧著還是有些難辦。二叔的意思是等過完了年再說，我想著也只能這樣了，現在這年節裡頭，要是讓老太太不痛快了，可就是我們的不孝了。」

杜若起身，乘機親了劉七巧一小口，道：「妳也越發孝順了，大過年的，想要什麼獎勵？」

劉七巧也往杜若臉上親了一口，兩人旁若無人的樣子，把站在牆根底下的兩個小丫鬟羞得都臉紅了。劉七巧回過神來，才瞧見兩個十二、三的小丫鬟還站著呢，便清了清嗓子道：「客人來了也不沏茶上來，誰教妳們的規矩？」

兩個小丫鬟急忙就縮了脖子往大廳外頭去了，劉七巧俏皮笑了笑，問杜若道：「好了沒有，好了我們就回去吧。」

這時候，王老四也安撫好了老娘，從外面進來，見了劉七巧便有些不好意思，開口道：「七巧，妳瞧我娘這脾氣，年紀這麼大了還跟一個孩子一樣，讓你們見笑了。尤其是杜大夫，我都臊得沒處說了，每回都來這麼一遭……」

劉七巧噗哧笑道：「老四，再過幾日就過年了，帶著大娘回牛家莊去吧，你們兩個人在這邊過年冷冷清清的，也不像話。」

王老四便道：「我正打算後天走呢。」

「那可巧了，後天我娘也回去，不然你們一起回去吧。你去年也沒在家過年，今年自然是要在家過的。」

王老四搖了搖頭道：「那可不行，營裡頭兄弟也都沒在家過年，我們說好了今兒一起過年。我後天就送了我娘過去，讓她搭你們家車回去吧，我再讓人拉個一車的東西回去，只要讓她體面著回去，她才不管我回不回家過年呢！」

劉七巧見王老四這麼說，便也點頭贊同，畢竟她也不大懂王老四他們武將的規矩。上回聽說不過就是遲到了半個時辰，就被周珅打了二十鞭子，在她看來簡直就是變態！

「那行，明兒你派人去我家說一聲，後天讓他們過來直接帶上大娘一起走就好了。」

王老四憨憨地笑了笑，又問劉七巧。「三姑娘的病好些了沒有？」

「一早就好了。」

杜若就在一旁打趣道：「你這都問幾回了？從我來了就一直問，如今又問七巧，難道我這個當太醫還會騙你不成？」

王老四不好意思地低下頭，一邊撓頭一邊嘿嘿笑了起來。

劉七巧也不知道說什麼好，又想安慰王老四幾句，又不知怎麼開口，便道：「這事兒你放心，都說了好事多磨，等過了這一陣子，沒準就柳暗花明了。」

王老四點頭，又請劉七巧入座，她看看天色已經不早了，便開口道：「我和相公要回去了，你放一百個心，你這媳婦逃不掉的，只是眼下還有那麼點難關，我們慢慢來。」

王老四聽她這麼說，便笑著道：「老子韃子也打了、南蠻子也打了，如今不過就是要娶個媳婦，怎麼就那麼難呢？」

杜若也跟著笑了起來，拍了拍王老四的肩膀道：「老四你放心，有你抱得美人歸的一天。」

王老四送了杜若和劉七巧出門，王大娘一溜煙就從後面跑了出來，急忙上前問道：「他們怎麼說的？老四。」

「什麼怎麼說？八字還沒一撇的事情呢！娘，您要是等不及，隨便您找個什麼人給我當媳婦拉倒，我都快被您給煩死了！」王老四忍了王大娘這些天，也算是忍無可忍了。

王大娘啐了王老四一口，笑嘻嘻道：「我倒也不想煩你來著，誰讓我生了你這個不省心的呢？這麼大一個人了，媳婦都沒娶回家，你倒是那時爭口氣把七巧給娶回來了，我也就算了，如今七巧都懷上別人的孩子了，你還光棍一個！」

「娘，別人家的媳婦您就別惦記了，橫豎您喜歡杜家三姑娘對不？我好歹也加把油，給您娶回家，可醜話我先說前頭了，您可不能擺婆婆的譜，人家還是小姑娘呢！」

王大娘一聽，又氣又笑，跳起來罵道：「沒長進的東西，媳婦還沒娶進門呢！你就心疼起來了！鐵定跟你那幾個哥哥一樣，有了媳婦忘了娘！」

這一眨眼的工夫就到了年關，今年是劉七巧在杜家過的第一個年，不過因為杜大太太的日子也近了，所以杜老太太並沒讓大肆操辦，只和往常一樣吃了一頓團圓飯，商量起了明兒去法華寺的事情。

杜老太太開口道：「依著我的意思，七巧也不用去了，我帶著三個姑娘去就成了。明兒是初一，二太太和蘅哥兒媳婦定然是要在家裡頭給下人派東西的，初二又有客人要來，少不得要應酬幾句。我前幾日在法華寺訂了一個禪院，挺好的，就在富安侯夫人的隔壁，到時候我們幾個老姊妹玩玩葉子戲，玩兩天再回來。」

劉七巧便笑著道：「老太太說了去玩，還不帶上我？可不就是偏心了？」

杜老太太道：「妳渾說什麼？我是怕路上顛簸，傷了妳和孩子。」

劉七巧伸手撫了撫自己的小腹，開口道：「過了三個月了，不會有什麼大礙，我還是跟著老太太一起去吧。再說也不過就是住一晚上的事情，我還記掛著太太，自然是要早早地回來了。」

杜大太太是十五的預產期，這幾日確實是要好好警惕。杜大老爺聞言，開口道：「大郎明兒跟著老太太和七巧一起去法華寺上香，家裡有我和二弟，出不來什麼事情來，你們各自要做什麼就做什麼去。」

杜老太太聽杜大老爺這麼說，先是點了點頭，過了片刻又問道：「你這幾日不出去應酬嗎？這逢年過節的，總要出門走動走動。」

杜大老爺便道：「年前都走動過了，年後這幾日就專門留在家裡了，若是有人上門，那也是在家裡頭應酬，不出門去。就算二弟要出門，我也是不走的。」看來杜大老爺最近也是很緊張，為了這個事情連家門都不肯出了，差一步就閉門謝客了。

「既然你們都安排好了，那明兒大郎就隨我一起去吧，有你在身邊我也放心些。」

正說著，外頭小丫鬟進來道：「戲臺子搭好了，請老太太和太太、少奶奶們出門看戲去。」

# 第一百四十八章

杜大老爺和杜二老爺都不好這一口，但是逢年過節孝敬老人的事情，就算是聽了要睡著的，他們好歹也要做樣子陪一陪的。

杜老太太了解他們的心思，開口道：「你們不愛看戲的就散了吧，也不用陪著我在這邊耗時間。」

杜大老爺便笑著和杜二老爺起身告辭了。劉七巧知道杜若也不愛這些，且他們男人在一起自有男人想聊的事情，便也湊到他耳邊道：「你也去吧，不用在這邊陪著了。」

杜若也確實不愛聽戲，便起身告辭了。倒是杜蘅平日裡因為生意各種應酬，聽戲唱曲的也都愛一點，就陪著老太太一起聽了起來。

其實劉七巧也不大能聽這戲，聽著有點像京劇，又有點像崑劇，又加了一點京城的方言，反正她要是不凝神聽，其實也聽不大懂。

杜大太太日子大了，所以沒坐一會兒就起身告辭了，劉七巧便藉著這個時機送杜大太太出門，也跟著出了福壽堂。

杜大太太見劉七巧眉梢還帶著些懶洋洋的神色，便笑道：「我記得之前妳在梁夫人家陪我們聽戲的時候還挺津津有味的，怎麼今兒就打起盹來了呢？」

劉七巧有些不好意思地低下頭，小聲道：「娘是不知道，那是因為我當時知道您和老太太都在，心裡想著總要給妳們留個好印象，就逼著自己聽了一齣戲，可把我給睏的。」

杜大太太聽她這麼說，也被逗得笑了起來，又道：「那可是辛苦妳了。」

劉七巧送了杜大太太回如意居之後，便又百般不情願地回福壽堂去聽戲。這會兒她沒聽前頭的，單單聽後頭的，更是聽不出什麼所以然，連連打了兩個哈欠。杜芊身邊的丫鬟靈芝就跑了過來，小聲在劉七巧的耳邊道：「我們姑娘請大少奶奶去荷花池邊放煙火。」

劉七巧抬頭往杜芊那邊瞧了眼，見她使了個眼色後便站起身來，轉身往外頭走，劉七巧跟著就出來了。

說是姑娘們放煙火，其實別說姑娘，就是姑娘身邊的丫鬟也是不敢親自上去放煙火的。原是杜芊一早就放了兩個小廝進來，在荷花池那邊排了一整排的煙火，只等丫鬟們上去吩咐了，再點了來看。

站在聽風水榭這邊，瞧著能更真切一點。杜芊吩咐了下去，小丫鬟繞道去荷花池那頭命人放煙火，沒過多久，就瞧見一簇簇金光四射的煙火橫衝天際，在天空中灑開五彩的金光。福壽堂裡看戲的人也都被這煙火吸引了，一個個站了起來，指著天上的煙火道：「快看快看，有人在放煙火。」

杜茵站了起來，上前扶著杜老太太道：「是三妹妹在放煙火呢，她最不耐煩看戲就跑出去玩了，正巧也便宜了我們，一起賞煙火了。」

杜老太太一邊讚美一邊道：「這煙火倒是比往年好看，她沒自己跑過去放吧？別弄到身上就不得了了。」

「她也就只知道看而已，那是小廝們在荷花池另一頭的水岸上放的，離園子裡遠著呢，這樣遠遠地看才好看。」

杜老太太點了點頭，戲也快到了散場的時候，便招呼著人道：「明兒一早還要去上香，妳們姊妹早些回去休息吧。姨娘們許久沒好好出來玩了，今晚且放開了玩，看完了戲再走。」

難得這個時候杜大太太和劉七巧都不在，杜二太太小心翼翼地上前獻殷勤道：「老太太要不要也先進去睡一會兒，不然明早在車上可要睏了。」

杜老太太道：「我等戲散了再睡，這會兒吹吹打打的，我在裡頭也睡不安穩。再說這會兒還早呢，還沒到亥時，睡什麼睡？就是平常日子也沒這麼早睡的。」

杜二太太臉上有些不好看了。她是對杜老太太的事情從不上心，不然的話，怎麼連平日裡的生活習性都不知道呢。如今想想，也覺得自己似乎有些怠慢了。

劉七巧和杜芊看完了煙火，兩人還想再聊一會兒，可外頭風大，連翹乾脆請了杜芊一起往百草院裡坐一坐。

小丫鬟見劉七巧回來了，一個個也打起了精神。連翹見她們方才睡得迷迷糊糊的樣子，便道：「妳們也真夠懶的，別人都去福壽堂那邊偷偷看戲去了，妳們倆情願在家裡打盹，方才那麼好看的煙火也不去看。」

赤芍和半夏聽說放了煙花，急忙跑到外頭，挽了簾子瞧一眼，外頭黑漆漆的，哪裡來的煙花？

連翹就笑了起來。「活該妳們兩個沒瞧見放煙花，那麼大的動靜都吵不醒妳們。」

赤芍伸了一個懶腰，開口道：「外頭的姊姊們回家的回家、在外面幫忙的幫忙，又沒人和我們說，我和半夏要看家，自然不能隨便走的。」

「算妳們懂事。」連翹說著話的同時，半夏已經送了熱茶進來。

劉七巧見杜芊那一雙大眼睛眨巴眨巴地瞧著自己，就覺得自己這紅娘的任務有些艱難。

「怎麼了？」

「沒……沒什麼。」杜芊從袖中拿了一個荷包出來，遞給劉七巧道：「這個……荷包和帕子都繡好了，想給大嫂子瞧一瞧，王將軍會不會喜歡？」

劉七巧接過杜芊遞來的荷包，瞧上面繡著麥穗、玉瓶，還有一隻蹲在麥穗上的雞，便開口問道：「這是個什麼意思？我瞧著挺有意思，這雞蹲在麥穗上，是要吃食嗎？」

杜芊一時沒明白七巧的話，湊上去拿著荷包瞧了一眼，臉便唰地一下紅到了耳根。「壞嫂子，我這明明繡的是一隻鵪鶉，妳怎麼說成了雞了呢？這明明就是歲歲平安的意思。」

劉七巧低頭又仔細辨認了片刻，忍不住笑了出來。「我錯了還不行嗎？我真是眼神不好，這麼大一隻鵪鶉，我偏認作了雞了！」

杜芊被說得越發臊了，拿帕子摀住臉頰道：「嫂子就知道欺負人，人家女紅不好嘛！」

「繡得不好不打緊，重要的是心意。」劉七巧止住了笑，瞧一眼杜芊，帶著幾分少女的嬌嗔，當真是讓人心疼得很。能在杜家這樣養大，她當真是再幸運不過了。

「大嫂子，妳什麼時候能幫我把這個送給王將軍？」杜芊笑過之後，倒也一本正經了起來，蚊子一樣嚶嚶開口。「就說……就說我等他來提親。」

女大不中留呀！劉七巧現在唯一能感慨的也只有這麼一句了。不過，她還是拍了拍杜芊的手背，道：「放心吧，話一定替妳帶到，妳只管在家裡乖乖等著，千萬別再偷跑出去了。」

杜芊想起之前偷跑出去生病的事情，也有些無語。原本杜老太太也是要看她去的，幸好劉七巧說會傳染，這才勸住了杜老太太。不然的話，去了那邊又是一番尋根究底的，只怕也瞞不住什麼了。

「我知道，反正這事情爹和姨娘也都知道了，爹那麼疼我，一定會給我作主的。」

第二日一早，天才剛濛濛亮，老太太那邊的丫鬟便來催了，幸好杜若和劉七巧也起了一個大早，丫鬟們整理了兩個箱籠，又把杜大太太預備的香油蠟燭等都收拾好了，一行人才浩浩蕩蕩地上路了。

京城附近大小寺廟特別多，論起香火也是每一家都很旺盛，各有各的引人之處。比如像恭王府這樣有爵位的人家，大年初一一般會去水月庵上香，因為每年大年初一太后娘娘也會親自出宮到水月庵上香，所以那些命婦們也一個個削尖了腦袋擠過去。

至於法華寺，那是老太太們最愛去的地方，路遠、清靜、住持講經又講得好，老太太們權當度假住幾天，那是最開心不過的了。

周邊還有紫盧寺、梅影庵、弘福寺等，那都是老百姓們愛去的廟宇庵堂，很少有官家會去。

大概是受了前幾日下雪的影響，今年去法華寺的人不多，很多人最後還是選擇了在城裡的水月庵上新年的頭一炷香。不過這絲毫沒有影響杜老太太出遊的心情，大年初一一早就出發，在路上用一些隨身帶的小點心，到了法華寺，先吃一頓素齋，休整休整，跟幾個老太太打打葉子戲，這簡直就是人間美事。

城裡頭的路還算好走，早已瞧不見前幾日的積雪，大年初一路上有些冷清，只有出城去法華寺的路上倒是車流款款，顯然大家都想早點去上香。聽說每年大年初一，這邊的城門從子時就開了，就是為了方便城裡人出城去上香。

馬車出了城門，一路上也走得很慢，因為車上有孕婦，老太太特意吩咐了走慢一點。誰知道走到一半，前面的車隊卻停了下來，半點都沒有動的意思，杜老太太便讓杜若下車去打探消息。

杜若領著春生兩人往前頭瞧了瞧，回來對杜老太太道：「前頭有一塊山石上壓著積雪，原本只在路邊的，大概是一早上過去的馬車太多了，震得滾了下來，前頭安靖侯府上的幾個家丁正在搬呢，不過似乎石頭有些重，這會兒還沒動靜。」

杜老太太聞言也有些心急了。這卡在半道上，前不著村後不著店的，早上她們吃得又少，一會兒餓了又只能啃乾糧，這路上也沒熱水，倒是難為人了。

正說著，忽然就瞧見大後方有十幾個穿著鎧甲的將士揚著鞭子跑上前來。杜若瞧了一眼，為首的第一個是安靖侯世子，後面第二個不是王老四又是誰？

原來他們的軍營就在這附近，難得他們大過年的還在軍營裡頭，安靖侯府上的人適才派人去請世子爺幫忙，世子爺就隨便喊了幾個身強力壯的到這邊幫忙來了。

杜芊聽見馬蹄的聲音，稍稍掀開簾子一角，就瞧見王老四威風凜凜地騎在馬上，正往她們這個方向來。

一眾馬車聽見了聲音，都靠在馬路旁等著眾人過去。杜芊原本很想下馬車瞧一瞧，可她順著馬車往前看，沒有一個姑娘家下車的，頓時也就死了這條心。

杜若心想他們都是一些身強力壯的人，只怕一會兒路就該通了，便也上了馬車，見劉七巧正在那邊打盹，開口道：「我瞧見王老四也來了。」

杜若這是第一次在杜老太太跟前提起王老四，劉七巧頓時有些警覺，慢悠悠地開口問道：「老四是在做什麼的？我讓他回去過年，他偏不肯，還真沒回去啊！」

杜若便道：「石頭堵著路了，他們大概是來搬石頭的吧。」

「當了將軍還親自來搬石頭，老四也夠實誠的。」

杜老太太果然被劉七巧和杜若的對話吸引了過去，開口問道：「七巧，妳說的那個王老四，是不是上回聽說送了妳很多禮的那個？」

「就是他呢！他是我的同鄉，前兩年跟著我一起來了京城，後來進了王府當了家將，跟著世子爺去了北邊打韃子，去年又去了南邊打南蠻子，這次回來，靠軍功封了一個伍德將軍，正五品的職位呢。」劉七巧也不知道該怎麼說才能把王老四的身分提高一點，想來想去，也就這將軍的職位還有些能唬人。

杜老太太便好奇問道：「長什麼樣子的？」

「虎背熊腰的，可結實了，一個人得有兩個大郎那麼大。」

杜老太太便笑了起來。「聽妳這麼說，倒像是一堵牆一樣的。」

「可不就是，看著就挺安全的。」劉七巧小聲道：「老太太，有件事情想麻煩您，都說成家立業，可我這老鄉如今立業了，卻還沒成家，我來京城日子短，也不認識什麼人，倒是想問問老太太可有什麼好介紹的，只要人好心好，嫁過去可就是將軍夫人了。」

劉七巧說到將軍夫人的時候，特意抬高了一些分貝。杜老太太想了想，開口道：「我雖然覺得武將之家沒什麼不好的，可是要讓我把女兒嫁過去，只怕也是捨不得的。哪個武將之家沒幾個戰死沙場的？雖然掙了軍功，可人回不來了又有什麼好呢？雖說如今不打仗，可若是以後真打起來，刀劍無眼，要是出了什麼事情，就算當了將軍夫人也沒啥意思。」

劉七巧聽杜老太太這麼說，果然和杜若想得如出一轍。他們敬佩武將，卻也不想自己的親人成為武將家裡的人。但若是將士們不迎戰、不打仗，將來只會有更多寡婦。

「瞧老太太說的，哪裡就那麼可怕了，老王爺打了一輩子仗，最後也是病死的。王爺和世子爺也出征了好幾回，不都好好地回來了？」劉七巧不知道怎麼解除杜老太太心中的偏見。

結果她還沒說服幾句，杜老太太反而給她洗腦了起來，道：「人家是大將軍，只要躲在營帳裡頭動動嘴皮子的，可那些小兵小將的，還不得往前頭衝？妳也勸勸妳那個老鄉，最好的話，還是棄武從文，這危險的事情以後還是別做了。」

# 第一百四十九章

劉七巧這下徹底沒話說了，非但自己沒勸解成功，反倒讓杜老太太勸起自己了。

杜若見劉七巧敗下陣來，笑了笑，還是仗義地開口道：「老太太這麼想，好自然是好的，可若是人人都這麼想，只怕我們如今還在金陵待著呢，更別提能打回京城來。我倒是覺得，就得有這樣的人才好。」

杜老太太想了想，也認同地點了點頭道：「對，就得有這樣的人，大郎說得也有道理。」

劉七巧正要接話，就聽見外頭有人喊了起來道：「路通了，各家馬車小心前行。」

杜若撩起簾子瞧了瞧，方才被大石頭堵住的地方已經開了口，那大石頭被推下了山崖去，卡在下面的一條河溝裡頭，看樣子是動不了了。

劉七巧順著往外瞧，王老四穿著一襲黑金鎧甲，頭上沒戴盔帽，筆直著身子坐在馬上，看著當真有種將軍氣概的雄壯威武，怪不得杜芊對他一見傾心。

車隊緩緩經過，為了防止兩邊的山石落下來，十幾騎將士護在道路兩側讓一眾馬車從中間穿過。劉七巧掀開簾子，略略跟王老四打了一個照面，馬車便徐徐往前去了。

杜芊和杜茵、杜苡坐在後面的馬車裡，杜芊偷偷掀開了簾子，一雙眼珠子盯著騎在馬上的王老四，眼底是滿滿的笑意。忽然間，她順著王老四身後的山石看過去，嚇得驚叫了起來。「王將軍，小心啊！」

只見方才那塊大山石滾落的地方，好幾塊一尺見寬的石頭紛紛滾落下來。

那山坡原本不是很陡峭，上頭還長著幾棵枯樹，但是因為那一塊大石頭滾落之後，上面的石頭就沒了依靠。安靖侯世子也知道這個隱患，故而讓將士站在兩邊護著要經過的馬車。前頭已經過去了十幾輛馬車，動靜有些大了，石塊越發就有些鬆動了。

方才劉七巧和杜若的馬車過去之後，就聽見轟隆隆一陣響聲，後頭一片山石捲著雪花碎石，像泥石流一樣地坍塌了下來。

杜芊先是看見幾塊石頭下來，急忙就叫喊了起來，這時候馬也有些驚著了，稍稍有些異動。王老四一轉身，才看見沿著山坡滾滾而來的碎石，可是前頭有杜若他們的馬車，後面又有杜家的馬車接應著，這幾塊山石若是砸下來，如果自己讓開了，少不得就要打向杜芊坐著的馬車。

王老四也不及細想，趕忙就轉過了身子，稍稍往杜芊的馬車邊上靠了一靠。眾人見了這光景第一反應就是先讓開，騎著馬的好讓，駕著車的卻是不容易讓開了，前後夾攻的架勢，往哪兒讓去？

眼看著這一波石頭就要接近地面，王老四身下的座騎也越發不安起來。那馬抬了抬雙蹄，正要往邊上讓去，王老四見那石頭滾落得飛快，一時間也只能跳下馬來，放了那馬往前，自己轉身用背護著馬車的一側。

前頭的馬車聽見聲音，紛紛停了下來，杜老太太撩開簾子，見那碎山石連成一片地往下落，只嚇得抓住了杜若和劉七巧的手大喊了起來，急出了一身冷汗來。

杜芊從馬車裡探出頭來，見王老四還傻愣著不走，只用手推了他一下道：「王將軍，你快躲開！」

這時候眾將士才反應過來，紛紛揮著鞭子去捲掉下來的山石，有幾塊直徑較大的，滾到路邊時因為地上的泥軟，也沒再往前頭來，只有幾塊小一些的，一股腦兒地衝下來，把王老四的雙腿都埋了，幸好他身子護著馬車輪，車子不至於傾倒，只聽見噼哩啪啦的聲音，碎石塊一個勁兒地往他後背和雙腿撞上，幸好從上面滾下來的石頭經過平地，速度已經沒那麼快了，不然王老四這次非受重傷不可。

杜苡和杜茵早已經嚇得不敢動了，兩人在車裡抱成了一團，眼看著小半輛馬車都要被那山石埋起來了。

杜芊原本是想喊了王老四讓他避一避的，沒想到他非但沒避，反倒傻乎乎地替馬車擋起了泥石流，頓時又是心疼又是感激，掀了馬車的簾子，抱著王老四的手落下淚來。

「傻子，你怎麼不讓開呢？這石頭也埋不了馬車……」杜芊一張小臉上沾了淚，帶著淚光的眸中還閃著淚花。

杜老太太原本一顆心懸在半空中，見那泥石流稍稍停了下來，正放鬆了一下，就看見杜芊那丫頭探出了馬車拉著一個男人……

跟著安靖侯世子爺來的都是一群粗野漢子，從來沒個教養，見了這陣勢便起鬨道：「娶她！娶她！娶她！」

王老四原本沒覺得有啥，被這群人一瞎鬧，頓時驚覺大事不好，杜芊正當著那麼多人的面拉著自己呢！

可如今他雙腿被埋在泥石流裡面，一股力道撞得自己下身還有些發麻，根本是寸步難行。杜芊又拉得緊，王老四也只能忍痛安慰道：「三姑娘，別哭，已經沒事了。」

這時候安靖侯世子正巧也從前面趕過來，見了眾人便道：「你們還不趕緊動手，就讓老四這麼埋著嗎？」

眾將士便起鬨道：「他媽的，早知道這馬車裡頭坐著這樣的俏丫頭，老子還指望埋著的是老子呢！這回給王老四搶先了。」

安靖侯府和杜家是世交，安靖侯世子自然也認識杜芊。「王老四，還不快把人家姑娘放下，別以為你是王爺部下我就會網開一面！」安靖侯世子爺厲聲一吼，王老四也嚇了一跳，急忙拉開杜芊的手道：「三姑娘，妳快放手。」

杜芊見眾人圍著，一時間才從驚慌失措中反應過來，臉上早已經脹得通紅，急忙閃入了馬車裡。

一時間，王老四微微有些失落，扭頭瞪了一眼將士，眾人立馬就不敢再喊了，紛紛下馬來幫王老四搬開身後和車輪子下抵著的石塊。
雖說這石塊到了下面，速度變慢了很多，可王老四身後還是很多地方受傷了，況且他背上的鞭傷剛剛才結痂脫皮，這會兒只怕又撞破了。
杜茵見杜芊又退回到了馬車裡，一張小臉通紅，以為是她聽見了方才的起鬨，怕羞了，便開口勸道：「三妹妹別理他們，那些人都是一些小兵，最沒什麼素養，向來都是喜歡胡說八道的，等明兒就沒事了。」
其實杜茵和杜苡心裡都清楚，方才她們雖然沒敢探頭，但是外面看熱鬧的人定然不在少數，杜芊那樣拉著王老四，怎麼說也是太大膽了些。
「讓他們去說好了，橫豎我也無所謂。」杜芊嘟囔了一句。
這時候，馬車邊的泥石流被清理得差不多了，馬車往前頭動了一下，兩個將士上前將受傷的王老四扶到一旁。
杜芊撩開簾子，見他走路都有些艱難，顯然是方才一下子衝下來的石塊傷到了腿，心裡只覺得一緊，竟是沒忍住，挽了簾子下馬車道：「前頭不遠就是法華寺了，王將軍不如去寺廟歇息一會兒，我大哥帶了藥，可以給你看看。」
杜老太太原本已被那些將士的玩笑話給氣得半死，但大家都知道，面對這樣的無賴唯一的辦法就是裝聾作啞。
方才杜芊的動作她看得一清二楚，只是今兒這條路上人多，杜老太太也不便發話，而安靖侯世子爺帶這些將士來，確實也是為她們清障來的。可杜芊這事情到底要怎麼辦呢？杜老太太心裡已經是七上八下的了，那麼多人都看見了，一個大姑娘拉著一個男人這叫什麼事？如今還不避嫌地下了馬車去請，這不明擺著了嗎？杜芊心裡頭只怕是被那小子方才英雄救美的一幕給感動了，連女孩子家的矜持都不顧了。

杜老太太腦子裡轉得飛快，今天的事情若是傳了出去，只怕杜芊也只有遠嫁的分了。生出來的閨女要是嫁到別的地方去了，這三年兩載的也見不上一面，跟死了有什麼分別？她想了想，連忙問劉七巧道：「妳方才說那什麼王老四的還沒娶親對不對？」

劉七巧聽杜老太太這麼問，只覺得腦門一跳，忙道：「正是尚未娶親，還指望老太太介紹一個呢！」

杜老太太咬了咬牙，道：「等法華寺回去，妳上門跟他說一說，讓他找個日子上門向三丫頭提親吧。」

劉七巧險些被這天大的喜訊給砸暈了，原本恨不得馬上就答應下來，又怕杜老太太看出了什麼端倪，只好耐著性子試探道：「老太太，這不合適吧？老四雖然如今是個將軍了，可他是個鄉下人，上不了檯面，三妹妹雖然出了今天的事情，倒也不是非他不嫁的。」

劉七巧一邊說，一邊向杜若使眼色，杜若只好配合劉七巧道：「老太太，七巧說得對，大不了嫁到外鄉去，何至於便宜了王老四這個粗人？」

沒想到兩人越是貶低王老四，杜老太太就越發著急，開口道：「什麼粗人不粗人的，他方才奮不顧身去救你三妹妹，你們也都看見了，單說這份情誼也夠以身相許了。再說那馬車裡還坐著你大妹妹和二妹妹，大郎你這話我不愛聽！你向來不是這樣嫌貧愛富的人！」

劉七巧見老太太這麼說，急忙幫無辜的杜若圓話道：「老太太可別錯怪大郎了，他是心疼三妹妹呢！王老四跟我一樣鄉下出來的人，他是怕王老四糟蹋了三妹妹。」

「七巧這句話就說對了，妳也是鄉下出來的人，懂道理、識大體，沒什麼不好的。依我看，這王老四也錯不到哪裡去，妳就別推了，這事情就這麼定了。妳二叔那邊我親自去說，我想他也捨不得把妳三妹妹嫁到外地去的。」杜老太太一錘定音道。

劉七巧強忍著笑意，裝作勉強地點了點頭道：「那我等回去了就說，這下可真的便宜了那小子了。」

既然杜老太太打定了這樣的主意，也就不想著避嫌了，吩咐杜若道：「大郎，你下去給王將軍安排個馬車吧，我瞧著他傷得不輕，只怕沒法再上馬了，就按芊丫頭的意思，先去法華寺給他治一治吧。」

杜老太太一輩子過得順風順水的，也是一個以自我為中心的人，如今她自己鬆口了，對王老四的看法也就不一樣了。

劉七巧見杜老太太都這麼說了，連忙推了一把杜若道：「你快下車去安排，難道真的讓三妹妹一個姑娘家做這種事情？」

杜若急忙就下車了，還好他出門藥箱是必備的，便揹著藥箱下了馬車。

杜芊見杜若下了馬車，覺得臉上火辣辣的，稍稍退到杜若的身邊，小聲道：「大哥哥，王將軍就交給你了。」

杜若點了點頭，向杜芊使了一個眼色道：「妳快上馬車，不要再出來了。」

這時候，坐在最後一輛馬車上的丫鬟婆子都下了馬車，各自去了前面兩輛馬車坐下。杜若請那兩位扶著王老四的將士把王老四送上了馬車，自己也跟著爬了上去。

才進馬車，杜若就壓低了聲音，向王老四拱了拱雙手道：「老四，恭喜恭喜，你過關了。」

王老四後背受了傷，雖然勉強坐著，這會兒還是覺得渾身不舒服，聽了這話倒一下子有了精神，高興地站了起來，只是砰一聲，又撞到了馬車的頂上。

杜若急忙按住了他道：「你別亂動，我看看你後背的傷怎麼樣了？」

王老四這會兒正高興，哪裡顧得上什麼後背的傷，搖頭道：「不礙事，一會兒再說，先說說我要怎麼去你家提親去？我親自上門還是怎麼說？」

杜若見王老四那猴急的模樣，忍俊不禁道：「自然是要請媒人上門的，哪有人親自提親的？」他想了想，繼續道：「依我看，你還是請一個稍微有些名望的人上我們家提親，這樣也才體面，老人家最看重這些。不過千萬別讓老人家知道你和杜芊是舊相識，那就不好了，老人家的心思也是很難琢磨的。」

兩邊的山石已經清理得差不多了，這時馬車開始動了起來，王老四向安靖侯世子交代了幾句，就跟著杜家的馬車往法華寺去了。

王老四聽了杜若的話，就一直在想這個提親的人選。說實話，他進城也沒多長時間，若說是要請有名望的人，他還真不認識幾個，且都是軍中的將士，也沒聽說過讓將士上門提親的。

「王爺如今不怎麼管我們的事情，我也沒那麼大的臉去請王妃給我提親，世子爺又還沒娶親，若是等世子爺娶親了再去提親，只怕老太太也會生氣吧！」王老四盤點了一下，還真沒什麼合適的人選。杜若同他一起想了想，開口道：「不如就請安靖侯世子夫人吧，我看著你和安靖侯關係不錯，這個忙他應該會幫吧？」

杜若一提醒，王老四才拍了一下膝蓋，道：「怎麼就把嫂夫人給忘了，嫂夫人一定會幫這個忙的！」

# 第一百五十章

兩人才把事情合計好，法華寺就已經到了。

法華寺清規甚嚴，為了防止男女做一些苟且之事，男客和女客是分開住的，所以進了山門，杜若和王老四就和劉七巧她們分開了。男客那邊都是一間間獨立的廂房，住著的大多數都是陪著女客來進香的家眷僕人，條件自然是不如裡面單獨的禪院好。

王老四雖然受了傷，倒也不至於無法動彈，杜若只讓兩個小廝將他扶入了廂房，解了衣物給他上藥。幸好有一身重甲保護，身上都是一些擦傷，並沒有見血。大腿上有幾處傷得比較厲害，也就是青紫瘀腫，並沒有傷及筋骨。

杜若上完了藥，對王老四道：「我要去裡面禪院見老太太，你要不要跟我一起去？」

王老四頓時有些臉紅。這是要見家長的意思了？還沒去提親，到底見是不見呢？若是不見，豈不是很失禮，自己都跟著他們府上的馬車進了寺廟，也不去瞧一眼；若是見，這兩手空空的，哪裡好意思呢？

王老四猶豫不決，杜若開口道：「算了，等提親了再見吧，也不急在這一時。」

杜老太太雖然定了這個主意，可若是王老四在見面的時候表現不佳，到時候印象差了，老太太反悔，那可就不好了。

可王老四心裡想了想，卻覺得還是要去一趟的，不說別的，這也是對老人家的尊重。自己一個大男人，更不能這般忸忸怩怩，請人提親那是肯定的，但在這之前，也要給三姑娘一個說法才好，不能讓人家一個俏生生的姑娘擔了不好的名聲，這就是他的不是了。

「杜大夫，我還是跟你一起去見個禮吧。」

杜若見王老四那一臉正義凜然，儼然是要奔赴戰場的感覺，便按捺了心頭的笑意，跟著點了點頭。「少說話就好，老太太問你什麼你再回答，別說一早就認識三姑娘，這樣就行了。」

且說杜老太太她們一行人進了禪院，便開始吩咐人整理屋子。這是一間兩進的小院子，丫鬟僕婦都住兩側的廂房裡頭，杜老太太和劉七巧住在前頭正房，兩人各左右一邊。三位姑娘住在後頭的三間，中間是廳堂，杜茵住左邊一間，杜苡和杜芊則住右邊一間。

姑娘們各自安頓好之後，便往前頭給杜老太太請安。經過方才的那一些小插曲，這會兒都已經過了午膳的時間。杜老太太便請了下人去傳膳，幸好法華寺裡頭的伙房知道今日香客多，東西也準備得齊全，沒過多久便送來了一桌素齋。

眾人一一落坐用午膳，大家各懷心事，杜茵和杜苡深怕杜老太太因為方才杜芊的事情生氣，一直小心翼翼的。杜芊則是比從前沈默了很多，埋頭吃飯，竟連半句話都不說。

杜老太太看一眼杜芊，微微嘆了一口氣，想苛責幾句，卻也不知道從何說起，便無奈地搖了搖頭。

不捨得又怎樣？總比嫁到了外地，整日裡見不著面得好。其實方才在路上的時候，杜老太太已經有點後悔了，聽說武將經常要戍邊，帶著家眷老小住到邊關去；這幾年北邊不安定，蕭將軍自從那次出戰後還沒回來過，蕭夫人再能生，沒個男人在身邊到底也生不出來的。萬一這王老四也要去戍邊，她是肯定不會讓杜芊跟著去的，最好那時候能接了杜芊回家住，才是最好不過。

劉七巧見杜老太太臉上變化莫測的表情，心裡也是半點底也沒有，恨不得這會兒就去和王老四說了，讓他立馬就請人帶著聘禮上杜家提親去，也省得夜長夢多。

這樣一來，眾人的食慾都不是很好，才吃了幾口，一個個就說已經吃飽了。正這時候，外頭小丫鬟進來傳話道：「回老太太，大少爺和王將軍來了。」

杜老太太對王老四的來到也不意外，有她這個長輩在，晚輩過來請安也都是常理。姑娘們聽了，急忙都起身福了福身子，從後頭的耳房告退了。

丫鬟婆子們正要上來收拾桌面，杜老太太便道：「不用收拾了，大少爺和王將軍自然還沒用午膳，妳去請他們進來，將就著用一些吧。」

劉七巧一聽，這可了不得了，王老四一頓能吃五碗飯，還是用牛家莊那種大碗，像這種只有女子拳頭那麼寬的小碗，王老四吃十碗也吃不飽的吧……這要是給杜老太太瞧見了，不笑死也得嚇死的，她說什麼也不能讓杜老太太瞧見王老四吃飯，這個忙她一定要幫！

劉七巧起身，走了兩步，轉身對一旁服侍的紫蘇道：「妳扶我進去歇一歇，我覺得有些頭疼。」

杜老太太聞言，果然緊張了起來。「怎麼頭疼了起來，趕緊讓大郎進來瞧一瞧。」

劉七巧笑著道：「老太太不用擔心，大約是今兒起早了，方才多吃了幾口飯，又覺得有些睏，這才暈暈的，老太太陪我進去說一會兒話沒準就好了。」

這時候，丫鬟已經領了杜若和王老四進來，廳裡的桌上又擺上了乾淨的碗筷。杜老太太這會兒一門心思集中在劉七巧身上，見了兩人上前請安，只擺了擺手道：「你們先吃吧，一早上也夠累的。」

杜老太太說完，由丫頭扶著起身跟在劉七巧後頭，走了兩步，忽然又轉過頭來，瞧了一眼王老四，問道：「王將軍的傷如何?可有大礙?」

王老四哪料到杜老太太忽然問他，脹紅著臉，低頭回道：「沒……沒什麼事，我皮糙肉厚，一點小傷算不得什麼。」

杜老太太見了他那副憨厚的樣子，原本還有幾分嫌棄，可又覺得他憨實得可愛，倒沒覺得如何入不了眼，開口道：「跟大郎一起用些齋飯吧，別客氣。」

杜老太太說完，見劉七巧已經進了右邊的房裡，知會了一聲屋子裡的丫鬟們道：「好好服侍王將軍，別讓人覺得我們怠慢了。」

服侍杜老太太的丫鬟見杜老太太對王老四說話和顏悅色的，便也猜出了其中一二，急忙上前為王老四搬了凳子。「王將軍請坐。」

王老四從來都不習慣有這麼多丫鬟圍著吃飯，自然也拘謹了起來，急忙謝了幾聲。倒是杜若明白王老四的尷尬，笑道：「妳們都下去吧，我和王將軍不用人服侍。」

丫頭們聞言，便只上前添了飯，默默退到了門外。

劉七巧進了內室，找了軟榻靠坐下來，便喊了紫蘇道：「妳去外頭服侍大少爺和王將軍吧，不用在這邊了。」

這時候杜老太太也有些明白了，這孫媳婦是個聰明人，紫蘇是她帶過來的丫鬟，又是王老四的老鄉，讓她出去服侍，王老四就不會那麼拘謹了。

不過劉七巧昨兒還真是沒怎麼睡好，懷著孩子以後就沒以前睡得安穩，便是稍稍翻身，也總要醒那麼一回，倒是熬得眼下都有些黑了。

杜老太太見了，便心疼道：「說了不讓妳出來，妳偏要出來，還是累著了吧？」

劉七巧道：「累倒是還好的，就是睏得慌。以前不大明白為什麼懷了孩子整個人都懶懶的，這會子輪到自己才算知道了，這種睏當真是熬不住的。」

杜老太太便欣喜道：「聽說懷孩子容易犯睏的多半生兒子。妳這一胎有沒有讓妳二叔瞧一瞧，到底是男孩還是女孩？先前月子小，不一定能看準，如今大抵能看準了。」

劉七巧便急忙道：「父親說了，不讓看，也不准二叔再看的。」

杜老太太便笑道：「我們就替家裡人看看，又不會往外頭說，妳父親也是一個小心的人。」

「小心駛得萬年船，父親這樣做也是好的，家裡人多嘴雜的，倘若有哪個下人出去亂說話了，被外頭有心思的人聽去可就不好了，索性誰也不要用，只當這項技藝已經失傳了，這是最好的。」

「妳既然這樣想，那就算了。妳說得對，小心駛得萬年船。」杜老太太嘆了一口氣，但還是帶著些希望道：「我還是希望這頭一胎能是男孩，畢竟是大郎的第一個孩子。」

劉七巧原本對男女性別不怎麼在意，但是老人們都這麼想，是個男孩也無所謂了，只盼著這一胎能順利一些，那麼她或許還能有生第二胎的想法，可若是第一胎就折磨人，那她真是這輩子也不要生第二個了。

劉七巧自從懷上了這一胎之後就非常之小心，東西不敢多吃一口，活動不敢少做一天，自身條件不好，只能多多訓練，希望後天條件能稍微好一些。再說孩子生下來瘦小些沒關係，後天養得好一點也完全沒問題的。

「我自然也是這麼想的，只是若是生個閨女其實也不錯，是杜家的嫡長女，老太太自然也疼她。」劉七巧接著杜老太太的話道。

杜老太太便笑著道：「那是自然的，杜家的嫡長女那還用說，自然是要好好寶貝的，可若是妳這一胎是男胎，下一胎生個閨女，不也還是嫡長女嘛！」

杜老太太還挺精明的，劉七巧方才那一番話還是沒糊弄得了她。只要趙氏一天不生個女娃出來，劉七巧生下來的頭一個姑娘永遠都是嫡長女。

劉七巧這會兒倒是沒什麼好發話了，低頭笑了笑，正巧外面紫蘇進來道：「大少爺和王將軍已經用好飯了。」

王老四因為見了杜老太太，整個人都緊張得很，連飯都嚇得吃不下幾碗，只添了兩、三碗飯，見杜若不吃了，他也不肯再吃。

紫蘇看他見外得很，也不好意思多勸，等兩人用完了湯，漱過了口，這才進了房裡通報。

杜老太太便道：「妳讓他在廳裡坐一會兒，去請了三位姑娘過來，讓她們好好謝謝王將軍，今天要不是他，她們三個只怕要遭罪了。」

杜茵和杜苡都已經許配了人家，見見外男也沒什麼。杜老太太既然想把杜芊許給王老四，也就不用忌諱了。

劉七巧聽說王老四已經吃完了，便略略起身，開口道：「和老太太聊了一會兒，果然瞌睡勁兒小了很多，既然王將軍在，我就跟著一起出去瞧瞧吧。」

杜老太太見劉七巧臉上還有一些睏意，便只道：「妳就在房裡歇歇吧，一會兒只怕富安侯夫人還要來請，妳不睡一會兒，哪有精神過去呢！」

劉七巧想想也是，既然懷孕了，那還是多做做孕婦該做的事情：吃、喝、睡吧。

杜老太太出來的時候，杜若正和王老四坐在兩旁的靠背椅上。王老四見杜老太太出來，急忙起身見禮，又因為站得太急了，牽動了身上的傷處，疼得臉上都變了表情。

杜老太太心想，雖說是皮糙肉厚，可畢竟還是血肉之軀，方才那些石頭滑下來的架勢她也是瞧見的，想來這王將軍定然也是傷得不輕，便開口道：「王將軍不必多禮了，快坐下、快坐下。」

正這時候，三位姑娘也從後頭的房裡出來了。杜茵和杜苡相繼給王老四請安道謝，輪到杜芊的時候，小丫頭如今還不知道杜老太太的心意，只覺得一顆心七上八下的，又瞧見他方才牽動了傷口的表情，也知道他定然是疼得厲害，一時間只覺得眼眶有些熱，低著頭走過去，兩頰微紅，略略地欠了欠身子，倒是沒再說什麼話了。

王老四只覺得喉中梗著東西一樣，又急忙起身還禮，誰知動作太大，牽動了身後的傷口，疼得他又擰著眉宇。

杜芊見了，當下就急了，忙上前扶了他一把，小聲道：「王將軍當心些，既然受傷了，為何不好好休息，這樣跑來又是做什麼？」這一句話中透著三分責怪、三分心疼，還有四分小女兒的嬌嗔，讓王老四一下子就昏了頭腦了。

他瞧見杜芊這個模樣，豈有不動心的道理？低著頭看了她一眼，心裡也真心的喜歡這小姑娘，乾脆站直了身體，走到杜老太太跟前單膝跪地道：「老太太，我王老四今兒不小心輕薄了三姑娘，原是我癩蛤蟆想吃天鵝肉，就在這裡向您求娶三姑娘。三姑娘是個好姑娘，我保證從今天以後只聽她的。」

杜茵和杜苡都是窈窕淑女，也是頭一次遇見王老四這樣的人，只是他這幾句話讓兩人險些沒忍住笑了出來。

杜若聞言，臉色頓時就變了，心裡急得跟熱鍋上的螞蟻一般，可惜王老四這會兒背對著自己，就是使眼色他也瞧不見了。

# 第一百五十一章

說好了請一個體面的人先提親的，這倒是做什麼呢？娶媳婦又不是打仗，還需要主動請纓的！杜若這會兒湧起了濃濃的無力感。幸好劉七巧在房裡小睡，要是她在，可不得急得跳起來了。

杜若這會兒也顧不得王老四說了什麼，抬頭看著杜老太太臉上的神色，見杜老太太原本有些震驚的神色倒是緩和了些，饒有興致地問王老四道：「你說只聽她的，倒是怎麼聽，你說給我也聽聽呢。」

杜老太太見過的後生都是那種禮數俱全、半點也讓人抓不到錯處的年輕人，哪裡有像王老四這樣的？說他大膽吧，還是真大膽，這樣的話也敢說出來；可說他膽小吧，還偏一副妻管嚴的模樣，說什麼將來只聽三姑娘的，杜老太太頓時也起了些想逗逗他的心思。

王老四聽杜老太太這麼問，一時倒也有點窘迫。聽就是聽了，哪裡還有怎麼聽這說法？城裡的老太太可真夠折騰人的。

王老四使勁想了想，撓了撓頭道：「那個……她說一就是一、她說二就是二；她讓往東我絕不往西；她讓我上天，我絕不入地。」說完，他心裡也沒底，又小聲問道：「老太太，您看這樣行不？」

杜老太太剛聽他開口的時候就忍不住想要笑，這會兒還聽他問行不行，早已經憋不住了。杜茵和杜苡兩人也憋不住笑了出來，只有杜芊一個人羞澀地低著頭，時不時往杜老太太那邊看一眼。

杜老太太沒忍住，哈哈笑了起來道：「你倒是說得輕巧，七巧還說你憨厚老實，不會說什麼好聽的，我看你這話說得天花亂墜的，只怕當不得真吧？」

王老四聽杜老太太這麼說，頓時就急了，抬著頭道：「老太太，我這可不是騙人的，我要是騙人，我、我就……出門被雷劈死！」

杜芊聞言，也急得咬唇瓣，心裡直罵他傻氣，偷偷扭頭朝杜若那邊求救。

杜若見杜芊急得一張小臉都皺到了一起，便開口道：「老太太快別逗他了，他就是這個性子，說什麼都一本正經的，方才那些話，只怕是他的肺腑之言。」

杜老太太見他急得臉都脹得通紅，又說出這樣的話來，便知道他大抵性格就是如此，方才說的話也不是騙人的，便道：「我這三個孫女，我最偏疼的就是這三姑娘，今兒陰差陽錯，偏生你救了她，我也不說別的什麼多餘的，等我們回京之後，你選一個黃道吉日請人上門提親吧。只有一點我要同你說清楚，你要是待她不好，我可絕不輕饒你。」

王老四見杜老太太終於鬆口了，頓時覺得神清氣爽，連身上的傷都不覺得疼了，連忙跪下來給杜老太太足足行了一個大禮，才起身道：「那我就謝謝老太太了，那個……我對三姑娘，保證對她比對我娘還好。」

杜老太太見他這個樣子，擺擺手道：「行了行了，大郎，你和王將軍下去吧。」

杜若也沒有想到王老四竟然這麼容易就過關了，心裡也覺得不可思議，但是杜老太太發話了，他自然聽從。「那王將軍就隨我一同告退吧。」

王老四跟著杜若到了禪院外頭，大冷天的，他居然出了一頭的汗，抬手擦了擦額頭上的汗，只聽見肚子裡咕嚕一聲，居然是五臟廟又開始鬧饑荒了。

不過這回杜若倒是沒笑話他，也幸虧他少吃了幾碗飯，不然一會兒丫鬟們要是在老太太面前聊起這王將軍一口氣吃了多少碗飯，沒準杜老太太又要嫌棄他了。

「杜大夫，老太太的意思是，她答應了是不是？」王老四這會兒還有一種恍如隔世的感覺。

杜若笑著道：「怎麼，還沒反應過來嗎？自然是同意了，你趕緊回去準備聘禮吧——不不不，先找人來提親。」

王老四點了點頭，忽然一本正經地抽了自己一嘴巴子，牽動得全身的傷都疼了起來，又疼又笑地開口道：「疼，真他媽的疼，這回可真不是作夢了！」

杜若把王老四送回廂房，本想讓他多休息一會兒，奈何王老四覺得這事得趁熱打鐵，所以顧不得身上的傷就急著要走。杜若無奈，只好將自己隨身攜帶的金瘡藥給了他幾瓶，讓春生將他送回了軍營。

禪院裡頭也才剛剛撤了晚膳，劉七巧才進去，就聽見富安侯夫人道：「我還想著等我家媳婦生的時候就喊七巧接生，如今看來怕是不行了，到時候她也頂了一個大肚子，如何能做這些事情？少不得還要請杜太醫給我們另外介紹一個好一些的穩婆來。」

小丫鬟上前為劉七巧挽了簾子，她從外頭進去，便笑吟吟道：「這個夫人放心好了，生孩子的人多著呢，我再有能耐也是忙不過來的，到時候肯定為少奶奶舉薦一個好的穩婆，包准順順當當的。」

富安侯夫人見了劉七巧，上前看了兩眼，開口道：「倒是沒瞧出來有了身子，只是臉怎麼比上回見著還小了一圈？」

杜老太太便嘆息道：「就是不知道，帶著他們小夫妻去了一趟金陵，路上才知道有了身子，沒少受罪。」正說著，便向劉七巧招了招手道：「來來來，七巧，這是精忠侯家的老太太，就是富安侯少奶奶的母親，還有這一位是精忠侯夫人。」

劉七巧上前見了禮，還有一位便是劉七巧認識的安靖侯老夫人。

安靖侯老夫人笑道：「過年前蕙丫頭才回過王府，回來才說妳也懷上了，我正和富安侯夫人一個想法呢，這要是妳懷上了，誰來給蕙丫頭接生呢？」

丫鬟扶著劉七巧坐了下來，又上了一杯茶，眾人才都坐定了，劉七巧便開口道：「當著這麼多老太太的面，七巧便不拘謹了，只問一問各位老太太的看法。」

眾人素來知道劉七巧古靈精怪的，也不知道她要說些什麼，都帶著幾分期待，開口問道：「七巧倒是別賣關子，先說說看。」

劉七巧便道：「如今大戶人家的太太奶奶們生產，少不得要找好的穩婆上門，還要找好的奶娘上門，一早就候著，可若是穩婆不給力的，生孩子的中間出了什麼小差錯，便是請有能力的人去了，只怕到時候也來不及了。說句實話，這大出血而死，不過也就是半炷香的工夫。」

眾老太太聽劉七巧這麼說，紛紛點頭稱是，便是年輕一點的精忠侯夫人也開口道：「少奶奶說得很有道理，很多人就是救治不及才死的，其實若是當時有個大夫在身邊，沒準也就不會死了，穩婆畢竟只懂接生，不懂怎麼治病。」

「那如果有一個地方可以提供接生服務，那邊有穩婆、有大夫，且設施就跟家裡頭沒什麼區別，可以讓產婦住在那邊生產，也可以一直住到月子結束，若是各位家裡頭的孕婦，各位願意送她過去嗎？」劉七巧接著問道。

正巧眼前的富安侯夫人和安靖侯老太太家裡都有孕婦，問她們這個問題，那是最好不過的。

眾人見劉七巧最後問出這樣一個問題，也微微發愣了。富安侯夫人便問道：「有什麼地方能比家裡頭還好？家裡頭一呼百應的，丫鬟老媽子一堆，若是出門，少不得還要搬箱倒櫃的，懷了孩子的人是不能搬家的，這是老例了。」

其他兩個老太太聽了這話，紛紛點頭稱是，倒是精忠侯夫人想了想道：「我倒是覺得這個辦法挺好，家裡雖然前呼後擁的，可丫鬟和老媽子誰都不是大夫，若是出了點什麼事情，少不得又要去請大夫，這來來去去也少不得要一個時辰，若是小事情還好；若是大事情，等大夫來了，只怕屍體也涼了。」

安靖侯夫人說著，繼續道：「誠國公府三房三少奶奶的孩子就是月子裡嗆奶死的，等大夫趕過去的時候小孩子都已經沒氣了。要是大夫就在身邊，萬萬出不來這種差錯的，不然他們家三房三少爺還能有個遺腹子，這會兒什麼都沒了……」

劉七巧聽她們幾個又聊起了八卦，深怕她們把話題帶走了，又接了精忠侯夫人的話道：「就是這個問題，多少小孩子因為家裡頭人沒帶好，月子裡就死了的；又有多少夫人、太太因為沒坐好月子，落下一身病根的。產後這一個月，對於產婦和孩子來說都是尤為重要的。」

劉七巧說著，便從懷中拿了一本小冊子出來，遞給了富安侯夫人的丫鬟。這是杜若謄抄了她寫的《產婦坐褥期照料指南》，上面寫了很多產婦於產褥期照料的注意事項，還有一整套完整的照料辦法，是她從金陵回京城的路上，在船上整理好的。

富安侯夫人翻開書本瞧了兩頁，原本只是隨意的看了看，可等她多看了幾頁，忽然就有了興趣，開口問道：「怎麼妳這上頭寫老母雞湯都不能喝嗎？這不是最補身子的嗎？產後虛弱，喝母雞湯自然是最好的。」

劉七巧便道：「像我們這樣的人家，孩子生下來自有奶娘餵養，自己有沒有奶水也是無所謂的，所以喝老母雞湯還能好得更快些。可有些稍微一般的人家是要自己餵養孩子的，若是喝了老母雞湯，奶就會少，得喝公雞湯才行。」她又繼續道：「其實我倒是希望少奶奶們生了孩子，頭幾天能自己餵一點，雖然頭幾天身子沒什麼力氣，餵奶可能會累一些，但是頭幾天的奶那是最有價值的。我們選奶娘的時候，也會去瞧她下奶的色澤，若是奶水太稀的人，只怕我們也看不上，可其實每個人的奶水在不同時間都會有所改變，產婦剛生完孩子那幾天的奶可是最好的。」

這一點，劉七巧原本以為幾位老太太未必能想明白，沒想到安靖侯老太太倒是知道的，開口道：「這一點我懂，剛生產那幾天的奶叫初乳。我年輕時候得過一場病，病得很嚴重，當年杜老太醫還在，給我開了一副藥方，又命人說每日要喝一碗牛初乳，我病歪歪了整整一個多月，這才稍微好了些。後來我家的孩子，我都給他們喝牛乳，我家在京郊有個莊子，別人家用來種地，我家就用來養牛，為的就是每日能有牛乳喝。」

「就是這個道理，老太太果然是懂的。其實人和牛的初乳說起來道理是差不多的，最開始那幾天最有價值，若是不給孩子喝，那才糟蹋了呢！」

富安侯夫人聽到這會兒也有些明白了，言簡意賅地問道：「七巧，那我只問妳這一句，若是真有這麼一個地方，妳會在那兒看著嗎？杜太醫也會在那兒？」

劉七巧見富安侯夫人的想法有些進步了，回道：「我自然會去看著。我原本是想著有空的時候，將杜家的那些穩婆都集合起來好好培訓一番的，只是如今懷了身孕，也禁不起這麼累了，但若真的有那麼一個地方，定然不止只有一個穩婆，而是很多個穩婆；也定然不止只有一個大夫，而是好幾個。」

她頓了頓，繼續道：「上回給富安侯少奶奶治好病的胡大夫自然也會過去的。」

眾老太太臉上的神情由一開始的懷疑，變成了有些淡定。安靖侯老夫人又道：「七巧，妳的想法不錯，可是大雍從來沒有這個慣例，哪有生孩子去別人家生的？況且月分大了，自然是不能舟車勞頓的，萬一路上出什麼事情，生在路上可就不好了。」

劉七巧知道老太太們的觀念不可能一下子改變，但是至少可以讓她們慢慢接受起來，也沒著急，正想再說幾句，杜老太太倒是先開口了。孫媳婦想的這事情雖然不知道能不能行得通，但是作為自家人，她還是要積極回應的。

「舟車勞頓是不大方便，可是路上出意外的機會總是比生產時候出意外的機會小一些的。若是生產時候出什麼意外，那可就不得了，我覺得七巧的想法挺好的，若是能在一個穩婆眾多又有很多大夫的地方生孩子，別說產婦，就是家人也放心很多。」

精忠侯夫人端坐在一旁又聽了半刻，聽到這句話的時候，才贊同地開口道：「老夫人說這句話極是。其實我生孩子那會兒就是心裡頭害怕，其他也沒什麼，偏生那時候沒有人能幫得上忙，雖說穩婆和丫鬟們都是極好的，可終究沒有大夫在身邊的放心。若是我再生第二個，倒是想到少奶奶說的地方試試。」

產婦本身生產的時候就是處於一個極度害怕的階段，這時候有專業人士在身邊給她安慰和鼓勵，那是最好的良藥。就比如陳尚書家少奶奶生那一胎的時候，若不是劉七巧一直在那邊鼓勵她，只怕她也是堅持不下來的。

富安侯夫人問道：「七巧這是打算開醫館了？以後就不上門給人接生了嗎？」她端著茶盞輕叩杯蓋，瞧了一眼坐在一旁的杜老太太道：「老姊妹，妳這個孫媳婦不光會接生，還會做生意呢！我這會兒想了想，就憑她這送子觀音的名號，只怕到時候想去她那兒生產的人也不會少的。」

劉七巧哈哈笑了起來道：「我算什麼送子觀音？胡大夫才是有本事的，我不過就是一個接生婆而已，且這事情我也只是拿出來問問，還不知道什麼時候能有這麼一個地方，少說也要等我這一胎生了下來之後才有空閒的。」

杜老太太連忙點頭道：「就是這個話，如今妳可什麼都不要再管了，我也不讓妳管。妳連家務都放下了，要是再來操心這事情，我可就不同意了。」

劉七巧急忙道：「老太太，我這會兒就是想操心也沒這個心力，還不得先讓老太太抱了孫子再說！」

杜老太太這會兒才算是被她逗開心了，笑道：「妳能這麼想，那自然是最好不過的了。」

# 第一百五十二章

眾人又閒聊了一會兒，見天色也不早了，安靖侯夫人和精忠侯夫人也相繼起身告辭。

杜老太太今兒心情還算不錯，那些老太太都是懂人臉色的，誰也沒提起杜芊的事情。一般人家出了這樣的事情，八九不離十也就成了，誰要是還在檯面上提出來，那也太沒眼色了。

劉七巧回禪院的時候，杜若恰巧也和寺廟裡頭的小僧談了一會兒佛法回來，見她們兩人都回來，起身道：「那我就去外頭男賓處休息了，七巧，妳和老太太也早點休息吧。」

劉七巧點了點頭，為他披上了斗篷，命紫蘇送了他出去，這才回到自己的房內睡下了。

過了兩日，杜老太太一行人從法華寺回來，將杜芊的婚事和杜二老爺夫婦說了。

杜二太太最近忙杜茵的事情都忙不過來，兩個庶女的婚事她壓根兒沒打算管。其實按照規矩，庶女的婚事都是嫡母要關心的，可杜家情況比較特殊，兩個庶女養在了姨娘身邊，杜二太太又是一個事不關己的人，這要是真讓她管，只怕也管不出個好來。

兩人當下就答應了下來，杜二老爺還親自去了花姨娘那邊報信。

且說百草院裡頭，正所謂是小別勝新婚，杜若早已經候著今晚了，劉七巧中午歇了午覺，這會兒倒是算不上睏倦，正坐在銅鏡前梳頭，杜若接過了紫蘇手裡的梳子，親自為劉七巧梳頭。

古代的梳子密實得多，可劉七巧喜歡那種粗齒梳，杜若倒是請木匠特意做了一把紫檀木的梳子給她，用著不錯。

杜若一邊為她梳頭，一邊道：「七巧的頭髮真好。」

有求於人的時候，先說說好話總是管用，這一點，杜若就算再木訥，自然也是懂的。劉七巧便笑著道：「你是給幾個人梳過頭才得出這結論的？」

一句話又說得杜若舌頭打結了，雖然鬱悶，但也是老實回答道：「就妳一個人而已。」

劉七巧從鏡子裡頭瞧見他那憋屈的模樣，哈哈笑起來，卻不小心扯了一下頭髮，唉喲地喊了一聲，杜若急忙伸手去揉她的頭皮，劉七巧便乘機就扭過頭來，站起身去堵住了杜若的唇瓣。

兩人糾纏了片刻，折騰了一番，也略略有些累了，正打算睡覺，只聽外頭傳來幾聲焦急的腳步聲，紫蘇在外面喊道：「大少爺、大少奶奶，太太那邊似乎有動靜了！」

劉七巧今天瞧了杜大太太的肚子，知道預產期就在這一、兩天了，還好劉七巧和杜若都還沒有睡下，她從床上坐起來，連翹、紫蘇、綠柳都進來服侍了。

「我剛剛抓了一個太太院裡頭的小丫鬟問了幾句，她只說太太這會兒覺得肚子有些疼，清荷姊姊就先吩咐了她們去廚房喊人燒熱水去了。」

一般生孩子，疼個兩、三天也是有的，主要還是看產道開指的情況。劉七巧點了點頭，轉身對杜若道：「你先過去瞧瞧，跟爹商量一下，看看是不是給娘用上催生保命丸。」

杜若一邊穿衣服一邊道：「我先過去，妳慢著點，外頭天黑，一會兒讓丫鬟提著燈過去，別走黑路。」

「囉嗦，你快過去吧。」劉七巧推了杜若一把，又對連翹道：「妳去小書房把大少爺的藥箱揹上，一起跟過去瞧一瞧吧。」

兩人一前一後地走了，劉七巧才把衣服穿好了，紫蘇送了手爐上來讓劉七巧捧著，綠柳又給她披上了斗篷，吩咐小丫鬟們看著家，一行三人這才往如意居去了。

才到門口就遇上了王嬤嬤正從裡頭出來，見了她便道：「大少奶奶怎麼也來了？太太才有些陣痛，還沒見紅呢，只怕還有一會兒，老爺和大少爺都在裡面關照著呢！」

劉七巧點了點頭道：「我也進去瞧瞧，順便給太太檢查一下，要是開得太慢了，少不得要催一催，這樣疼下去也是費力氣的事情。」

王嬤嬤便讓劉七巧進去，大廳裡除了幾個平常就不怎麼懂事的小丫鬟，其他的丫鬟都在裡面候著呢。劉七巧進去，見賀嬤嬤和周嬤嬤都在，就笑著道：「這陣勢也算齊全了，娘，您這會兒覺得怎麼樣了？」

杜大太太剛剛經歷了一陣陣痛，這會兒已經好多了。

「妳怎麼也來了呢？這大半夜的，妳去睡吧，這兒一群人看著呢，出不來差錯。」正說著，忽然又疼了起來。杜大太太已是近四十的人了，自然不想在下人和晚輩前面失了顏面，強忍著疼道：「妳們……妳們都去外頭廳裡候著吧，這兒有賀嬤嬤和周嬤嬤，還有王嬤嬤也就夠了。」

杜若知道自己母親的意思，他方才也瞧過了脈搏，胎兒和大人都是很好的，這會兒聽她這麼說，便起身道：「那兒子就去外頭等著了。」

杜大太太疼過了一陣又稍稍好了點，勉強笑道：「快去外頭去，等七巧生產的時候你再緊張不遲。」

劉七巧笑了笑，坐在一旁的靠背椅上道：「我就不出去了，陪著母親說一會兒話，若是睏了再回去也不遲的。」

杜大太太這才點了點頭。「就依妳了，不過妳要是睏了就回去睡覺，可別硬撐了，對身子不好。」

雖然心中不捨得劉七巧離開，可念及她還有身子，熬夜是熬不得的，自然還是要讓她睡的。

劉七巧也知道杜大太太的心思，但是要生之前的幾個時辰才是最難熬的，所以她留下來同杜大太太說一會兒話，也能讓時間過得快一些。

沒過多久，杜大太太又疼了兩回，杜老太太那邊也派了人來問話。杜老太太原本是要親自來的，可外頭風大又天黑的，她又已經躺進被窩休息，這會兒穿起衣服出門只怕會著涼，所以就被丫鬟們勸住了。

「老太太派我來問問，大大太怎麼樣了？」百合笑吟吟地進來，見一屋子的人都如門神一樣地守著，笑道：「原來大少奶奶也來了，這下老太太也該放心了，這麼多人都在，大大太必定也是安然無恙的。我只回去跟老太太說，什麼心都不用擔了，只等著一會兒抱孫子吧！」

杜大大太這會兒好了一些，聽百合這麼說，便道：「妳就回去回了老太太，就說她飽飽地睡一覺，明兒一早，只怕也差不——」多字還沒說出口呢，杜大太太又疼了起來。

劉七巧見她疼得挺密集的，便起身過去替她檢查了一番，果然襠下已經見紅，安撫了杜大太太道：「娘，我替您檢查一下，或許有些疼，您可忍著點。」

杜大太太咬唇點了點頭，劉七巧探了手指進去摸了一下，見產道已經開到了二指，若是順利的話，也就是兩、三個時辰的事情了。她一邊洗手，一邊道：「後面就快了，一般第二胎都會比頭一胎快一些。」

賀嬤嬤也伸手摸了摸杜大太太的肚皮，又瞧著杜大太太睡的床道，：「原本想著就這兩天，把長樂巷那邊的產床拿過來的，不想今兒就生了，看來小少爺的性子可急了。」

杜大太太這會兒疼得一頭汗，也不想說話。

「妳去回老太太吧，讓她不用擔心，有我在這邊看著呢。」劉七巧交代了百合一聲，二太太和二少奶奶那邊也紛紛派了丫鬟過來，幾個丫鬟便湊在一起聊了幾句，各自回去回話了。

杜大太太這會兒疼得越發密集了起來，一開始還能忍著不喊出聲音，這會兒也顧不得許多，咬著牙輕哼了起來。眾人也幫不上什麼忙，只有清荷一絲不苟地坐在床榻邊上，為她輕輕擦去額際上的汗珠。

賀嬤嬤正在那邊洗手，見了劉七巧便道：「太太已經開到了五分了，能進去一個拳頭了。」

按現代的規矩，開到這時候差不多能進產房了，可距離生產也還有一會兒時間。劉七巧便對賀嬤嬤道：「再等一會兒吧，等開到八成再用力，也可快一點。」

杜大太太雖說養了二十年的身子，畢竟也是高齡產婦了，從一開始疼到現在也有了兩個時辰，這會兒顯然是有些扛不住了，聽劉七巧說還要再等等，咬著牙不說話，眉頭卻已皺到了一起去了。

劉七巧轉身吩咐道：「清荷，參片都準備好了嗎？一會兒太太生產要用的。」

清荷急忙道：「都準備好了，廚房的參湯也都燉上了，一會兒讓太太喝一些。」她點了點頭道：「讓廚房準備一根麥管一起送過來，一會兒讓太太躺著吸兩口。」

兩人正說話，杜大太太那邊又一陣疼痛襲來，賀嬤嬤見了，急忙開口道：「大少奶奶，羊水破了，我瞧著可以用力了。」

劉七巧也上前察看，又伸手替杜大太太檢查了一下，這才道：「是差不多了，妳們兩個接生，我在一旁看著就好了。」

接生其實也是一個體力活，她如今懷了身孕，自然不好再親自動手了。幸好賀嬤嬤和周嬤嬤都是有二十多年經驗的老嬤嬤了，做事情也周到老練。

劉七巧在一旁坐下了之後，兩人就開始為杜大太太接生。

杜大太太這會兒也知道自己到了關鍵時刻，顧不得其他，用力喊了出來。可大喊的時候是容易洩氣的，氣洩了出來，孩子就不容易送出來。

「太太稍微咬咬牙，別喊那麼大聲，仔細嗓子疼。」賀嬤嬤和周嬤嬤都是杜家的穩婆，自然不好意思對杜大太太吆喝什麼，只能好言勸了幾句。

劉七巧見狀，也顧不得那麼多，對一直站在一旁的清荷道：「妳去拿一塊乾淨的乾毛巾過來給太太咬著，不然她這樣不是喊破了嗓子，就是把自己的嘴唇也給咬破了。」

清荷聞言，急忙去了淨房裡取了一塊乾淨的毛巾出來，遞給了杜大太太道：「太太好歹咬著這個，別把嘴唇咬破了。」

杜大太太這會兒才使了一回力氣，額頭上滿是汗水，鬆開口把那汗巾咬住了，清荷便一遍遍地給她擦額頭上的汗。

只聽跪在後頭的賀嬤嬤開口道：「快了快了，太太，看見小孩子頭頂了，太太再加一把力氣！」

杜大太太聽了這樣的激勵，也顧不得什麼，咬住了那汗巾發了一回猛力，就聽見賀嬤嬤笑著道：「出來了，頭出來了！」

杜大太太聞言，只覺得鬆了一口氣，沒想到那出來的頭又縮了回去。賀嬤嬤急忙道：「太太可要憋住了氣，不能讓孩子再回去。」

杜大太太這會兒已用不出什麼力氣，外面小丫鬟端著參湯進來道：「參湯來了、參湯來了，太太快喝一口。」

清荷忙接了過來，把麥管放入杜大太太的口中，看著她略略吸了兩口。杜大太太一時喝了一些參湯，稍稍覺得自己又有了些力氣，賀嬤嬤便在她下面蹲著，眾人一起喊道：「一、二、三。」

劉七巧見孩子的頭已經出來，急忙道：「賀嬤嬤快掐住了，別讓孩子再進去了。」

賀嬤嬤也凝神，伸手想去抱孩子的頭，卻還是沒抱住。

劉七巧看了一下這光景，眼看就三進三出了，要是再出不來，對孩子也不好，她脫下了自己的外衣，上前接過一旁小丫鬟盤子裡的剪刀，讓賀嬤嬤給她讓了一個位置，指著杜大太太下身陰戶往下的地方道：「我在這邊開一道口子，一會兒孩子就好出來些。紫蘇，妳一會兒給太太縫一縫，以前妳也做過的，應該還記得吧？」

紫蘇點頭道：「奴婢記得。」

賀嬤嬤便和周嬤嬤一起看著劉七巧在杜大太太下面剪開了一道口子，心裡還有些納悶，賀嬤嬤便問道：「這麼大一條口子，將來能長好嗎？」

「一會兒縫起來就好了，若是用力過猛自己撕扯開了，就更難長好了。」劉七巧起身，讓了位置給賀嬤嬤，繼續道：「嬤嬤快繼續吧，這回總應該能出來的。」

杜大太太方才疼得有點過了，連劉七巧給她開口都沒感覺到疼，這會兒又是一陣陣痛襲來，她按照穩婆的指示，使勁用力擠了起來。

那下面開了一道口之後，果然胎兒的腦袋到了這邊就沒有被卡住，咕嚕一下，小孩子的整個頭就出來了。賀嬤嬤高高興興地摸上了小孩子的脖子，輕輕地將他從裡頭帶了出來。

# 第一百五十三章

閉著眼睛的小娃娃才出來，賀嬤嬤還沒剪了臍帶便將他倒提起來，只見他小嘴一張，哇哇哇地就哭了。

這哭聲洪亮有力，杜大太太聽見這麼洪亮的哭聲，方才的汗水淚水都覺得值得了，也顧不得下身的疼，急忙道：「快抱給我看看，是個哥兒還是姑娘？」

賀嬤嬤一邊給孩子斷臍，一邊道：「太太您糊塗了，這麼大的哭聲能是個姑娘嗎？是個大胖小子呢！」

杜大太太頓時鬆了一口氣，那邊周嬤嬤急忙提醒道：「太太別著急休息，老奴幫您把胞衣娩出來。」

劉七巧瞧了一眼杜大太太，見她精神不錯，也暗暗放下心來；又瞧了一眼賀嬤嬤手中的小嬰孩，白白淨淨的，竟然不像是剛出生的小娃娃一樣皺巴巴的，只覺得有趣得很，伸手摸了摸他的臉頰。

這時候，外頭早已經打了熱水進來，賀嬤嬤帶著清荷將小孩子洗了乾淨，先抱到了杜大太太的身旁，道：「太太快瞧一眼，是個哥兒，長得可好看了。」

杜大太太看了一眼小娃娃，想起生杜若時候的樣子，只覺得眼珠子一澀便要哭出來。

「我總算也生了個白胖小子了，可憐那時候大郎那樣的瘦小……」

賀嬤嬤見了，急忙道：「太太快別哭，月子裡流了眼淚那是會壞眼睛的。」

劉七巧也上前安慰道：「娘快歇一會兒。賀嬤嬤，把孩子抱出去給老爺看看吧。」她邊說邊開口道：「清荷，妳去老太太那邊走一趟，就說太太已經生了，是個哥兒。」

眾人見孩子已經生下來，都鬆了一口氣，個個臉上都喜氣洋洋的，劉七巧方才並不覺得有多睏倦，一放鬆下來，這會兒也有些累了。

那邊，周嬤嬤已經幫太太娩出了胎盤，劉七巧便喊了紫蘇去為杜大太太縫針。這會兒天又黑，便有丫鬟們抬著燈照著。有膽小的丫鬟不敢看的，只側著頭一直抿著嘴角。

杜大太太方才疼過了，這會兒縫針的時候覺得只有一點點疼了，可又不敢亂動，少不得就輕哼了幾聲。

生杜若時孩子才七個月大，出來的時候倒不算太難，這一胎算是足月了的，孩子的頭看著還算是大的，出來時倒是受了些罪。

賀嬤嬤抱著孩子來到外間，杜大老爺早已經激動得站起來迎了過去。賀嬤嬤朝著杜大老爺福了福身子道：「恭喜大老爺，是個哥兒，大少爺有弟弟了。」

杜若臉上也是笑吟吟的，燭光下，小娃兒的臉肉嘟嘟的，他問道：「能讓我抱抱不？」

賀嬤嬤就笑道：「怎麼不能？大少爺過一段日子也要當爹了，這會兒先練習著怎麼抱弟弟，以後抱自己兒子的時候就不會手抖了。」

杜若接過孩子抱在懷中，湊到杜大老爺的面前道：「爹您快看，長得真好，弟弟倒是像娘。」

杜大老爺這會兒激動得要老淚縱橫，紅著眼睛，湊上前左看右看的。杜二老爺也跟著上前瞧來瞧去，杜大老爺便道：「你看我的兒子做什麼，阮姨娘過兩個月也快生了，橫豎你也又要當爹了。」

杜二老爺哈哈笑了起來，開口道：「大哥，你的兒子我看不得嗎？我的孫子，你可是又疼又抱的。」

杜大老爺從杜若懷中接過孩子抱了起來，只見那小娃兒略略打了一個呵欠，居然睜開了眼珠子，滴溜溜地看著三個圍著他的男子，然後面無表情地把呵欠打完了，繼續閉上眼睛睡覺去了。

這一番小動作逗得三個大人都哈哈大笑了起來，杜二老爺連連誇讚道：「倒是一個淡定的性子，泰山崩於前而色不變，不錯不錯！」

紫蘇為杜大太太縫好了傷口，劉七巧略略檢查了一下，便打了個呵欠往外頭去，見三個大老爺們抱著一個睡著的小孩子逗了半天，也忍不住笑了起來。

「恭喜爹老來得子。」劉七巧微微福了福身子，向杜大老爺行禮。

杜若見狀便迎了過來，見劉七巧稍微有些疲累之色，開口道：「快四更天了，我們回去睡吧。」

劉七巧點了點頭，對杜若道：「生的時候有些小插曲，所以我給娘下面開了一道口子，你取一些上好的金瘡藥來給房裡的丫鬟，讓她們給娘上藥。」

杜若連連點頭，去藥箱裡頭拿了金瘡藥下來，喊了清荷來拿進去。這時候，方才清荷喊了去給福壽堂報喜的丫鬟也回來了，笑著道：「老太太聽了，披著衣服非要起來，我和百合姊姊一陣勸才算是勸住了，又回去睡了，老太太還賞了我一吊錢，說是大冷天的跑來跑去挺辛苦的。」

杜大老爺聞言，這才反應了過來。「老太太說得是。清荷，妳吩咐廚房的人做些宵夜來，暖上一壺好酒，請兩位嬤嬤用一些。」

清荷點頭應了，又命那小丫鬟去跑腿。那小丫鬟得了賞錢正高興呢，脆生生應聲就走了。杜大老爺又吩咐下去。「今晚廚房上夜的人，每人再給一兩銀子賞錢，所有如意居的丫鬟，每人也有一兩。」

清荷當下就謝過了，拿了杜若給的藥膏進去為杜大太太上藥。

杜大老爺把孩子給了奶娘，這才進去瞧杜大太太去。杜大太太這會兒沒什麼力氣，可若是要睡，一時間也睡不著，見了杜大老爺進來更是一陣激動，只哽咽著喊了一聲。「老爺……」

杜大老爺坐在床沿，伸手拍了拍杜大太太的手背，開口道：「夫人今夜辛苦了。」

杜大太太聽了這句話，竟是忍不住就落下了淚，杜大老爺連忙替她擦了擦眼淚，道：

「夫人快別傷心，這是大喜的事情，從今天往後，我們大郎也有兄弟了。」

杜大太太欣慰地笑了笑，閉上眼睛點了點頭。杜大老爺見她有些睏倦了，便開口道——

「今晚我在西邊睡下，妳好好休息，明兒一早我再來看妳。」

杜大老爺從裡屋出來，見杜若和劉七巧還沒走，在那邊逗孩子，便笑著道：「都是快當爹媽的人了，玩心還這麼大，看你們孩子生了出來還逗不逗？」

劉七巧鮮少見杜大老爺這樣嚴肅中帶著幾分寵溺的表情，笑著道：「爹這樣說可偏心了，我正傷心呢，我的孩子原比哥兒小不了多少的，可卻要喊哥兒一聲小叔叔，多鬱悶人呢！」

杜大老爺想了想，可不是，倒是自己的兒子和孫子差不多大……想一想大孫子也確實有點虧了。

「輩分的問題自是不能更改的，我以後一定也多疼著孫兒一些。」杜大老爺一本正經地開口道。

杜若便笑著道：「七巧，妳又頑皮，爹的玩笑妳也敢開了。」

劉七巧噗哧一笑。「難得見爹這麼高興，我就沒大沒小了，還請爹不要怪罪。」

杜大老爺這會兒正高興呢，只怕開什麼玩笑都沒心思怪罪，便笑著道：「你們快回去吧，已經很晚了，七巧還有著身孕，不宜熬夜。」

這會兒劉七巧的睏勁也來了，揉了揉眼睛道：「那爹我們就先走了，明兒再來看娘。」

杜若和劉七巧回了百草院，連翹忙命小丫鬟備兩盆熱水，劉七巧卻只讓她送了一盆進來。「我和大少爺一起洗就好。」

連翹就嘀咕起來，大少爺可是一個有潔癖的人，大少奶奶這樣做真的沒問題嗎？誰知丫鬟送了熱水進來，杜若卻親自端了腳盆放到了劉七巧的面前，兩人果真脫了鞋襪，面對面地洗了起來。

劉七巧嫌熱水太燙了一些，一雙玉足踩在杜若的腳背上，興奮道：「可惜我娘現在不在京城，不然明兒一早我就派人去報喜。」

杜若彎著腰，一邊拿汗巾將熱水澆到劉七巧的腳背上，一邊道：「明天妳哪兒也不要去，在家裡好好睡一天，妳這樣跑來跑去的，只怕也累著了吧。」

劉七巧伸了一個懶腰，往榻上靠了靠道：「還真是有點睏了。」

杜若搖頭笑了起來。等他彎腰把劉七巧的腳擦乾了，她已經靠著軟榻和衣睡著了。

杜若嘆了一口氣，擦乾了腳站起來，往外頭輕聲喊了丫鬟進來端走腳盆。

劉七巧這一覺睡到了第二天早上辰時。杜若一早就去了如意居看杜大太太，老太太、二太太、二少奶奶、三位姑娘也都到了。小娃兒被包裹在一個大紅色的棉布包被中，頭上還帶著一頂西瓜帽，肉嘟嘟的小臉著實可愛。

杜老太太看著這小娃子就移不開眼了，笑著道：「你們快看，他笑的時候就跟老爺小時候一模一樣。」

在座的人裡頭，誰見過杜大老爺小時候了?還不是杜老太太怎麼說她們就怎麼點頭。二太太看了眼孩子，也的確覺得很可愛，心裡頭也歡喜，笑著道：「大伯的老來子，以後翰哥兒和傑哥兒都要管他喊叔叔，姪子還比叔叔大，可不是好玩了？」

說到這兒，杜老太太便抬頭看著杜大老爺道：「名字取了沒有？」

杜大老爺連忙回道：「兒子昨晚睡不著，略略翻了一下典籍，單名一個『榮』字，老太太以為如何？」

「杜榮？」杜老太太低頭唸了一遍，低聲道：「草木茂盛為榮，不錯，有子孫興旺之意，就叫杜榮了，榮哥兒，你聽見了嗎?你爹給你取名了。」

古代的小孩子多半足月了才會取名，像這樣出生第二天就有名字的是極少的，普通人家的姑娘家甚至在及笄之前都沒有名字，就是按照排行幾娘幾娘地叫喚。

奶娘丫鬟們一時間就榮哥兒榮哥兒地叫喚開了，杜老太太進去瞧過了杜大太太，見她還睡著，便沒說什麼話，只囑咐了丫鬟們一定要好好照顧好了，又問趙氏道：「紅雞蛋都準備好了嗎？」

趙氏笑著道：「一早就買回來了，整整買了百來斤，連染料都買了好幾斤。一會兒除了家裡的下人、安泰街上的族人，還有寶善堂裡頭的夥計，都要送去。另外還有親戚人家，也預備了荷包和糕點，一家家地準備送呢！」

杜老太太點頭讚許道：「妳果然是個妥當的人。」

劉七巧一覺睡到辰時三刻，才懶洋洋地從被窩裡透出了頭來。

紫蘇從外面進來，見劉七巧一臉沒睡醒的樣子，笑著道：「大少奶奶這會兒可睡醒了？若是醒了，我這就派小丫鬟去廚房傳早膳。」

劉七巧伸了個懶腰，趿了棉鞋下床，赤芍和半夏就已經打了熱水進來。紫蘇讓她們放下了熱水，吩咐道：「去廚房傳早膳來。」

劉七巧一邊接了毛巾洗臉，一邊含含糊糊道：「有什麼吃什麼，不用讓廚房特意做，今兒太太那邊忙亂，肯定有吩咐，再說廚房的人昨晚也跟著熬了大半宿，大家都累著呢。」

「是。」赤芍脆生生地應了，才跑去院外傳膳，就瞧見杜若和杜芊兩個人正往這邊來。

杜芊已隱約猜到了自己和王老四的事情，但是這種話杜老太太自然是不會當著她的面說，所以心裡頭還是七上八下的。方才在如意居人多，她也不好問杜若，正巧杜若說要回來瞧瞧劉七巧，倒是被她逮著了一個空隙。

「大哥哥，老太太到底是怎麼說的？你好歹透露一點給我聽一聽呢！」杜芊嘟著小嘴，跟在杜若身後問道。

杜若轉頭看見她那副嬌羞的小模樣，搖了搖頭笑道：「妳什麼都別問，只回去跟著妳大姊姊和二姊姊一起繡嫁妝就成了。」

杜芊聽杜若放出了這樣的準話，心情頓時愉悅了起來，繞到了杜若的前頭道：「真的嗎？那我可真的回去繡嫁妝去了，大哥哥可別騙我！」

杜若一邊搖頭一邊嘆息，見杜芊跑遠了，這才喊道：「妳不是說跟著我來看大嫂子的嗎？怎麼就跑了呢？」

杜芊回頭，粲然一笑，顯出兩個深深的酒窩，挑眉道：「大嫂子還不知道起了沒有呢！這會兒去也未必能瞧見，我下午再來吧！」

杜若走到門口，見小丫鬟從裡頭出來，便問道：「妳們少奶奶起了嗎？」

赤芍規規矩矩地回道：「起了，這會兒正梳洗呢，奴婢去廚房傳膳。」

杜若便點了點頭，往裡頭走了一步，又回過頭道：「我今兒一早在老太太那邊吃的銀耳蓮子羹，熬的火候正好，妳讓廚房送一碗過來，交代下去，少放一些糖就是了。」

赤芍應聲離去，杜若逕自回房，就瞧見紫蘇正在為劉七巧梳頭。

劉七巧在家的時候裝束簡單，常常就只梳一個鴻鵠髻，中間用一根玉簪子固定。古人有人養玉三年、玉養人一生的說法，劉七巧雖然不愛戴這些東西，可奈何手上的是杜大太太送的，她不敢不戴，頭上戴著的是杜若送的，她也當真是喜歡的。

杜若見紫蘇已經為劉七巧盤好頭髮，上前問道：「今天想戴哪一個？我幫妳戴上。」

劉七巧打開妝奩看了一眼，最終還是挑中了去年杜若送她的及笄禮物。

「就這個吧，雅致，我最喜歡這個。」

杜若拿了簪子出來，一邊為劉七巧戴上，一邊道：「娘和弟弟都很好，老太太一早也過去看了，喜歡得不得了，這會兒還沒走呢，非要讓奶娘給她抱抱。爹已經取了名字，叫杜榮。」

# 第一百五十四章

劉七巧從這個名字就能看出杜大老爺的歡喜程度了。榮華富貴、欣欣向榮，那可都是頂頂好的辭彙。

「榮哥兒，果真是好名字，可見老爺疼他。」劉七巧說著，假裝失意道：「相公，只怕以後我們兩個就可憐了，爹娘有了弟弟，只怕就不疼你了呢！」

杜若見劉七巧眨著一雙大眼看著自己，樣子嬌俏可人，便忍不住低頭在她臉頰上親了一口，道：「沒關係，爹娘不疼，我疼妳！」

劉七巧這才發現杜若真是越來越油嘴滑舌了。剛相識時的青澀小夥子，如今已經變得油滑了。她站起來，索性嬌滴滴地道：「那小女子就全靠相公疼了。」

杜若從來沒見過劉七巧這種樣子，一時間倒是有點心旌蕩漾了起來，頓時覺得臉頰上熱熱的。

「七巧。」杜若伸手環住了劉七巧的腰身，發現原本細瘦到盈盈不足一握的地方，已經有了小小的弧度。這裡有一個小生命正在成長，是他們愛的結晶……

一晃又過去十來天，杜家上下還沈浸在杜大老爺老來得子的歡快中，杜大太太雖然年紀大了，但是有劉七巧在一旁指導，月子裡也恢復得不錯，還親自抱著孩子餵了幾回奶。

劉七巧這段日子雖然沒出門，少不得倒是迎了許多客，過來瞧杜大太太的人不少，有的劉七巧不認識、有的認識，趁著這段時間，她也算是拓展了一下下自己的交際。

還有一些是杜大老爺生意上往來人家的太太們，也都送了禮過來看望杜大太太。劉七巧用過了午膳，閒著無聊，便去了如意居瞧一瞧杜大太太，杜大太太若是睡醒了，雖然不能做什麼，但是好歹還能陪著她聊聊天解解悶。古代的坐月子生涯，肯定是比現代還要無聊的。

劉七巧去的時候，杜大太太也剛巧才睡醒了。她睡著的時候丫鬟們便沒喊她起來用午膳，這會兒見她醒了，才往廚房傳午膳去。

杜大太太靠在寶藍色綾緞大迎枕上，頭上戴著赭紅嵌寶抹額，頭髮在後面繞成一個大圓髻，用髮簪隨意固定著，倒是一派閒散的養生模樣。見了劉七巧進來，便淺淺一笑，還同以前一樣，招手讓她到自己床榻前坐下，慢慢道：「妳這會兒怎麼來了，不如在屋裡多睡一會兒呢！」

劉七巧便笑著道：「一早讓丫鬟來問過，說是娘還睡著，我估摸著這時候來正好醒了，也好跟娘說會兒話。」

不多時廚房已經送了午膳來，杜大太太這時間傳的午膳還是以流食為主，一碗熬得軟糯的小米粥、幾個玉米窩窩頭、一碗黃豆排骨湯、兩片雞蛋餅。杜大太太因為聽了劉七巧說自產的母乳營養些，倒是也喜歡上了給孩子餵奶，每日也總要抱著孩子餵上小半個時辰，才肯心滿意足地睡去，就連丫鬟勸她都不肯聽。

方才她起來才給小娃餵過了奶，所以這會兒正餓得厲害，便坐在床上吃了起來。清荷一邊服侍杜大太太，一邊對劉七巧道：「大少奶奶快勸勸太太，她整日裡抱著哥兒不肯放，還非要自己餵，奶娘可不得失業了。」

大戶人家請奶娘的原因，多數並不是因為產婦自己奶不夠，而是因為產褥期帶孩子是很傷神的事情，若是累狠了，留下什麼月子病就不好了。

劉七巧聽清荷這麼說，自然知道她是怕杜大太太傷神了，想讓自己勸勸她。

「太太每次餵孩子不用餵很長時間。一般前一炷香的時間，小孩子吃得最快，到後面不過就是在玩了，並不認真吃，只是想聞著母親的味道，跟母親多待一會兒。其實小孩子雖然不會說話，但心裡頭明白得很呢，哪個是自己的親娘，聞一聞氣味就知道了。」

「果真是這樣嗎？」杜大太太端著湯碗喝湯，臉上透出慈愛的笑來，淡淡開口道：「大郎那會兒我生他太傷身了，所以月子裡竟從沒好好抱過他，所以對榮哥兒這樣，也算是我的一點補償吧。難得他也黏我，但凡哭了，只要我哄一會兒他就好了。」

劉七巧便道：「娘想餵奶是好的，但畢竟抱孩子是體力活，娘還是多養著，餵好了就讓奶娘抱走，不然的話，以後年紀再大了點，可就要到處疼了。」

杜大太太自從生了杜若之後吃了多少年的苦，這些又如何不知？便點了點頭道：「以後我只餵餵奶罷了，他要是賴著不肯走，我就讓奶娘抱了他去。」

杜大太太用完了午膳，稍稍靠了一會兒，和劉七巧閒話家常。最近老爺們都已經開始去店裡頭忙事情了，家裡只有女眷們，也甚是無聊的。

杜二太太和杜大太太關係也是表面上的，私下裡還是淡淡的，倒是也沒一直往這邊跑。趙氏則是家裡事情還忙不過來呢，來如意居的次數也比較少。倒是杜老太太因為念著孩子，每日用過了早膳，必定是要來看看孩子的，可惜那時候多半杜大太太還在睡覺，婆媳倆也沒說什麼話，只有劉七巧知道杜大太太下午的時候精神些，倒是天天過來陪聊。

兩人說起杜芊的婚事，杜大太太也已經聽說杜老太太把她配給了王老四，還有些遺憾，隨口道：「我年前倒是去信問了舅太太，只可惜雲南路太遠了，也不知道這會兒他們有沒有收到。不過也是他們家沒福氣，芊丫頭這麼好的一個姑娘，倒是便宜一個莊稼漢了。」

劉七巧默默憋著笑，不過對於杜大太太這麼說，她也已經做好準備了。其實她覺得杜大太太沒直截了當地說「一朵鮮花插在牛糞上」，也已經是很給自己面子了。畢竟對於鄉下漢子，住在大宅院裡頭的太太們是有她們的刻板印象的。

兩人正說得起勁，忽然王嬤嬤滿臉欣喜地跑進來道：「太太，不得了了，舅太太來了！」

杜大太太聞言，立時從靠枕上探起身子問道：「妳說誰來了？」

「是舅太太！剛門口的小廝來報的，這會兒只怕已經進院子了。」

「那妳還不快親自去迎？倒先來知會我了，可惜我起不來。」杜大太太笑得臉上都要開花了。

劉七巧見杜大太太這麼激動，也知道兩人的關係肯定不差，便笑著道：「太太快躺著，媳婦親自去迎。」

「也好，妳跟著王嬤嬤去吧。」杜大太太吩咐了一聲，劉七巧便起身跟著王嬤嬤一起去外頭迎舅太太。

杜大太太的娘家姓寧，寧老太爺以前是翰林院的院士，一生就是做學問的。杜大太太在家是長女，下頭還有一個弟弟一個妹妹，弟弟外放、妹妹遠嫁，她一個本地人反倒在京城舉目無親了起來，所以聽說舅太太來了，可是天大的好消息。

王嬤嬤一邊給劉七巧引路，一邊道：「舅太太和太太年輕時候就是閨中的好姊妹，說起來，舅太太還比舅老爺大三歲呢！小時候舅老爺就和太太、舅太太一起玩，舅太太十七歲上頭，家裡遭了難，原先定的親也被退了，一家人都快急死了，沒想到那時候才剛剛十四歲的舅老爺求著老太爺，說要娶舅太太。當時雖然遭了一頓板子，又立下軍令狀說來年一定考上舉人，考不上舉人就不去提親。誰知道舅老爺也是爭氣，居然還頭名中舉了，老太爺就鬆口了，把大了舅老爺三歲的舅太太給聘了回來。」

劉七巧最愛聽這種故事。「舅老爺可真是爭氣啊，舅太太肯定是個美人。」她不禁感嘆道。

「可不是，舅太太和太太是同年的，太太看著圓潤些，舅太太是那種嬌俏的小美人，看著不顯老，所以雖然比舅老爺大了三歲，可如今一點也看不出來。」

劉七巧便笑著道：「這樣才好呢，舅老爺如今仕途順遂，沒準還是舅太太的功勞呢！」

王嬤嬤聽了，哈哈大笑起來道：「大少奶奶，這話您一會兒留著跟舅太太親自說去，她愛聽。」

兩人迎到了院子裡，果然見門房那邊的小丫鬟領了一群人進來，為首的女子看著不過就是三十出頭的光景，左邊跟著兩個年輕男子、右邊跟著兩個姑娘，一個已經綰了髮髻，是少婦的裝束；另一個則還是小姑娘的打扮，並未及笄。

王嬤嬤人還沒走到跟前，就聽那年長的夫人開口道：「這不是王嬤嬤嗎？兩年不見，妳還是跟以前一樣硬朗。」

王嬤嬤立即臉上堆笑道：「給舅太太請安。」

劉七巧心知肚明，也跟著上前，微微福身，低著頭請安道：「給舅母請安。」

寧夫人一雙丹鳳眼，看人的時候有著幾分犀利，但因為容貌俏麗，倒也看不出刻薄。她上前打量了劉七巧一眼，便哈哈笑道：「這回我可是猜錯了，他們都說大郎娶的姑娘是個送子觀音，我心裡就想著長得像觀音，可不得是心寬體胖的姑娘家？沒料到是這樣一個小姑娘，倒是看上去比我家閨女大不了多少的。」

「舅母說笑了，七巧今年剛剛十六。」劉七巧見她笑得懇切，玩笑也沒什麼惡意，便也大大方方地回道。

「才十六啊？我說呢，我家靜瑜今年十四，跟妳看著身量倒是差不多的。」

這時候劉七巧也留意到了寧夫人身邊的姑娘，朝著她點了點頭，那姑娘也落落大方地上前，向劉七巧行了一個全禮。「給表嫂請安。」

劉七巧還了半禮，又瞧了另外一個少婦裝扮的姑娘，寧夫人便開口道：「慧芳，給嫂子請安。」

劉七巧這時候也猜得不差，這大概是寧夫人的大兒媳婦了。

一行人進了如意居，劉七巧請了人入座，眾人按順序坐了，她才開口道：「娘才生下了哥兒，不便親自出門相迎，舅太太見諒。」

寧夫人擺了擺手道：「我也是前兩天才回的京城，原本過年前就能來的，不想志遠在路上病了一場，耽擱了一些時日，連年都是在路上過的，前幾日好不容易到了，就聽說了府上的喜事了。」

大家閒聊了幾句，王嬤嬤便喊了奶娘把榮哥兒抱出來給舅太太看。寧夫人看了，笑得合不攏嘴道：「以前姑奶奶總說我有福分，如今再瞧瞧，她這把年紀了還能生兒子出來，我可就不行了。」

王嬤嬤便笑著道：「舅太太兒女雙全，如今等著抱孫子就好了，何必自己受這個罪了？我們太太也是不想大少爺太孤單了，所以才冒這個險的。」

寧夫人點了點頭，站起來道：「我進去瞧瞧姑奶奶，慧芳、靜瑜，妳們也一起進來見過姑母吧。」

劉七巧聞言，便也起身跟著她們一起進了裡間。

杜大太太方才為了見客，還讓清荷為她重新梳理了一下頭髮，這會兒看上去比方才又精神了幾分，見了寧夫人進來，激動得都要落淚了，一迭聲地讓丫鬟們備座。

寧夫人就在杜大太太床前的杌子上坐了下來，打量了一下杜大太太的氣色道：「看著還挺有精神的，比我那會兒強多了。」

杜大太太笑道：「多虧了我這個兒媳婦是懂這些的，不然哪裡能養得這樣好。」說著，她又問道：「怎麼這個時候進京？我年前還給你們送了信呢，也不知道能不能收到。」

寧夫人擺手道：「原是為了孩子們才回來的。志遠要考進士、志書要考舉人，雲南那邊連一個像樣的書院也沒有，舊年請的先生家裡老娘死了，也回去奔喪了，少不得又要丁憂，所以老爺就讓我帶著孩子們先回來了。」

「這樣也好，有個照應。宅子那邊我隔三差五都有請人去整理，這會兒應該能住人進去的。」

「多虧有妳在，不然家裡還不知道是個什麼光景。」寧夫人再抬起頭的時候，眼眶已經微微發熱。杜大太太見她欲言又止的模樣，便遣了丫鬟們出去。劉七巧知道她們定然是有體己的話要說，也跟著丫鬟們要走，倒是被杜大太太給喊住了。「七巧，妳留下吧，陪妳靜瑜妹子說說話也好。」

劉七巧聽杜大太太這麼說，便也大大方方地坐了下來，請兩位喝茶。

寧夫人見丫頭們都走了，這才開口道：「志遠媳婦過門三年了，還是沒有消息，去了南邊越發連癸水都不準了，我這次回來，也是尋思著能給她調理調理，看看能不能早日懷上子嗣。」

劉七巧聞言，心裡了然——原來也是一個千里求子的。

——未完，待續，請看文創風434巧手回春6（完結篇）

青春甜美的兒女情長

妙手救世的女醫天下／芳菲

2016年7月出版

# 巧手回春

莫名穿到大雍朝，劉七巧一身婦科好功夫卻受限於環境不同，
只能幫人接生，倒也在牛家莊裡有了點名號；
但她就只能這樣嗎？是否有機會改造古代產科文化？

文創風 429 1

前世婦產科醫師穿越來到這大雍朝的牛家莊，劉七巧根本是無用武之地！
但她職業病一發，看到古代婦女有難，怎能不出手幫忙，
也因此讓她一個農村小姑娘成了有名的接生婆，走路也有風～～
但這身為太醫卻一副破身體的杜家少爺是怎麼回事，
她說東，他非要質疑是西；她好心幫產婦剖腹產子，卻被他潑冷水，
究竟西方婦科女醫遇上東方傳統神醫，誰能勝出……

文創風 430 2

杜若出生醫藥世家，是京城赫赫有名的寶善堂少主，叔叔又是當朝太醫院院判，
難得來一回家裡的莊院出診，就撞上了小接生婆劉七巧，
看來還是個小丫頭，卻敢切開人體、剖腹取子，還知道把肚子縫好止血？!
偏偏要與她多講些話，她又牙尖嘴利的，完全不像個農村姑娘；
到底該怎麼將這樣耀眼的姑娘留在身邊，陪他一輩子呢……

文創風 431 3

劉七巧在王府混得風生水起，老王妃和有孕的王妃都視她為心腹丫鬟，
惱人的王府少奶奶秦氏又已解決，看起來王府裡的風波已過，
該是安安穩穩地等著王府小少爺出生就好……才怪！
王府沒事，但她和杜若的婚事還是八字沒一撇，
可是杜若的婚事關鍵掌握在杜老太太的嘴裡，
只要老太太沒發話、不接受，她還是嫁不了杜若啊～～

文創風 432 4

費了一番工夫，大長公主終於出手幫助劉七巧和杜若，
加上恭王妃趁著新生的六少爺辦滿月宴時，認了七巧為王府義女，
杜若終於順利抱得美人歸，但劉七巧這個新婦上任，
家裡的杜太太有孕在身，宮裡的小梁妃懷了雙生子也要她接生，
一個是自己婆婆，一個是皇帝的寵妃，都是棘手難題啊……

文創風 433 5

懷著夢想，劉七巧獲得了大長公主的賞賜，讓她將公主府做為將來的醫舍；
眼看朝著創立專為產婦服務的寶育堂又靠近了一點，
這時的寶善堂卻捲入賣假藥之事，
一查之下，連杜家二太太的娘家也牽涉其中，
七巧雖然得了關鍵證據，卻不知該怎麼處理這燙手山芋？

文創風 434 6 完

雖然有了身孕，讓成立寶育堂一事只得暫緩下來，
但劉七巧依然弄了個「不孕不育」門診，找了大夫就這麼開張，
沒想到大受歡迎，也讓杜家找到了另一商機，更認同七巧的想法；
只是她自己好不容易生下孩子，更了解懷孕婦女的狀況，
想著可以發揮長才了，杜家二太太卻又暗中生事，
加速了杜家大老爺與二老爺要分家之事……

# 為流浪貓狗加油 和貓寶貝 狗寶貝
## 廝守終生(一定要終生喔！)的幸福機會

對人來說，貓寶貝狗寶貝只是生活的一部分，但妳(你)對牠們來說，卻是生活的全部，領養前請一定要考慮清楚——

阿星

咩咩

### ▲ 親人又愛撒嬌的咩咩&阿星

性　　別：咩咩是女生、阿星是男生
品　　種：咩咩是三花米克斯、阿星是橘白米克斯
年　　紀：都是3歲
個　　性：都很親人，喜歡被撫摸和梳毛。
咩咩愛撒嬌、愛磨蹭人；阿星是貪吃鬼。
健康狀況：均已結紮、均已打狂犬疫苗
目前住所：新北市板橋區

本期資料來源：台灣認養地圖

## 『咩咩&阿星』的故事：

自從去年冬天開始，咩咩與阿星就時常來我家陽台蹭飯。我家養的老胖貓也是在這裡吃飯，可能是老胖貓的叫聲吸引了牠們，也可能因為陽台是開放式的緣故。第一次遇見牠們時，看到牠們可愛會放電的眼神，就忍不住拿了老胖貓的飯餵牠們，久了以後，就時常看到牠們會在固定時段跑來我家吃飯，平常也會在陽台躲雨、避寒。

某天，咩咩與阿星突然帶著傷出現，咩咩的尾巴幾乎斷掉，骨頭還穿了出來！而阿星脖子有一大片傷口潰爛需要清創，當下立刻和家人一起將牠們緊急送醫，花了很多時間心力才把牠們醫治好、結了紮，也打了狂犬疫苗。

我家附近有個小型的菜市場，常常有狗狗成群出沒，對於咩咩與阿星來說實在是太危險，牠們這次可能就是跟狗群起衝突才受傷的……經過這件事後，我不願意再讓牠們回街上當浪浪，於是簡單將倉庫稍作整理，暫時當起中途幫咩咩與阿星找好人家領養。

咩咩很喜歡撒嬌，尤其喜歡用頭磨蹭人、用舌頭舔我的手，非常可愛。而且適應力很強，很快就習慣在我家的生活了。咩咩的習慣也很好，平常不會胡亂喵喵叫，只有想要玩耍、吃飯時才會叫一下。阿星也很親人，跟咩咩一樣也會主動磨蹭人，但牠有一個特殊的喜好，那就是——被拍屁屁！貪吃的阿星演技很好，常常裝成一副你不給牠飯吃就很可惡的可憐模樣。目前牠們兩隻都已被我訓練會乖乖在貓砂裡大小便了。

咩咩與阿星對人十分信任，希望牠們能成為你／妳的家人，為你／妳帶來歡樂～～
歡迎電洽0922-284-220或是來信prayforcat@gmail.com (Lu小姐)，主旨註明「我想認養咩咩／阿星」。

### 認養資格：

1. 認養者須年滿20歲，有獨立經濟能力，並獲得家人、另一半、同住室友或房東的同意；若未滿20歲則須由家長出面，並承諾會負擔養貓生活費。
2. 須同意簽認養寵物切結書。
3. 同意送養人日後之追蹤探訪，對待咩咩與阿星不離不棄。

### 來信請說明：

a. 個人基本資料：姓名、性別、年齡、家庭狀況、職業與經濟來源等。
b. 想認養咩咩或阿星的理由。
c. 過去養寵物的經驗，及簡介一下您的飼養環境。
d. 若未來有當兵、結婚、懷孕、畢業、出國或搬家等計劃，將如何安置咩咩或阿星？

# 巧手回春 5

國家圖書館出版品預行編目資料

巧手回春 / 芳菲著. --
初版. -- 臺北市 : 狗屋, 2016.07-
冊 ; 公分. --（文創風）
ISBN 978-986-328-618-9（第5冊：平裝）. --

857.7 105008043

| | |
|---|---|
| 著作者 | 芳菲 |
| 編輯 | 張蕙芸 |
| 校對 | 黃亭蓁　許雯婷 |
| 發行所 | 狗屋出版社有限公司 |
| 地址 | 台北市104中山區龍江路71巷15號1樓 |
| 電話 | 02-2776-5889～0 |
| 發行字號 | 局版台業字845號 |
| 法律顧問 | 蕭雄淋律師 |
| 總經銷 | 知遠文化事業有限公司 |
| 電話 | 02-2664-8800 |
| 初版 | 2016年8月 |
| 國際書碼 | ISBN-13　978-986-328-618-9 |
| 原著書名 | **《回到古代开产科》**，由北京晉江原創網絡科技有限公司授權出版 |

定價250元
狗屋劃撥帳號：19001626
網址：love.doghouse.com.tw　E-mail：love@doghouse.com.tw